노킹 온 록트 도어

-KNOCKIN'ON LOCKED DOOR-

KNOCKIN'ON LOCKED DOOR

Copyright ⓒ Yugo Aosaki 2016
All rights reserved.
First published in Japan in 2016 under the title
"KNOCKIN'ON LOCKED DOOR"
by TOKUMA SHOTEN PUBLISHING CO.,LTD.,Tokyo
Korean translation rights arranged with TOKUMA SHOTEN PUBLISHING CO.,LTD.
through THE SAKAI AGENCY. Tokyo and BC Agnecy. Seoul.

이 책의 한국어판 저작권은 BC 에이전시를 통한 저작권사와의 독점 계약으로
(주)문학동네, 엘릭시르에 있습니다.
저작권법에 의해 한국 내에서 보호를 받는 저작물이므로
무단 전재와 복제를 금합니다.

이 도서의 국립중앙도서관 출판예정도서목록(CIP)은
서지정보유통지원시스템 홈페이지(http://seoji.nl.go.kr)와
국가자료종합목록 구축시스템(http://kolis-net.nl.go.kr)에서 이용하실 수 있습니다.
(CIP제어번호 : CIP2020051412)

노킹 온 록트 도어

KNOCKIN' ON LOCKED DOOR

아오사키 유고 소설

김은모 옮김

엘릭시르

차
례

KNOCKIN'ON LOCKED DOOR

노킹 온 록트 도어

1

우리의 집이자 탐정 사무소의 현관문에는 인터폰이 달려 있지 않다. 차임벨이나 초인종, 노커 따위도 없다.

따라서 방문자들은 반드시 맨손으로 문을 노크해야 한다.

파트너가 이 아이디어를 냈을 때 나는 한사코 반대했다. 그렇게 시대착오적인 방법을 사용하면 올 손님도 돌아갈 테고, 무엇보다도 불편하다. 여전히 마음에는 안 들지만 개업한 지 사년이 지난 지금 생각해보니, 제법 괜찮은 묘안이었음을 인정하지 않을 수 없다.

왜냐하면 노크하는 방법에 따라서 어떤 손님이 문 앞에 서 있는지 대개 추측할 수 있기 때문이다. 익숙한 박자로 똑똑똑

두드리면 동네 아주머니가 회람판을 들고 온 것이고, 팔꿈치로 문을 때리듯이 쿵쿵 둔중한 소리가 들리면 양손으로 박스를 든 택배 배달원이다. 삼십 초마다 네 번씩 규칙 바르게 노크하면 산전수전 다 겪은 방문 판매원이므로 주의해야 하고, 성난 파도가 몰려오듯이 쾅쾅쾅쾅 두드리면 옆집에 사는 집주인이 방세를 받으러 온 것이므로 더더욱 경계해야 한다.

오늘 들린 노크 소리는 어떤가 하니.

똑…… 똑, 똑.

"우리 사무소에 처음 온 사람이로군."

나는 신문 사설란에 시선을 떨어뜨린 채 중얼거렸다.

"초인종도 노커도 보이지 않아서 노크를 할 때 망설였어."

2층에서 "예, 알았어요" 하고 아르바이트로 고용한 가사 도우미가 대답하는 목소리가 들렸다. 하지만 노크는 멎지 않았다.

똑, 똑, 똑똑똑.

"많이도 두드린다. 마음이 급한가 봐."

얼굴에다 영화 잡지를 덮고 드러누워 있던 파트너가 말했다. 낮잠 자는 거 아니었냐.

"무슨 절박한 상황에 처한 모양인데."

"하지만 소리는 약해." 내가 말했다. "여자일지도 몰라."

"나이 든 여자야."

"나이가 들었다고? 왜?"

"대답을 했는데도 노크를 멈추지 않잖아. 가는귀가 어두워서 그런 거야."

"……그럼 정리하자." 나는 신문을 접고 말을 이었다. "절박한 상황에 처한 나이 든 여자가 우리 사무소에 처음으로 와서 아주 다급하게 문을 두드리고 있다. 그렇다면?"

"의뢰인이지."

결론을 내리자마자 우리는 소파에서 몸을 일으켰다.

벽에 걸린 거울을 앞다투어 들여다보며 파트너는 타고난 곱슬머리를 어떻게든 단정하게 보이도록 매만졌고, 나는 느슨하게 풀어둔 감색 넥타이를 꽉 졸라맸다. 어, 넥타이핀은 어디 있더라. 아, 철도 모형의 역 건물 위에 있네. 왜 이런 데 있지.

"도리, 방 좀 정리해. 에어컨도 켜고."

나는 파리처럼 윙윙거리는 선풍기를 끄고 거실에서 복도로 나갔다. 마침 계단을 내려온 구스리코와 딱 마주쳤다.

"구스리코, 내가 나갈게. 마실 것 좀 준비해줄래?"

구스리코는 다시 "예, 알았어요" 하고 웃는 얼굴로 대답하고 부엌으로 향했다. 허리춤에서 흔들리는 앞치마 끈의 매듭과 프릴 스커트가 어쩐지 어색하게 느껴진다. 여름방학인데 왜 교복을 입고 온 걸까. 아르바이트를 할 때는 정장을 차려입는 것이 그녀 나름의 직업의식일까. 그렇다면 그 의도는 허방을 짚었다.

똑똑똑똑. 노크 소리가 이어졌다.

나는 마지막으로 안경 위치를 바로잡고 나서 문을 열었다.

아니나 다를까 허둥대는 기색이 역력한 초로 여성이 서 있었다. 헤어스타일과 옷차림은 고상하고, 몸은 병약하다고 할 정도는 아니지만 홀쭉한 편이다. 아줌마보다는 귀부인이라는 호칭이 딱 어울린다.

"무슨 일로 오셨습니까."

"저기, 여기가 노킹 온…… 어, 뭐더라."

"여기가 탐정 사무소 '노킹 온 록트 도어' 맞습니다."

늘 그렇듯이 대답하는데 쑥스러운 기분이 가슴속을 스치고 지나갔다. 착각하지 않았으면 하는데, 사무소에 이 기상천외한 이름을 붙인 것은 내가 아니라 파트너.

"의뢰하러 오셨죠? 잘 오셨어요. 안으로 들어가시죠."

오랜만의 고객을 놓칠 수는 없다. 나는 재빨리 의뢰인을 맞아들여 응접실 겸 거실로 안내했다.

파트너도 잽싸게 실내 정리를 끝냈다. 넓은 테라스 창을 배경으로 적갈색으로 빛바랜 가구를 배치한 클래식한 서양식 방이다. 바닥에 놓인 철도 모형과 벽에 걸린 다트판, 그리고 사이드보드 위의 만년 시계◆(물론 가짜)가 말랑말랑한 분위기를 적당히 가미한다. 지저분하게 어질러져 있던 잡지며 책이며 먹다 만 센베이며 빈 페트병은 자취도 없이 사라졌다. 분명 전부 소파 뒤쪽에 처박아둔 거겠지.

파트너는 정면에 떡하니 앉아 테이블에 다리를 올리고 있었다. 한여름인데도 검정색 7부 소매 터틀넥 니트를 입고서 아름답고 윤기 있게 빛나는 곱슬머리를 만지작거렸다. 만약 금발의 서양인이 이렇다면 천사 같은 풍모라고 표현할 수 있겠지만, 공교롭게도 이 녀석의 머리카락과 눈동자는 새까맣고 눈매도 날카로워서 오히려 악마 같은 인상을 준다.

"역시 나이 든 여자였네!" 악마는 기쁜 듯이 말했다. "봐, 히사메, 내 예상이 딱 들어맞았지?"

"뭐가 그렇게 기뻐서 소리를 지르냐. 테이블에서 발이나 내려."

머리를 쥐어박고 옆으로 밀어낸 후 나는 그의 왼쪽에 앉았다.

"그렇게 화내지 마, 왓슨."

"나는 왓슨이 아니야. 말이 나왔으니 말인데 너도 홈스가 아니잖아."

"자, 변변치 않지만 차 드세요."

구스리코가 보리차를 가지고 왔다. 시원해 보이는 유리잔 세

◆ 발명가 다나카 히사시게가 1851년에 만든 기계식 천문 시계이자 일본 전통 시계.

개를 테이블에 늘어놓고 "그럼 천천히 이야기들 나누세요"라고 말하더니 가벼운 발소리와 함께 물러났다. 앞치마를 두른 여고생을 바라보는 귀부인의 눈빛이 복잡한 것으로 보아 아무래도 이상한 사무소에 왔다고 후회하기 시작한 듯하다.

"자, 앉으시죠." 신용을 되찾고자 나는 상냥하게 말했다. "그런데 오늘은 도대체 무슨 일로 저희 사무소에?"

맞은편 소파에 앉은 의뢰인은 눈을 굴리며 더듬더듬 말을 꺼냈다.

"그, 그게, 오늘 아침에 저희 집에서 사건이 발생해서…… 남편이 죽었어요. 그래서 급히 경찰을 불렀는데, 잠깐 수사하더니만 경위님 말고 다른 분들은 전부 철수해서…… 어찌할까 고민하다 남편의 수첩을 살펴보니 진보라는 분의 전화번호가 있어서."

"아아, 진보요."

진보는 중개인이다. 탐정을 필요로 하는 사람에게 연락이 오면 사건의 성격에 맞추어 해결할 수 있을 만한 탐정을—또는 의뢰가 들어오지 않아서 시간이 남아도는 탐정을—알선해준다.

"그래서 그 번호로 전화를 걸었더니 이 사무소를 소개해줬어요. 유능한 탐정님이 힘이 되어줄 거라고 들었는데……."

의뢰인은 말끝을 흐리며 나와 옆의 파트너를 바라보았다.

"누가 탐정님이세요?"

"송구스럽지만 둘 다 탐정입니다." 내가 대답했다. "저희는 사무소를 공동으로 경영하고 있거든요."

"난 불가능 전문, 고텐바 도리."

"저는 불가해 전문, 가타나시 히사메."

차례대로 자기소개를 했지만 귀부인에게는 제대로 전달이 되지 않은 모양이다.

"불가능…… 불가해?"

"특기 분야야." 파트너인 도리가 대답했다. "수수께끼에 따라 담당을 나누는 거지."

그렇다. 우리는 둘 다 탐정이지만 사고思考의 지향점(또는 취향)이 한쪽으로 치우쳐 있다. 도리는 트릭을 간파하는 데 강하고, 나는 동기와 이유를 탐색하는 데 강하다. 바꿔 말하자면 둘 다 그것 말고는 영 젬병이다. 그래서 하는 수 없이 서로를 보완하며 협력하여 탐정으로 활동하고 있다. 이것이 사무소 간판에 '가타나시 히사메 탐정 사무소'라는 멋들어진 이름을 박아 넣을 수 없는 주된 이유였다.

"그런데 당신 집에서 발생한 사건은 어느 쪽이야?"

도리는 보리차로 목을 축이더니 유들유들한 태도로 위압하듯이 몸을 내밀었다. 유리잔 속의 얼음이 달가닥거렸다.

"불가능? 아니면 불가해?"

시선을 받은 귀부인은 도리와는 대조적으로 어깨를 움츠리고 대답했다.

"어느 쪽이냐 하면…… 양쪽 다라고 하는 게 좋겠네요."

2

의뢰인의 이름은 가스미가 미즈에였다.

남편의 이름은 가스미가 히데오. 직업은 화가. 파란색을 기조로 한 풍경화를 많이 그리는 것으로 유명하여 '하늘의 작가'라고 불리기도 한다. 천창이 있는 자택 다락방을 아틀리에로 개조하여 조용히 창작 활동에 전념하고 있었다고 한다. 적어도 어제까지는.

사건이 발생했음을 알아차린 것은 오늘 오전 9시경. 미즈에는 식당에서 스무 살 된 외동아들과 함께 아침을 먹고 있었다. 아들 류야는 아버지와 똑같은 직업을 지망하는 미대생이라고 한다. 하지만 정작 가장의 모습은 식사 자리에 없었다.

"아버지는 다락방에 계셔?"

"어젯밤부터 계속 틀어박혀 있었어. 일이 잘돼서 한창 집중하고 있나 봐."

노킹 온 록트 도어

"뭐야. 그럼 도구 빌리러 가려고 했는데, 그럼 방해하면 안 되겠네."

가스미가는 툭하면 아틀리에에 틀어박혀 밤을 새웠기 때문에 둘 다 전혀 신경 쓰지 않고 그런 대화를 나누었다고 한다.

그때 미쓰코시라는 미술상이 협의할 것이 있다며 찾아왔다. 업무를 처리할 시간치고는 너무 일렀지만, 그는 젊었을 때부터 가스미가와 친했고 미즈에와 류야하고도 가족처럼 스스럼없이 지내는 사이였으므로 이 또한 자주 있는 일이었다고 한다.

"이야, 류야. 안녕하세요, 부인. 선생님은 어디에 계신가요? 아틀리에? 어라, 이 시간에 뵙기로 약속했는데……."

"배가 고파서 슬슬 내려올 시간이니 마침 잘됐네요. 불러와 주실래요?"

미즈에가 그렇게 말하자 아들도 그림 도구를 빌려야겠다며 자리에서 일어섰다. 미쓰코시는 류야와 함께 2층으로 가서 복도 끄트머리에 있는 좁은 계단을 올라 막다른 곳에 위치한 다락방으로 향했다. 여기부터가 문제다.

문 앞에 도착한 미쓰코시가 "가스미가 선생님" 하고 불렀다. 대답은 없었다. 문손잡이를 당겨서 문을 열려고 했지만 그것도 기대에 어긋난 결과를 낳았다. 문이 잠겨 있었다.

아틀리에 문 안쪽에는 간이 잠금장치를 달아놓았다. 흔히 화장실 문에 쓰이는, 걸쇠를 회전시켜 받이쇠에 끼우는 잠금장치로 실내에서만 잠글 수 있다. 하지만 가스미가는 잠금장치를 싫어해서 좀처럼 문을 잠그는 법이 없었다고 한다.

미쓰코시는 어쩐지 미심쩍어 문을 두세 번 세게 두드렸다. 여전히 대답은 없었다. 류야가 자리를 바꾸어 문 앞에 서서 "아버지" 하고 부르며 문을 열려고 시도했지만 결과는 똑같았다.

"아버지, 주무시나."

"하지만 이렇게 불렀는데도 아무 반응도 없다니……."

안에 쓰러져 있을 수도 있다. 불길한 예감이 몰려와서 두 사람은 얼굴을 마주 보았다. 이윽고 류야가 밖에서 잠금장치를 열어보자고 말했다.

"밖에서도 열 수 있어?"

"아마 될 거예요. 어머니에게 부탁해서 얇은 자 같은 걸 가져오세요."

미술상은 거실로 되돌아가 미즈에에게 사정을 털어놓고 적당한 물건을 찾아달라고 했다. 길이 삼십 센티미터의 얇은 알루미늄 자를 찾아서 미즈에와 함께 다시 아틀리에로 갔다.

류야가 문 앞에서 "아버지! 아버지!" 하고 계속 불렀지만 대답은 한 번도 돌아오지 않았다. 아들은 미쓰코시에게 받은 자를 문과 문틀 사이의 일 밀리미터도 되지 않는 틈새에 끼워 넣고 위로 쭉 올렸다. 걸쇠를 걷어 올려서 잠금장치를 연 것이다.

"열렸다!"

류야가 즉시 문을 열었고, 셋이 함께 방 안으로 몰려 들어가서 시체와 대면했다.

가스미가 히데오는 등에 칼이 꽂힌 채 방 한복판에 엎어져 있었다고 한다. 옆에 이젤과 캔버스도 쓰러져 있었던 것으로 보건대 그림을 그리다가 습격당한 모양이었다.

경찰이 수사해보니 흉기와 그 밖의 다른 곳에 묻은 지문은 깨끗하게 닦여 있었다. 사망 추정 시각은 새벽 1시경. 누군가 방충망이 달린 1층 창문으로 집 안에 침입한 것으로 보이지만, 밤늦은 시간이라 미즈에와 류야 둘 다 자기 방에서 자느라 이변이 생긴 줄 몰랐다고 한다(덧붙여 미쓰코시도 그 시간에는 도내의 자택에서 자고 있었다고 증언했다. 그는 독신이라고 한다).

아틀리에의 천창은 여닫지 못하는 고정식이고, 현장에 문 말고 다른 출입구는 없었다. 그리고 문은 안쪽에서 잠겨 있었다. 즉 밀실 살인이다.

그러나 그러한 불가능 상황 외에 현장에는 불가해한 점이 한 가지 더 있었다.

범인은 아틀리에 벽에 걸린 가스미가의 풍경화 여섯 점을 전부 액자에서 꺼내 바닥에 내팽개쳤고, 그중 한 점은 온통 새빨

갉게 덧칠을 해놓았다고 한다.

✦ ✦

가스미가의 집은 우리 사무소가 통째로 정원에 쏙 들어갈 만큼 호사로운 저택이었다. 나도 도리도 현대미술에는 어두워서 몰랐는데, 가스미가 히데오는 화단에서 제법 잘나가는 축이었다고 한다. 참 잘됐다. 보수를 기대할 수 있겠다.

일단 거실에서 먼저 와 있던 두 남자를 소개받았다. 폴로셔츠 차림의 어두워 보이는 청년과 턱수염을 기른 쉰 살가량의 남자. 아들 가스미가 류야와 미술상 미쓰코시다. 사건의 충격이 큰지 류야는 눈이 퉁퉁 부었고 손수건을 움켜쥐고 있었다. 미쓰코시는 마음을 추스른 듯 보였지만 흐트러진 머리를 매만질 여유까지는 없었던 것 같다.

"탐정이십니까?" 미쓰코시는 도리와 악수를 하면서 신기하다는 듯이 말했다. "이런 살인 사건을 다루는 탐정도 실제로 있군요."

"살인 청부업자랑 똑같지. 햇빛을 보지 못할 뿐 찾아보면 수두룩하게 많다고."

"아, 예……." 꺼림칙한 비유에 표정이 굳어진 미쓰코시는 이어서 나를 보았다. "그쪽은 조수인가요?"

"아니요, 저도 탐정입니다."

내가 정정한 것이 결정타인 듯했다. 그는 더더욱 곤혹스러운 표정을 짓더니 류야와 함께 방에서 나갔다. 지나쳐 가는 순간, 미술상의 왼쪽 손목에 감긴 시곗줄에 하얀 가루 같은 것이 묻어 있는 모습이 눈에 들어왔다. ……뭘까?

"아틀리에에 아직 경위님이 계실 테니 불러올게요."

그렇게 말하고 미즈에 씨도 2층으로 갔다. 우리는 따로 할 일이 없어서 일단 소파에 앉았다.

"또 조수로 오해를 받았구나." 도리가 놀렸다. "이걸로 몇 번째지?"

"불난 집에 부채질이냐."

"넌 개성이 너무 약해."

"탐정에게 필요한 건 개성이 아니라 추리력이야."

"하하, 그걸 네 슬로건으로 삼으면 되겠네."

빈정거림도 통하지 않는다. 파트너는 소파 옆에 턱을 괴고 "그나저나 밀실이라니 신난다, 피가 들끓어" 하고 또 꺼림칙한 소리를 했다. 참 어지간한 녀석이다.

"밀실 말인데, 좀 묘하지 않아?"

"뭐가?"

"흉기는 칼. 피해자는 뒤에서 찔렸고 지문도 닦아냈어. 즉 자살일 확률은 없지. 덧붙여 가스미가는 방문을 잠그지 않는 성격이었어…… 그렇다면 왜 범인은 밀실을 만들었을까?"

도리는 한순간 어리둥절한 표정을 짓더니 생각에 잠긴 듯이 팔짱을 꼈다.

그렇다. 명백한 살인이라면 밀실을 만들 필요성은 어디에도 없다.

"확실히 그건 묘하군. 하지만 그런 불가해는 네 담당이잖아. 난 불가능 담당이라고."

"의견 정도는 들려줘라, 좀."

"……밀실을 만드는 것 자체가 목적이었을지도 모르지. 범인은 망상을 즐기는 미스터리 마니아인 거야."

"너 같은?"

"누가 할 소리를."

"그럼 둘 다 사이좋게 체포해줄게."

갑자기 뒤쪽에서 목소리가 들렸다.

돌아보자 무테안경을 낀 젊은 여자가 서 있었다. 우와, 사건을 담당한 경위가 이 녀석이었나.

찍소리도 용납지 않을 만큼 싸늘한 눈 아래에 작은 눈물점 하나. 단발머리는 똑똑하고 단정해 보이는 옆가르마를 탔다. 몸에 딱 맞는 회색 여성 정장은 앞을 여미지 않고 걸쳐 입었다. 가슴주머니에는 분명 배지와 함께 〈경시청 형사부 수사 제1과〉라는 두 시간짜리 드라마에 딱 어울리는 직함이 박힌 명함이 들어 있겠지.

우리는 이 여자를 아주 잘 안다. 그녀가 잘 못 마시는 술에 취해 내 하숙집 변기에 얼굴을 처박고 웩웩 토하던 시절부터 알고 지낸 사이다.

"오, 우가치." "오랜만이네." 우리는 일제히 손을 들었다.

하지만 우리의 여걸 우가치 기마리 경위―참 고지식할 것 같은 이름이다―는 '니닌바오리♦의 문지 마 사건' 이후 두 달 만에 만났는데도 전혀 기뻐하는 기색 없이 말했다.

"나 지금 엄청 짜증나는데 왜인 줄 알겠어?"

"……쉴 틈도 없이 일에 절어 있어서?" 내가 대답했다. "안경 렌즈에 얼룩 좀 봐."

"아침이랑 점심도 걸렀군." 도리가 말했다. "벨트를 평소보다 한 칸 더 졸라서 맸어."

"정답은." 우가치는 언성을 높였다. "허점을 보일 줄 알고 풀어둔 용의자가 돼먹지 못한 탐정을 둘이나 데리고 돌아왔기 때

♦ 二人羽織. 두 사람이 옷 한 벌을 같이 입되 한 사람은 머리만, 다른 한 사람은 팔만 내놓고 음식을 먹는 등의 재주를 부리는 것을 가리킨다.

문이야."

아아, 알았다. 경찰이 일찌감치 철수하다니 이상하다 싶었는데 관계자들을 방심시키기 위한 전략이었구나. 하지만……

"그렇듯 '대기' 자세를 취했다는 건 사건의 수수께끼가 풀리지 않았다는 뜻인가?"

"……그것도 짜증이 난 원인이지."

우가치는 호주머니에 손을 넣어 담배가 아니라 네모나고 조그마한 과자가 든 납작한 플라스틱 용기를 꺼냈다. 같이 들어있던 이쑤시개로 과자 하나를 찍어서 입에 넣었다. 옛날 생각이 절로 나는 그리운 샴페인사이다 맛 젤리다.

"너희들, 부인한테 사건 내용은 전해 들었을 테지. 추리는 좀 해봤어?"

"글쎄다." 도리는 양손을 가볍게 들고 말했다. "뭔가 알아내려면 현장을 봐야지."

"안락의자 탐정이라는 장르도 있는데."

"우리는 하드보일드 탐정이라서."

"그럼, 그럼." 나도 적당히 장단을 맞추었다. "얻어맞고 끌려가고 매번 난리도 아니야."

"그리고 미녀랑 하룻밤을 보내기도 하고."

"그건 탐정의 부수입이지."

"나한테도 얻어맞고 싶으냐."

우가치는 싸늘하게 쏘아붙이면서도 손목시계를 흘끔하더니 "딱 십 분이야" 하고 말했다.

아무래도 허가한 모양이다. 마음이 변하기 전에 보려고 우리는 서둘러 일어섰다. 우가치는 적극적으로 협력을 요청하지는 않지만 부탁하면 딱 십 분만 현장을 보여준다. 그 정도 선에서 우리의 승률은 높다. 어디까지나 둘이서 합산한 승률이지만.

거실을 나서려고 했을 때 미즈에 씨가 돌아왔다. 과자와 보리차를 담은 쟁반을 들고 있었다. 보리차, 좀 전에도 마셨는데.

"아, 경위님. 여기에 계셨군요. 이 두 분은……."

"소개 안 해도 돼." 도리가 말렸다. "이 여자하고는 친하니까. 대학교 때부터 친구인데……."

"아는 사람." 우가치는 더욱 목소리를 높여 도리의 말을 막았다. "친구는 무슨."

"……그렇다고 하는군요."

우리는 멋쩍음을 얼버무리고자 쟁반 위에 놓인 다이제스티브 비스킷을 하나씩 집어 청량감이라고는 하나도 없이 뻑뻑한 식감과 싸우며 2층으로 향했다.

3

다락방으로 이어지는 폭 칠십 센티미터 남짓의 좁은 계단에
는 연지색 카펫이 딱 맞게 깔려 있었다. 발을 내디디자 익숙지
않은 고급스러운 감촉이 전해져서 결혼식에 입장하는 신랑처
럼 묘한 기분을 맛보며 올라갔다.

열 개쯤 되는 계단을 다 올라간 후에도 레드카펫은 계속 이
어졌다. 계단과 폭이 같고 길이는 일 미터쯤 되는 짧은 복도 끝
에 문이 하나 있었다.

평평한 나무 문이다. 오른쪽에 놋쇠 빛깔의 둥그런 문손잡이
가 달려 있을 뿐 장식은 하나도 없다. 문 자체는 흰색이다. 하지
만 다가서자 어라, 싶었다. 색깔이 고르지 못하고 문 위쪽에는
둥그렇게 뭉친 페인트 덩어리가 몇 개 맺혀 있었다.

"실력을 보니 아마추어로군." 나는 뒤에 있는 우가치에게 물
었다. "가스미가 본인이 칠했어?"

"응. 사흘 전에 직접 칠했대."

"그럼 마른 지 얼마 안 됐겠네." '밀실 담당'이 의미심장한 표
정으로 턱을 쓰다듬었다. "우가치, 너희들 이 문을 세게 두드리
거나 힘차게 닫아봤어?"

"……아니. 거칠게 다룬 적은 없는데."

"그렇겠지."

도리는 문으로 한 발짝 다가가서 갑자기 오른손을 쳐들더니,

쾅! 쾅! 쾅!

하고 힘껏 두드렸다.

물론 그런다고 경첩이 빠지지는 않았지만, 문 전체에서 하얀 페인트 가루가 떨어져 나와서 먼지 한 톨 없는 카펫 위에 폴폴 내려앉았다.

아, 그렇구나, 하고 나는 무심결에 고개를 끄덕였다. 미술상의 손목시계에 묻은 가루는 이거였구나.

페인트 가루가 점점이 내려앉자 문에 닿은 카펫 끄트머리가 흰색으로 더러워졌다. 눈이라기보다 비듬 같다. 도리는 쪼그려 앉아 자비로 마련한 줄자를 꺼내 끝부분을 문에 갖다 대고 가루가 떨어진 범위를 쟀다. 딱 삼 센티미터였다. 그리고 카펫을 두세 번 손으로 털었다. 하지만 섬유가 가느다란데다 정전기가 일어난 탓인지 가루가 카펫에 단단히 들러붙어서 거의 떨어지지 않았다.

"뭐 하는 거야?"

"아니, 그냥 좀."

도리는 내 질문에 건성으로 대답하고 일어서서 문손잡이를 잡았다. 문은 희미한 소리와 함께 바깥쪽으로 열렸다.

현장으로 들어갔다.

아틀리에는 다락방치고 제법 넓었다. 정면 선반에는 묵직해 보이는 미술 관련 서적과 그림 도구가 죽 놓여 있었고, 그 옆은 팔레트를 씻는 데 사용하는 조그마한 세면대였다. 그 옆에는 작업 책상이 자리를 잡았다. 책상 앞에 걸린 화이트보드에는 "8일 오전 9시. 미쓰코시와 협의"라고 오늘 일정이 큼지막하게 적혀 있었다. 둥근 천창으로는 8월의 강렬한 햇살이 눈부시게 비쳐들었다. 바닥은 마루. 벽지는 연한 크림색. 구석에는 에어컨과 공기청정기, 그리고 방 한복판에는 쓰러진 이젤 곁에 흰색 선이 사람 모양으로 그어져 있었다.

"의외로 방이 깔끔하네."

"가스미가 히데오는 부지런한 성격이라 방도 꼼꼼하게 청소했다더라."

"이야, 도리 너도 좀 본받아야겠다."

"……이건 짚고 넘어가야겠군. 히사메 너도 자주 어지르잖아."

"비율을 따지면 네가 더 높아."

"혼돈이 바로 내 미학이야."

"그거 네 슬로건으로 삼는 게 어때?"

계속 이야기를 주고받으며 양쪽 벽을 살펴보았다. 커다란 액자 여섯 개가 걸려 있었지만, 지금은 전부 알맹이 없이 텅 비었다. 정작 중요한 그림은 바겐세일에 나온 염가 판매품처럼 작업 책상 앞에 아무렇게나 포개어져 있었다. 제일 위의 그림은 들은 대로 구석구석까지 진한 빨강색으로 칠해져 있었다.

입구를 돌아보자 파트너는 문손잡이에서 십 센티미터쯤 밑에 달린 걸쇠식 잠금장치를 면밀히 관찰하고 있었다.

"김이 팍 샐 만한 의견인데." 나는 문득 생각이 나서 말을 꺼냈다. "실을 사용해 밖에서 잠금장치를 잠갔다는 가설은 어때? 왜, 문과 문틀 사이에 알루미늄 자가 들어갈 만한 틈이 있었잖아."

"그건 우리도 고려했어." 우가치가 대답했다. "몇몇 방법을 시도해봤지만 안 된다는 결론이 나왔지. 오랫동안 사용하지 않은 탓이겠지만 걸쇠는 몹시 녹이 슬었어. 실로 잡아당기는 정도로는 꿈쩍도 안 해. 즉 바깥에서 자로 걸어 올려 열 수는 있어도 잠글 수는 없어."

"이래서야 '바늘과 실' 트릭은 써먹기 힘들겠어."

도리는 걸쇠를 돌리면서 말했다. 손의 움직임에 맞추어 끽끽, 하고 듣기 싫은 소리가 났다.

"기계적 트릭은 안 통한다. 그렇다면 유능하신 경위 나리의 또 다른 견해는?"

"네가 그렇게 말하면 놀리는 걸로 들리거든." 우가치는 도리를 노려보고 나서 대답했다. "……난 밀실 자체가 연극 아니었을까 의심스러워. 문이 잠긴 걸 확인한 사람은 아들과 미술상 뿐이잖아. 두 사람이 공범이고, 일련의 증언이 모조리 거짓말이었다면."

"땡."

유능한 경위 나리가 말을 끝맺기도 전에 도리는 말허리를 잘랐다.

"미쓰코시의 손목에는 문에서 떨어진 페인트 가루가 묻어 있었어. 녀석은 실제로 이 방의 문을 두드렸다는 뜻이지. 거짓말은 하지 않았어."

"우가치의 의견을 부정할 재료치고는 약한데." 내가 끼어들었다.

"충분해. '문이 잠겼다'고 거짓말만 하면 그만인 상황인데, 굳이 노크를 하지는 않겠지."

"……뭐, 그런가."

게다가 공범이라면 얼마든지 더 그럴듯하게 범행을 저지를 수 있었을 테고.

밀실은 파트너에게 맡기고 나는 내 담당 분야에 집중하기로 했다. 덧칠된 그림이다.

과연 '하늘의 작가'답다고 할까, 그림 여섯 점은 모두 하늘색으로 통일되어 있었다. 비가 그치고 맑게 갠 하늘, 숲속에서 올려다본 구름 낀 하늘, 말간 겨울 하늘…… 등등 풍경에 조금씩 변화를 주어 섬세한 기법으로 그려놓았다.

사이즈도 전부 동일한데, 제법 큰 편이다. B1 종이와 비슷할까. 하지만 두께는 오 밀리미터 정도다. 나무틀에 화포畵布를 입힌 보통 캔버스와 달리 이 여섯 점은 평평한 베니어판에 화포를 입혔다. 캔버스 보드라는 유형의 캔버스로, 사이즈가 크더라도 휴대하기가 간편하여 야외 스케치에 적합하다고 들은 적이 있다. 생전에 가스미가 히데오가 자신의 차에 이 캔버스 보드를 싣고 우에노의 산으로 나다니는 모습이 어쩐지 머릿속에 그려졌다.

빨갛게 덧칠된 그림은 희미하게 비치는 밑바탕을 보건대 아무래도 시골의 소나기구름을 그린 작품인 듯하다. 뒤쪽을 보니 "P·40호"라고 사이즈가 인쇄되어 있었다. P는 풍경화용paysage의 이니셜이리라. 그 아래에 연필로 "여름의 기억 2009.7.30."이라고 흐릿하게 써놓았다. 화이트보드의 글씨와 비교해본바 틀림없이 똑같은 글씨체인 듯하다.

"제목이 너무 평이하지 않아?" 우가치가 물었다.

"뭐, 그렇군……. 이 〈여름의 기억〉, 가스미가가 마음에 들어 한 작품인가?"

"딱히 그렇지도 않았던 모양이야." 우가치는 세면대에 눈길을 주며 말을 이었다. "저기에 빨간 물감을 녹인 팔레트와 솔이 남아 있었어. 범인은 가스미가를 죽인 후에 액자에서 그림을 꺼내서 아틀리에에 있던 도구를 사용해 이 한 점만 덧칠했겠지. 다만 문제는……."

"왜 그런 짓을 했을까?" 나는 말을 이어받았다. "적어도 단순한 원한 때문만은 아닌 것 같은데."

뭐, 파란 하늘 그림을 빨갛게 칠하는 행위 자체는 이해가 간다. 네 작품을 더럽히겠다는, 실로 알아먹기 쉬운 메시지다. 하지만.

"나머지 다섯 장이 무사하다는 게 불가해해. 〈여름의 기억〉은 이렇게 꼼꼼하게 덧칠했으면서 다른 그림에는 전혀 손을 대지 않았어. 이래서야 액자에서 꺼낸 의미가 없지. 가스미가가 〈여름의 기억〉을 특별히 아끼던 것이 아니라면 더더욱 이상해."

"전부 덧칠할 작정이었지만 첫 번째 그림을 색칠하는 데 시간이 너무 많이 든 것 아닐까?"

"범행 시각은 새벽 1시잖아? 날이 샐 때까지 시간은 충분히 있었을 거야. 즉……."

"즉 이 수수께끼의 중점은 '덧칠된 한 장의 그림'이 아니라 '덧칠되지 않은 다섯 장의 그림'이라는 뜻."

갑자기 도리의 목소리가 끼어들었다. 쳐다보자 역시 자비로 마련한 돋보기를 한 손에 들고 문 앞쪽 바닥에 납작 엎드려 있었다. 자기가 무슨 홈스도 아니고 뭘 조사하는 걸까.

"남의 말을 가로채지 마."

"하지만 맞잖아."

짝퉁 홈스는 씩 웃었다. 나는 어깨를 으쓱하고 다시 그림으로 시선을 돌렸다.

안경을 밀어 올리고 집중했다.

평소와 다름없이 얼음처럼 차가워진 머리가 조용히 돌아가기 시작하는 감각이 느껴졌다. 무수히 많은 동기 중에서 가장 합리적이고 수긍이 가는 것을 찾아내고자 추론을 시작한다. 자, 생각해라, 가타나시 히사메. 그림 여섯 점을 액자에서 꺼내어 그중 한 점만 빨갛게 칠했다. 범인의 목적은 뭐지?

이 정도로 꼼꼼히 칠하려면 공이 아주 많이 든다. 필요해서 어쩔 수 없이 칠했다고 생각하면 어떨까. 범인은 원래 액자에서 꺼낸 그림을 아무렇게나 포개어서 욕을 보이기만 하면 만족이었고, 덧칠할 생각까지는 없었다. 하지만 예상치 못하게 발생한 무슨 일을 감추기 위해 〈여름의 기억〉만 빨갛게 칠해야 했다. 예를 들면 살해할 때 가스미가 저항해 그림에 범인의 피가 묻었다든가.

나는 옆쪽에서 그림을 바라보았다. 하지만 물감은 뭉친 데

없이 아주 고르게 칠해졌고 핏자국 비슷한 것은 남아 있지 않았다. 헛짚은 모양이다.

그렇다면 반대인 걸까. 빨갛게 칠한 그림으로 시선을 붙들어 다른 그림에서 주의를 돌리려는 노림수. 즉, 감추고 싶었던 것은 다른 그림 다섯 점이다.

"이 그림, 전부 진짜일까?"

나는 곁에 서서 샴페인사이다 맛 젤리를 먹고 있는 우가치에게 물었다.

"그림의 진위는 판별이 불가능하지만, 그림 뒷면의 글씨체는 전부 일치했어."

"그렇구나……"

다섯 점 중 한 점을 위작과 바꿔친 것이 아닐까 싶었지만 그것도 아니었다. 그럼 뭘까. 그림 여섯 점. 그중 한 점만 빨갛다. 어중간하게도 한 점만…… 눈속임의 규모가 좀더 큰지도 모르겠다.

"우가치. 아까 미즈에 씨도 용의자 취급했는데, 혹시 그 사람 보험금 수령인이야?"

"감이 좋구나." 여걸은 샴페인사이다 맛 젤리를 하나 먹고 말했다. "생명보험금 이억 엔의 수령인이야. 그러니 더할 나위 없는 동기를 갖춘 셈이지. 말이 나온 김에 이야기하자면 류야는 자신의 작풍을 두고 아버지와 걸핏하면 다퉜대. 미쓰코시는 피해자와 특별한 문제가 없었던 것 같지만, 삼십 년도 넘게 영업상 관계를 맺어왔으니까 뒷전에서 알력이 있었을 가능성도 있지."

"하지만 가스미가가 죽어서 제일 이득을 보는 사람은 미즈에씨다 그거로군."

"아무렴. 어쨌거나 이익이니까. 나도 그만한 돈이 있으면 좋겠다."

"나도 갖고 싶어."

"이 도리 님도 탐이 나신다."

……뭐, 영양가 없는 이야기는 이쯤 하고.

"그림을 이렇게 어중간한 상태로 둔 건 범인 입장에서는 아무래도 상관없기 때문이었을지도 몰라. 그림 여섯 점을 바닥에 내팽개치고 적당히 하나를 골라 덧칠해서 경찰에게 '동기는 원한'이라는 인상만 주면 충분했던 거지. 진짜 동기를 감추기 위해."

"그 진짜 동기가 보험금이다?"

"그렇게 보면 현장을 밀실로 만든 합리적인 이유를 도출할 수 있지. 살인으로 결론이 나야 보험금이 지급돼. 그렇지만 자기가 의심받을 수는 없지. 그래서 살인 현장을 밀실로 만들어 불가능 상황을 연출한 거야."

"⋯⋯분명 앞뒤 아귀가 딱 들어맞는군. 그렇다면 범인은 가스미가 미즈에⋯⋯."

"그것도 땡."

우가치가 수긍하려던 차에 또 도리가 끼어들었다.

"부인이 범인이라면 애당초 우리가 지금 여기에 있을 리가 없지."

아차. 그걸 깜빡했다.

우리를 부른 건 미즈에 씨 본인이다. 범인이 탐정에게 사건 해결을 의뢰하다니 본말전도다.

"하, 하지만 우리는 그렇게 유명하지 않잖아. 수사를 교란하고자 일부러 그랬을지도."

"아니야. 왜냐하면 범인은 따로 있으니까."

도리는 문 앞에서 물러나 이쪽으로 다가왔다. 내 옆에 한쪽 무릎을 꿇고 앉아 빨갛게 칠해진 〈여름의 기억〉을 관찰했다.

"뭐 좀 알아냈어?"

우가치가 물었지만 도리는 대답하지 않고 캔버스 보드를 뒤집었다. 그리고 스마트폰을 꺼내 잠깐 만지작거리고 나서야 입을 열었다.

"우가치, 부인이랑 아들, 그리고 미술상을 데리고 와. 잠깐 확인할 게 있어."

"······경찰을 턱으로 부리지 마."

불평을 늘어놓으면서도 경위는 아래층으로 내려갔다. 사람들이 오기를 기다리는 동안 도리는 문 앞을 어정거리며 곱슬머리를 손가락으로 배배 꼬았다. 어쩐지 여느 때와 다르게 아주 기분이 좋아 보였다.

"밀실 수수께끼를 풀어냈어?"

"암. 너한테는 미안하지만 히사메, 이 사건은 역시 내가 주인공이었어."

도리는 돋보기를 내밀더니 여기를 보라는 듯이 발끝으로 바닥을 두드렸다.

나는 쪼그리고 앉아서 문 앞의 바닥을 돋보기로 확대하여 들여다보았다. 마룻바닥은 깨끗하다. 흠집도 없고, 먼지도······ 아니, 잠깐만. 뭔가 떨어져 있다.

비듬과 비슷한 하얀 가루가 솔솔.

"······젠장!"

나는 무의식중에 천창을 올려다보았다. 안타까움과 눈부신 햇빛 때문에 눈이 가늘어졌다. 몇몇 실마리가 연결되어 나도 트릭을 알아냈다. 필연적으로 범인도. 아아, 왜 이렇게 단순한 걸 알아차리지 못했을까.

잠깐, 아직 불가해한 점이 남아 있다. 이것이 진상이라면 범인은 왜一.

"도리."

고개를 내렸을 때 나는 이미 냉정함을 되찾은 뒤였다.

"안됐지만 대사를 되돌려줄게. 이건 내 사건이었어."

"……?"

파트너가 뭐라고 말하려 했지만 때마침 우가치가 세 사람을 데리고 돌아오는 바람에 주의가 그쪽에 쏠렸다.

미즈에 씨와 미술상 미쓰코시, 아들 류야. 방에 들어오자마자 한복판에 그어진 흰색 선을 보더니 세 사람 모두 침울하게 표정이 흐려졌다. 익숙한 집이라고는 하나 살인 현장이다 보니 다들 심기가 불편한 듯했다.

"도대체 무슨 일입니까?"

미쓰코시가 경계하는 태도를 취하자 도리는 "아아, 별거 아니야" 하고 손을 내젓고 말했다.

"당신이랑 류야의 몸무게를 알려줬으면 해서."

듣는 입장에서는 도무지 의도를 가늠하기 힘든 질문이었으리라. 그래도 미쓰코시는 "6, 65킬로그램인데요" 하고 작은 목소리로 답했고, 류야는 더 가냘프게 "55요" 하고 대답했다.

도리는 만족스러운 듯이 고개를 끄덕였다.

"다음은 부인. 당신이 보기에 남편은 성격이 거칠었나? 예를 들어 발소리가 시끄러웠다거나, 문을 난폭하게 여닫았다거나."

"……그런 적은 없었어요. 오히려 그 사람은 물건을 얌전하게 다루는 편이었는걸요."

미즈에 씨도 확실히 대답했다. 셋 다 우리의 예상과 거의 같은 답변이었다.

"고마워, 부인. 모두 아래층으로 돌아가도 돼."

"어, 벌써요?"

"응, 이제 됐어. 우리 볼일은 끝났으니까."

세 사람은 불만스러운 듯한 표정으로 아틀리에를 나섰다. 문이 닫히자 우리 둘은 말없이 서로 고개를 끄덕였다.

도리가 우가치에게 다가가서 아주 간결하게 알렸다.

"범인은 가스미가 류야야."

4

"설명을 들어볼까."

이십 분 후. 우가치는 아틀리에 벽에 기대어 서서 우리를 번갈아 바라보며 새 샴페인사이다 맛 젤리를 개봉했다.

방금 전까지는 출동한 경찰차의 사이렌 소리 때문에 귀가 따가웠지만, 지금은 다 돌아가고 매미 소리만 들릴 뿐이다. 범인으로 지목받은 화가의 아들은 별다른 저항 없이 연행됐다. 몸무게를 물어봤을 때 달아날 길이 없음을 알아차린 거겠지.

"어떻게 놈이 범인인 줄 알았지?"

"노크야."

불가능 전문 탐정은 거침없이 설명을 시작했다.

"미쓰코시는 아틀리에 문을 세게 두드렸다고 증언했어. 그래서 나도 똑같이 해봤지. 그러자 마른 지 얼마 안 된 페인트가 벗겨졌고, 폴폴 흩날린 페인트 가루가 바닥에 깔린 카펫 끄트머리에 내려앉았어. ……하지만 내가 노크할 때까지 카펫에는 먼지 한 톨 없었지."

미쓰코시가 문을 두드렸을 때도 페인트 가루는 문에서 떨어져 나왔을 것이다. 그 증거로 그의 손목시계 줄에는 페인트 가루가 묻어 있었다. 하지만 카펫은 더러워지지 않았다.

"……처음으로 노크했을 때 떨어져 내렸을 페인트 가루가 카펫에서 사라졌다는 거야?"

"그래. 왜 그런 일이 발생했을까? 누가 페인트 가루를 청소한 건 아니야. 나도 손으로 털어봤지만 페인트 가루는 정전기가 심한 카펫에 단단히 붙어서 쉽게 떨어지지 않았어. 사건이 발생했다는 사실이 밝혀진 후 누가 느긋하게 청소기를 돌렸을 리도 없을 테고 말이야. 그럼 카펫 자체가 바뀌었다? 이것도 논외.

카펫은 계단에서부터 쭉 이어져 있어. 교체하기에는 너무 크다고. 그렇다면 개연성이 높은 답은……."

"카펫 길이가 바뀐 거야." 내가 옆에서 말했다. "미쓰코시가 노크할 때 카펫은 삼 센티미터쯤 짧아져서 문에 닿아 있지 않았어. 그 때문에 페인트 가루가 카펫 끄트머리에 떨어지지 않은 거지. 카펫 길이는 노크를 한 후에 원래대로 되돌아왔어."

"남의 말을 가로채다니."

"방금 전의 답례야."

우리는 마주 보고 기분 좋게 웃었지만, 우가치는 그럴 기분이 아닌 듯 이쑤시개를 든 손을 멈추었다.

"보자 보자 하니까. 카펫 길이가 줄어들었다가 도로 늘어나다니, 그게 말이 돼?"

"그런데 말이 되거든. 밖으로 나가서 기다려봐."

도리는 문을 열고 호텔 도어맨 시늉을 하며 우리를 재촉했다. 나는 우가치와 아틀리에 밖으로 나갔다. 복도를 지나쳐 계단을 몇 단 내려가서 몸을 돌렸다.

도리는 방에서 나와서 일단 문을 닫았다. 그리고 쪼그려 앉더니 연지색 카펫 끄트머리에 손가락을 넣어 휙 들어 올렸다. 그대로 계단 쪽으로 걸어와서 복도에 깔린 카펫을 전부 걷어냈다. 발걸음을 돌려 문을 열고 방 안으로 돌아갔다.

"쟤 뭐 하는 거야?"

"보고 있으면 알아."

몇 초 후, 휘파람을 불며 방에서 나온 도리는 마치 극단의 대도구 담당 같았다. 다만 무대 배경이 그려진 널빤지가 아니라 캔버스 보드 여섯 장을 포개어서 옆구리에 끼고 있었다. 제일 위의 그림은 진한 빨간색으로 덧칠된 〈여름의 기억〉이었다.

도리는 문을 닫고 포개어서 들고 있던 캔버스 보드 여섯 장을 복도에 내려놓았다. 그리고 카펫을 다시 깔아서 캔버스 보드를 덮었다.

"봐, 이제 짧아졌지."

나는 우가치와 함께 문 앞으로 돌아가서 발아래를 확인했다. 계단에서부터 쭉 이어진 카펫은 포개어진 캔버스 보드의 두께만큼 짧아져서 문에 닿지 않았다. 하지만 그 사실을 알아차리는 데는 시간이 좀 필요했다.

카펫과 문 사이에 생긴 삼 센티미터의 빈틈으로 〈여름의 기억〉의 끄트머리, 즉 연지색 카펫과 똑같은 색깔로 덧칠된 그림의 끄트머리가 보였기 때문이다.

나는 문손잡이를 잡고 문을 살짝 당겨보았다. 하지만 밖으로 열리는 문은 바닥에 깔린 그림에 걸려서 조금도 움직이지 않았다.

노킹 온 록트 도어

"이 문은 애당초 잠겨 있지 않았어." 도리가 말했다. "여기는 다락방이니까 문 앞의 복도는 아주 좁고 짧은 외길이야. 폭은 칠십 센티미터 남짓에 문에서 계단까지는 길이가 일 미터. 그리고 그림 여섯 점은 전부 P 사이즈 40호 크기였어. P 사이즈 40호 캔버스의 규격은 가로 100센티미터에 세로 72.7센티미터. 즉, 복도의 가로세로 길이에 딱 맞아."

"캔버스 규격 같은 걸 잘도 아는구나." 내가 핀잔을 주자,

"아까 스마트폰으로 알아봤지."

"……아, 그러서."

"범인은 아틀리에에서 나온 후, 그림 여섯 점을 포개어서 복도에 놓고 카펫으로 덮어서 바닥 높이를 높인 거야. 캔버스 보

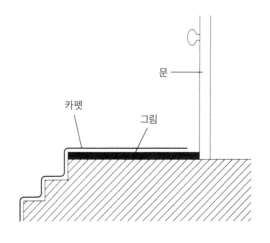

드의 두께는 오 밀리미터 정도. 그걸 여섯 장 포개면 바닥이 약 삼 센티미터쯤 높아진다는 계산이 나오지. 두께 삼 센티미터의 판자가 도어스토퍼 역할을 한 셈인데, 미쓰코시가 문을 열려고 했을 때는 그 위에 합쳐서 몸무게가 백이십 킬로그램이나 나가 는 남자 두 명이 서 있었어. 그러니 문을 열려고 한들 열릴 리 가 있나."

그리고 문이 열리지 않으면 사람은 당연히 잠겨 있다고 착각 한다.

"그럼" 하고 우가치는 도리에게 고개를 돌리고 말했다. "범인 이 액자에서 그림을 꺼낸 건……."

"이 트릭에 사용하기 위해서야. 한 점만 빨갛게 칠한 이유는 보다시피 바닥이 삼 센티미터 높아져서 카펫 길이가 모자라기 때문이지. 카펫이 문까지 이어져 있는 것처럼 위장하려고 그림 을 카펫과 똑같은 색깔로 칠한 거야. 끄트머리뿐만 아니라 전부 다 덧칠한 건 트릭을 사용했다는 사실을 감추기 위한 꼼수고."

도리는 말하면서 카펫을 젖히고 그림 여섯 점을 집어 들었 다. 진한 빨간색은 핏빛이 아니라 카펫 빛깔. 눈치챘어야 했다.

"범인은 이 트릭을 이용해 미쓰코시의 머릿속에 문이 잠겨 있다는 착각을 심었어. 그다음 미쓰코시가 1층에 간 사이에 그 림을 들고 아틀리에로 들어가서 적당한 곳에 내팽개치고 나왔지—아마 그때는 손수건을 장갑 대신 사용했을 거야—그리고 사람들이 돌아오자 걸쇠를 벗기는 척하고 아주 자연스럽게 문을 열었어. 방 안에 떨어진 페인트 가루가 내 추리를 뒷받침하는 증거야."

가스미가 히데오는 평소 깔끔을 떨었고, 문을 난폭하게 여닫는 성격도 아니었다. 그렇다면 방에 페인트 가루를 떨어뜨린 것은 그가 아니라 다른 사람이다.

아마도 범인은 그림을 실내에 돌려놓을 때 〈여름의 기억〉 끄트머리에 흰색 페인트 가루가 묻은 것을 알아차리고 허둥지둥 털어냈으리라. 그 가루가 문 앞 마룻바닥에 떨어진 것이다.

"말할 필요도 없겠지만 그게 가능했던 사람은 가스미가 류야 한 명뿐이야. 따라서 녀석이 범인이지."

증명 종료, 하고 까불거리는 말투로 설명을 마치더니 도리는 문을 열고 아틀리에로 들어갔다.

우리도 뒤따라갔지만 우가치는 찜찜한 구석이 있는 모양이었다. 생각났다는 듯이 파란색 막과자를 입에 넣고 씹다가 "한 가지 불가해한 점이……" 하고 말했다.

"트릭은 그걸로 됐다 치고, 류야가 밀실을 만든 이유는 뭐지? 아무리 혐의를 피하기 위해서라고는 하나 이런 장치는 실패할 위험도 크잖아. 수고한 것에 비해 이점이 없어."

"글쎄다. 그런 시시한 수수께끼는 이쪽 안경잡이한테 물어봐."

"그럼 쓸모없는 곱슬머리 대신 안경잡이가 설명해드리지."

내 차례다. 나는 한 걸음 앞으로 나서서 평소 습관대로 안경 위치를 바로잡았다.

"결론부터 말하자면 범인의 목적은 밀실을 만드는 게 아니었어. 밀실은 어떤 일을 한 결과 생겨난 부산물에 지나지 않아."

아까 '부산물'을 풀어낸 탐정이 얼굴을 찡그렸다.

"뭔 소리야?"

"힌트는 기독교."

"……와, 사람 뒤통수를 빡 때리네!"

단 한마디로 알아들은 모양이다. 도리는 방금 전에 내가 그랬던 것처럼 소리를 치고 천창으로 고개를 들었다. 마치 배신당했다는 듯이 손에 쥐고 있던 그림 다발을 툭 떨어뜨렸다.

"그런…… 아니, 하지만 근거는 없잖아!"

"화이트보드에는 오늘 아침에 미쓰코시가 온다는 일정이 적혀 있었어. 범인이 그걸 노렸을 가능성은 충분하지."

"이 머저리 같은 범인 자식이."

"머저리라니, 옛날부터 존재했던 합리적인 방식이야."

"도대체 무슨 소리야?"

도리가 곱슬머리를 쥐어뜯는데도 아랑곳없이 우가치가 따져

물었다. 나는 바닥에 떨어진 그림을 모아서 정리하며 대답했다.

　"화가를 지망하던 가스미가 류야는 작풍을 두고 가스미가 히데오와 다퉜어. 마침내 그는 인내심의 한계에 도달하여 아버지를 죽였지. 하지만 그것만으로는 속이 시원해지지 않자 어떤 방법을 사용해 아버지의 작품을 더럽힘으로써 원한을 푼 거야. 에도시대 때 사용된 '후미에♦'와 똑같은 방법으로."

　그 단어를 듣자 우가치의 얼굴도 대번에 굳어졌다.

　"그럼 범인의 목적은……."

　"그래. 류야는 밀실을 만들기 위해 그림을 카펫 아래에 깔아놓은 게 아니었어. 아버지와 삼십 년 넘게 친교를 맺어온 미쓰코시가 본인도 모르게 아버지가 그린 그림 여섯 장을 밟게 하기 위해서였어."

♦ 踏み絵. 에도시대 때 기독교도를 색출하고자 예수 그리스도나 성모 마리아의 그림을 밟게 했던 것을 가리킨다. 밟으면 기독교를 부정한다는 뜻이므로 기독교도가 아닌 것으로 간주했다.

머리카락이
짧아진
시체

1

우리의 집이자 탐정 사무소 현관문에는 인터폰이 달려 있지 않다. 차임벨이나 초인종, 노커 따위도 없다.

개업할 때 내가 전부 없앴다.

물론 내가 시대에 뒤떨어진 사람이라 그런 것은 아니다. 인터폰 소리가 무미건조하고 따분한 것에 비해 사람이 맨손으로 노크하는 소리는 천차만별이다. 강약, 장단, 노크의 간격 등을 단서 삼아 문간에 어떤 사람이 서 있는지 대충 추측할 수 있다. 의뢰인을 만나기 전에 의뢰인의 인물상을 꿰뚫어 보는 셈이다.

개업 당시는 "도대체 무슨 생각이야. 그딴 짓을 하면 올 손님도 돌아갈 테고, 불편하기 짝이 없잖아" 하고 툴툴거리던 파트너도 내 의도를 이해했는지 요즘은 불평을 하지 않는다. 솔직히 내가 생각해도 끝내주는 아이디어였다. 사무소 이름도 이 아이디어에 빗대어 '노킹 온 록트 도어'라고 지었을 정도다. 노크! 그야말로 탐정 사무소에 어울리는 지적인 취향 아닌가!

그런 고로 오늘 울려 퍼진 노크 소리를 분석해보자면.

똑똑, 또도독, 통똑똑. 똑똑, 또독또독.

"……진보인가."

냉메밀국수를 집어 들던 젓가락을 멈추고 파트너가 말했다.

"진보 씨네요."

보리차를 따라주던 아르바이트생 구스리코가 동의했다.

"진보로군."

고추냉이를 간장에 풀면서 나도 고개를 끄덕였다. 추리가 들어갈 여지가 없었다. 큰북을 두드리듯이 이렇게 노크하는 인간은 이 세상에 그 녀석밖에 없다.

구스리코는 슬리퍼를 잘잘 끌며 복도로 나갔다. 파트너인 가타나시 히사메는 식탁에 젓가락을 내려놓고 의자에 몸을 기댔다. 개성 없는 짧은 머리를 쓸어 올리고 개성 없는 은테 안경 위치를 바로잡은 후 개성 없는 감색 넥타이를 매만졌다. 그리고 유일하게 인상적인 또릿또릿한 눈을 현관으로 돌렸다.

"왜 진보는 매번 밥 먹을 때 찾아오는 걸까."

"글쎄다." 나는 답했다. "재능 아니겠어?"

"재능? 무슨?"

"사람 성질 돋우는."

문이 철컥 열리는 소리가 들렸다. 거의 동시에 "어허, 어허, 야쿠시지 씨!" 하고 까불거리는 남자 목소리가 귀에 들어왔다. "잠깐 못 본 사이에 더 예뻐졌네요." "와, 정말이에요?" "정말이고말고요. 여기에다 가슴만 크면 금상첨화인데." "꺅, 진보 씨, 변태!" 찰싹! "아하하하하하하." "하하하하하하."

평화로운 오후는 물 건너갔다고 보는 게 낫겠다. 나와 히사메는 얼굴을 마주 본 후 동시에 메밀국수를 후루룩 먹었다. 고추냉이를 너무 많이 넣었는지 콧속이 찡했다.

이윽고 "이야, 얼굴 잊어버리기 전에 또 뵙는구먼요" 하고 인사하며 진보 효키치가 구스리코를 따라 주방에 들어왔다. 말투에서는 상상도 안 가겠지만, 우리와 동년배 젊은이다. 갈색으로 살짝 물들인 머리. 멘스멜로즈에서 구입한 테일러드 재킷. 그리고 사람을 깔보듯이 히죽거리는 웃음. 얼굴은 무슨 아이돌 그룹 출신처럼 생겨가지고 수상쩍은 분위기를 짙게 발산하고 있다.

"아이고, 가타나시 씨 잘 지내셨어요? 고텐바 씨도 오랜만입니다. 변함없이 목 주변이 더워 보이는군요. 앗, 메밀국수다. 어휴, 군침 돌아라. 저도 좀 먹어도 되겠습니까?"

"먹고 싶으면 돈 내" 하고 히사메가 말했다. "한 그릇에 천이백 엔."

"비싼뎁쇼."

"여고생이 삶았으니까."

나는 앞치마를 두른 구스리코를 엄지손가락으로 가리켰다. 뭔가 웃음 코드를 자극했는지 손님은 또 "아하하하" 하고 과장되게 웃더니 맞은편 자리에 앉았다. 그리고 손에 들고 있던 무식하게 큰 비즈니스 가방을 식탁에 올려놓고는,

"의뢰를 받아왔습니다."

하고 본론을 꺼냈다.

진보의 직업은 중개인이다. 약삭빠르게도 여기저기서 사건을 긁어모아 적당한 탐정에게 팔아넘기는 장사를 한다. 하지만 성질나게도 이 남자의 일솜씨는 믿을 수 있다.

"시모키타자와의 임대 맨션에서 살인 사건이 발생했어요. 의뢰인은 맨션 주인. 빨리 해결하지 않으면 다음 임차인을 받을 수 없다는군요."

"나랑 히사메 중에 어느 쪽 사건이지?"

나는 반사적으로 물었다.

묘한 질문이라 생각할지도 모르지만, 나와 히사메는 둘 다 탐정이고 사무소도 공동으로 경영한다. 각각 담당하는 분야가

다른데, 나는 '불가능 전문'이고 히사메는 '불가해 전문'이다. 실은 독립해서 사무소 간판에 '고텐바 도리 탐정 사무소'라는 근사한 이름을 박아 넣고 싶지만, 둘 다 자신 있는 분야 말고는 더럽게 형편없기 때문에 부득이하게 서로 협력하고 있다.

이번에 진보의 대답은 "가타나시 씨입니다"였다. 그 순간 나는 고개를 떨구었고, 대신에 히사메가 몸을 내밀었다.

"자세하게 이야기해줘!"

"예, 물론입죠."

진보는 멋대로 냉메밀국수를 치우더니 비즈니스 가방에서 종이 몇 장을 꺼내 식탁에 펼쳤다.

"'목이버섯'이라는 극단이 있는데요. 아니지, 멤버가 네 명뿐이니까 극단이라기보다 콩트 집단이라고 할까요. 배우를 지망하는 젊은이 네 명이 소극장 등지에서 코미디 형식의 다양한 연극을 선보이고 있었다고 하네요. 돈을 추렴하여 빌린 방음이 잘되는 방을 연습실 삼아 연습을 하면서요."

"거기서 사건이?"

"정답."

진보는 서류에 첨부된 맨션 사진을 가리켰다. 이름이 '스페란자 다카하시'라니 어느 나라 말인지 모르겠다. 사진에는 1층 한가운데쯤에 위치한 방이 찍혀 있었다.

"이 103호실을 빌려서 썼어요. 니시베라고, 목이버섯 멤버 네 명 중에 제일 나이가 어려서 허드렛일을 도맡는 남자가 있는데요. 오늘 오전 11시 정각에 그 사람이 이 방에 왔습니다. 기치조지에 있는 '코스모자'라는 극장에서 무대를 열기로 했는데, 깜박하고 옮기지 않은 의상과 기재가 있어서 극단 리더가 '물건들을 차에 실어 대기실로 옮겨줘. 짐은 미리 정리해둘 테니까' 하고 시켰답니다.

방 열쇠는 니시베도 가지고 있었지만, 현관문이 살짝 열려 있어서 열쇠를 사용할 필요는 없었습니다. 조심성이 모자란다고 생각하며 안으로 들어가자 실내에는 아무도 없었고, 포장하지 않은 골판지 박스가 방치되어 있었죠. 욕실 문도 열려 있었는데 안에서 물소리가 들렸습니다. 머뭇머뭇 들여다보자 샤워기가 틀어져 있는 욕실에 여자가 속옷 차림으로 죽어 있었답니다."

물 흐르듯이 보고하면서 진보는 다른 종이 위로 손가락을 옮겼다. 어떻게 구했는지 피해자로 추정되는 여자의 사진이 붙어 있었다. 나이는 이십 대 초반 정도. 몸매도 키도 극히 보통이지만, 눈썹이 숯덩이처럼 짙었다. 그런 보이시한 인상에 여성스러움을 더하려는 것처럼 검은 생머리를 허리 언저리까지 길게 길렀고, 앞머리는 이른바 히메컷*을 했다. 이름은……

"젠다 미카. 목이버섯의 리더입니다."

"그렇다면 니시베를 부른 것도 이 사람이에요?"

구스리코가 손님용 유리잔을 내밀면서 끼어들었다. 진보는 "그렇습니다" 하고 대답하고 보리차를 받아 들었다.

"짐을 포장하려다가 습격당한 것으로 추정됩니다. 사인은 교살. 가느다란 끈 모양의 물건으로 목을 졸랐어요. 그 외에 공격을 받은 흔적은 없고요. 맨션 코앞에 편의점이 있는데, 10시경에 젠다 미카가 거기서 음료수를 사는 모습이 방범 카메라에 찍혔습니다. 즉, 10시에서 11시 사이에 살해당했다는 뜻입니다."

"용의자는?" 보리차를 마시며 나도 물었다.

"실내와 문손잡이에서 극단원 말고 다른 사람의 지문은 나오지 않았습니다. 첫 번째 발견자인 니시베를 포함해 극단원 세 명이 수상한 셈이죠. 모두 대단한 알리바이도 없는 듯하니까요."

"그 정도까지 용의자를 줄였단 말이지…… 그럼 불가해한 점은 '왜 시체의 옷이 벗겨져 있었는가'뿐이야?"

히사메가 기대에 약간 어긋났다는 듯한 표정으로 물었다. 나도 그 기분은 이해가 갔다. 여자의 옷을 벗기는 사건은 발에 채일 만큼 널렸다. 재미가 부족하잖아, 진보.

그런데 중개인은 그런 반응을 기다렸다는 듯이 히죽 웃었다.

◆ 앞머리를 일자로 자르고 앞머리와 이어지는 옆머리를 턱 길이까지 자른 머리 모양.

"아니요. 아무래도 이해가 가지 않는 점이 하나 더 있습니다."

녀석이 강조하는 것처럼 젠다 미카의 사진을 손가락으로 톡톡 두드렸다.

"보시다시피 젠다 씨는 머리를 길게 길렀습니다. 편의점 방범 카메라 영상을 봐도 머리가 길고요. 그런데 시체로 발견됐을 때는 머리가 짧았습니다. 목덜미 부근에서 싹둑 잘려 나갔어요."

"……그 말인즉슨."

"예. 범인이 시체의 머리카락을 잘라 현장에서 가지고 갔습니다."

진보는 고개를 육십 도 가까이 기울이더니 "불가해하죠?" 하고 의기양양한 얼굴로 말했다.

2

"……왜?"

스페란차 다카하시 103호실 앞에서 경위가 우리를 노려보았다.

무테안경과 눈물점, 몸에 딱 맞게 빼입은 회색 정장. 우가치다. 우리하고 대학생 시절부터 오랫동안 교유를 나누어온—본인은 그냥 아는 사람일 뿐이라고 주장하지만 ─ 친구다.

"왜?" 우가치가 다시 물었다. "뭐 하러 왔어?"

"여자가 속옷 차림으로 있다고 해서."

"보러 왔지."

나와 히사메가 교대로 대답했다.

"여자가 있기는 하지만, 숨은 안 쉬는데."

"괜찮아, 그쪽이 취향이야. 그렇지?"

"응. 불평도 안 할 테니까."

"돈도 안 들고."

"유지비는 들지 않을까?"

"냉장고에 넣어두면 돼."

"……너희들이 인기가 없는 이유를 잘 알겠다."

우가치는 넌더리가 난다는 듯이 말하고, 호주머니에서 작은 막과자 봉지를 꺼냈다. 설탕을 뿌린 작은 도넛 네 개가 줄지어 담겨 있었다. 그리운 옛날 생각이 절로 나는 영도넛이다. 우가치는 하나 집어서 베어 물고 턱으로 방 안을 가리켰다.

그냥 아는 사람이 하나 있으니 참으로 좋구나. 우리는 신발을 벗고 우가치를 따라 방으로 들어갔다.

복도 없이 곧장 다섯 평쯤 되는 원룸이 펼쳐졌다. 수사원 몇 명이 여기저기 흩어져 옷장 등을 조사하고 있었다.

현관 바로 곁에 커다랗고 텅 빈 골판지 박스 하나가 열린 상태로 놓여 있었다. 이번에 공연할 연극은 궁정 패러디물인지 골판지 박스 뒤쪽에 싸구려 드레스 몇 벌을 개어놓았고, 그 위에 음향용 스피커 두 대를 올려두었다. 접착테이프와 가위, 가전제품 대리점 등에서 얻을 수 있는 포장용 플라스틱 손잡이도 옆에 놓여 있었다. 과연, 들은 대로 짐을 포장하려다가 습격당한 모양이다.

사이드보드에는 화장 도구며 은색과 분홍색의 특이한 가발이 널려 있어 정신이 사나웠지만, 바닥은 깔끔하게 정리해두었다. 연습실이므로 가구도 적다. 왼편 벽 앞에 자리한 간이침대의 매트리스 위에는 숄더백과 여성복이 놓여 있었다. 젠다 미카가 입었던 옷이리라. 오른편 안쪽에 부엌이 보였고, 그 앞쪽에는 위쪽 절반이 젖빛 유리로 된 문이 있었다.

여기가 욕실이냐고 물으려고 했을 때, 그 문을 열고 양복 차림 청년이 나왔다. 오리를 닮아 입이 좀 튀어나왔고 사람 좋은 것 빼면 시체일 듯한 분위기를 풍기는 남자였다.

"아, 우가치 씨. 오셨군요" 하고 그 녀석이 고개를 숙였다.

"고쓰보, 배수구 속은 어땠어?"

"딱히 수상한 점은 전혀…… 아, 아, 아앗!"

남자는 보고를 하다 말고 갑자기 소리치더니 우리를 손가락

질렸다. 뭔 일이람.

"호, 혹시 이 두 분이 그겁니까? 일전에 말씀하신 탐정님들?"

"소란 떨지 마."

우가치는 야단을 치고 나서 우리에게 "이쪽은 고쓰보" 하고 건성으로 소개했다.

"저, 저, 정말로 반갑습니다! 이번 달에 수사1과에 배속된 고쓰보 교타로입니다!"

고쓰보는 몹시 흥분한 기색을 감추지 못하고 나와 히사메와 차례대로 악수를 나누었다. 그렇다기보다 억지로 손을 잡고 흔들었다.

"우리를 알아?"

"예, 우가치 씨에게 이야기 많이 들었거든요. 악마 같은 곱슬머리와 특징이라고는 없는 안경잡이라고 하시더니, 과연 듣던 대로네요!"

"악마⋯⋯?"

"특징이라고는 없는 안경잡이⋯⋯?"

책망하는 눈빛을 쏘았지만 우가치는 딱 잡아떼는 표정으로 "봐, 속옷 차림을 한 여자야" 하고 내뱉고 욕실 문을 열었다. 그리고 영도넛을 또 한입 베어 물고 업신여기듯이 말했다.

"어디 한번 잘 꼬셔봐라."

욕실은 양변기, 세면대, 욕조로 구성된 유닛 배스였다. 양변기 앞쪽 벽에 발성 연습표가 붙어 있어서 그야말로 연습실이구나 싶은 느낌이 들었다. 비닐로 된 커튼을 젖히자 『죠죠의 기묘한 모험』의 표지처럼 희한한 자세로 욕조에 누운 시체가 기다리고 있었다.

진보가 보여준 사진과 얼굴이 똑같은 여자 젠다 미카. 검은 생머리는 분명 목덜미 부분에서 싹둑 잘려 나갔다. 속옷은 화사한 민트그린. 이렇게 말하면 뭐하지만, 브래지어를 찰 필요가 있을까 의심스러울 만큼 몸매가 빈약하다. 진보가 보았다면 '여기에다 가슴만 크면'이라는 입버릇이 튀어나왔겠지.

샤워기 물은 이미 잠갔지만 핏기가 가신 피부에는 물방울이 군데군데 묻어 있었다. 발치를 보자 물에 젖은 은색 가위가 눈에 들어왔다. 아무래도 '커트'도 여기서 한 모양이다.

히사메가 시체의 턱을 살짝 들어 올렸다. 가느다란 끈 같은 물건으로 조른 자국이 목을 빙 두르며 선명하게 남아 있었다. 그 자국 위아래로 손톱으로 할퀸 것처럼 자잘한 상처도 몇 개 보였다. 목을 졸린 피해자가 끈을 풀려고 몸부림칠 때 생긴 상처다. 어, 이걸 무슨 선이라고 하더라. 요시다선? 아니, 요시카와선＊인가.

"확실히 다른 외상은 없네." 히사메가 말했다. "아주 평범한 교살 시체야."

"머리카락이 짧아진 걸 빼면 말이지. 범인의 목적은?"

나는 남의 일처럼 물었다. 실제로 남의 일이다. 이런 유의 불가해한 요소는 히사메 담당이다.

"머리카락보다 속옷이 마음에 걸려. 시체를 욕조에 눕힐 거라면 알몸으로 만드는 편이 자연스럽겠지. 옷은 벗겼는데 왜 속옷은 남겨두었을까?"

"범인은 에로틱한 반나체 마니아? 젖어서 비쳐 보이는 속옷이 취향이라든가?"

"네 프로파일링에는 마니아만 나오는구나."

실소를 사고 말았다. 농담이라고 변명할 틈도 없이 파트너는 욕실 밖으로 나갔다. 그리고 문 옆에서 기다리고 있던 우가치에게 "침대 위에 있는 옷은 피해자 거야?" 하고 간단하게 확인했다.

"응. 편의점 방범 카메라에 찍힌 옷하고도 일치했으니까 틀림없어."

우리는 뻔뻔한 얼굴로 수사원들에게 인사하며 침대로 다가

◆ 살인 사건 피해자의 목에 남은 긁힌 상처를 뜻한다. 다이쇼 시대(1912~1926)에 경시청 감식과장이었던 요시카와 조이치가 목의 긁힌 상처를 타살의 증거로 삼을 수 있다는 사실에 처음으로 주목한 것에서 유래한 명칭이다.

갔다. 숄더백부터 살펴보았지만 대단한 물건은 들어 있지 않았다. 다음으로 포개어진 옷을 한 벌씩 젖혔다.

제일 위는 흰색 양말 한 켤레. 그 아래는 무릎 길이의 얇은 치마. 그 밑은 옷깃과 옷자락만 색깔이 다른 레이어드풍 긴소매 티셔츠였다. 9월 초순답게 시원한 감이 느껴지는 코디…….

잠깐만.

"히사메, 이 옷."

"응. 자기가 벗었어."

"뭐?" 뒤에서 우가치가 목소리를 높였다. "그걸 어떻게 알아?"

"순서야." 히사메가 답했다. "치마가 티셔츠 위에 놓여 있어. 즉, 티셔츠를 치마보다 먼저 벗었다는 뜻이지. 우가치, 시체에서 옷을 벗긴 경험은?"

"……공교롭게도 나는 그만큼 경험이 풍부하지는 않아서 말이야."

"그럼 우리처럼 상상력을 사용해. 움직이지 않는 시체에서 옷을 벗기는 건 상당히 고생스러운 일이고, 빨리 현장에서 달아나고 싶어 초조하기도 했을 거야. 그런 상황에서 사람은 대부분 벗기기 쉬운 옷부터 먼저 손을 대지. 일단은 치마와 양말. 마지막으로 티셔츠."

후크를 끄르면 바로 벗길 수 있는 치마와 달리 티셔츠는 옷 깃과 소매에서 몸을 빼내야 한다. 어느 쪽이 벗기기 쉬운지는 척 보면 대번에 알 수 있다.

"하지만 포개어져 있는 옷을 보면 티셔츠가 가장 밑에 놓여 있어. 따라서 범인이 벗긴 게 아니라 자기가 벗은 거지. 시체가 스스로 옷을 벗을 수는 없을 테니 젠다 미카는 살해당하기 전에 이미 옷을 벗었을 가능성이 높아."

"나중에 벗긴 게 아니라 속옷 차림으로 있다가 습격당한 건가……."

우가치는 영도넛을 하나 더 베어 물었다. 그 뒤에서 고쓰보 형사가 "오오" 하고 눈을 빛냈다. 전형적인 반응에 고맙다고 말해주고 싶은 마음이었다.

"그런데 왜 젠다 미카는 이런 곳에서 옷을 벗었을까? 옷을 갈아입으려고? 아니면……."

"남자랑 자려고 했든가."

나는 간이침대를 손으로 눌러서 지나치게 딱딱한 스프링의 감촉을 맛보며 말을 이었다.

"목조르기 플레이를 했는지도 모르지."

"그건 아니야. 목에 저항한 흔적이 남아 있었으니 피해자가 즐겼다고 볼 수는 없어."

농담이 안 통하는 파트너는 유머가 넘치는 내 가설을 부정하고 나서 말했다.

"하지만 남자라는 요소를 추가하여 범행 동기를 추측하는 건 나쁜 방향이 아니야. 방에 들어와서 짐을 싸려고 했을 때 연인 관계에 있는 누군가가 들어왔다. 분위기가 확 달아올라 대낮부터 몸으로 진한 대화를 나누려고 했지만, 도중에 말다툼이 벌어져서 목을 졸라 죽였다. 이거라면 말이 될지도……. 어, 고쓰보랬나? 극단원의 얼굴과 이름은 확보했어?"

"아, 예. 여기 목록입니다."

고쓰보는 어깨에 메고 있던 가방에서 보고서를 꺼냈다. 사진과 함께 세 젊은이의 이름이 적혀 있었다.

니시베 겐. 후루이도 사와코. 오쿠데라 고지.

니시베는 진보의 브리핑에도 등장한 첫 번째 발견자다. 학생처럼 앳되게 생겼지만 키가 크고 몸집이 실팍한 남자다. 10시 50분에 차를 몰고 여기에 오기 전까지는 자기 집에 있었다고 한다.

후루이도 사와코는 조그마한 얼굴에 안경을 낀 여자다. 헤어스타일은 연령 제한에 걸릴락 말락 하는 트윈테일 머리. 좀 민망하지만 뭐, 배우라면 허용 범위인가. 이 여자도 10시부터 11시 사이에는 "자택에서 수면중"이었다고 한다.

노킹 온 록트 도어

오쿠데라는 왜소한 체격에 버섯 머리를 한 남자였다. 빼빼 말랐지만 중성적이고 예쁘장하게 생겨서 어쩐지 서브컬처풍으로 보인다. "헌옷을 사러 시모키타자와를 돌아다녔지만 명백한 목격 증언은 없음"이라고 적힌 알리바이 내용까지 서브컬처 같은 느낌을 준다.◆

"하지만 우가치 씨, 저는 이 중에 범인이 없다고 보는데요."

"어째서?"

"경찰서로 불러서 이야기를 들었는데, 다들 고개를 푹 숙이고 슬픈 표정으로 증언하더라고요……. 리더의 죽음을 알고 몹시 충격을 받은 것 같던데요."

"고개를 숙이고 슬픈 척 연기하는 건 어린아이라도 할 수 있어."

"우, 우가치 씨! 그렇게 인정 없이 말씀을 하실 것까지야!"

"고쓰보…… 너 그래가지고 잘도 형사가 됐구나."

형사들의 썰렁한 대화를 한 귀로 흘리며 우리는 보고서에 집중했다. 오쿠데라 고지의 알리바이 아래쪽에 적힌 "미카의 연인"이라는 글씨에 동그라미가 쳐져 있었다.

"이 비리비리해 보이는 오쿠데라라는 남자가 피해자의 연인?"

◆ 일본에서는 음악, 영화, 패션 등에서 주류 문화를 즐기기보다 본인만의 독특한 취향을 고수하는 남자를 '서브컬처 남자'라고 부른다. 주로 버섯 머리나 바가지 머리를 선호한다고 한다.

"너희들이 그런 평가를 할 처지는 아닌 것 같다만, 맞아." 우가치는 늘 쓸데없이 한마디가 많다. "두 사람이 연애를 하는 바람에 극단이 삐걱댔던 모양이야. 이런 집단에서는 흔한 일이지."

"그럼." 히사메가 침대에 눈을 돌리고 말했다. "피해자는 오쿠데라와 잔 걸까?"

"꼭 연인과 그랬다고 볼 수는 없지." 내가 반박했다. "바람이 나서 다른 남자와 밀회를 즐기려고 했는지도 몰라."

"그럼, 니시베? 첫 번째 발견자는 일단 의심하고 봐야 하는 법이다만."

"최근에는 여어 커플도 늘었어." 우가치가 끼어들었다. "후루이도가 상대였을 수도 있지."

"그렇게까지 범위가 넓어지면 말짱 도루묵이잖아."

히사메는 항복이라는 듯이 목을 움츠렸다. 그리고 "뭐, 아무튼" 하고 이야기를 정리했다.

"피해자는 살해당하기 전부터 속옷 차림이었어. 범인은 피해자의 목을 졸라 살해. 머리카락을 자른 후 시체를 욕조에 눕히고 샤워기를 틀었어."

"왜 머리카락을 자르고 샤워기를 틀어놓았을까?"

"나한테만 떠넘기지 말고 너도 생각 좀 해봐."

"난 트릭 말고는 흥미가 없는걸."

"아아, 오냐, 오냐……. 범인이 자기가 만진 흔적을 지우기 위해 샤워기를 틀어놓았는지도 모르지."

"내 생각도 그래." 경위가 말했다. "물에 젖은 탓에 현재까지 피해자의 머리카락과 몸에서는 아무것도 검출되지 않았어. 가위에도 지문은 남아 있지 않았고."

뒤집어 말하면 범인이 속옷 차림의 피해자를 주물럭주물럭 만졌을 가능성이 높다는 뜻인가. 그렇다면 정사를 벌이다가 무슨 일이 생겨서 사건이 터졌으리라는 추측이 힘을 얻는다.

여자는 처음부터 옷을 벗은 상태였다. 범인과 피해자의 관계는 아주 원만하지는 못했으리라고 추정되며, 동기는 아마도 치정 싸움. 욕조에 눕힌 건 정사의 흔적을 씻어내기 위해. 좋아, 좋아, 순조롭다. 남은 문제는 하나.

"……그럼 머리카락을 자른 이유는 뭘까요?"

현장에 있는 모두가 궁금해하던 문제를 고쓰보가 입에 담았다.

히사메는 허리에 손을 대고 허공에 이리저리 시선을 던지다가 아주 진지한 표정으로 말했다.

"그걸 아직 모르겠어."

3

"배고프다."

"메밀국수를 제대로 못 먹고 나왔으니."

"빨리 끝내고 뭐 먹으러 가자. 푸짐한 게 좋겠어. 튀김덮밥 같은 거."

"가고 싶은 마음이야 굴뚝같다만."

히사메가 다리를 꼬자 스프링이 끼익 울었다.

우리는 젠다 미카의 옷을 사이에 두고 침대 양옆에 앉아 있었다. 창가에 자리를 잡은 우가치는 영도넛을 세 개째 먹으며 수사원들에게 보고를 받는 중이었다. 여걸의 표정이 점점 험악해지는 것으로 보건대 새로운 성과 없이 제자리걸음만 하는 상태인 듯하다.

하지만 그건 우리 탐정들도 마찬가지다.

"머리카락에 관해서 뭔가 아이디어는?"

"글쎄……. 변태적인 욕구 때문에 잘랐다는 게 제일 그럴듯하기는 한데."

"범인은 머리카락에 페티시가 있다?"

"응."

히사메, 네 프로파일링도 꽤나 마니악하구나.

"히사메, 생각해보니까 나 이 사건과 아주 비슷한 내용의 추리소설을 읽은 적이 있어."

"그래?"

"여자가 죽었는데, 속옷 빼고 다른 옷은 거의 다 벗겨져 있었고 긴 머리도 싹둑 잘려 나갔지. 그 소설에서는 범인이 어떤 트릭을 성립시키기 위해 머리카락을 이용해."

"혹시 갓파노블스◆에서 나온 작품?"

"뭐야, 알고 있었냐?"

"오래전에 내가 너한테 빌려줬잖아."

그랬던가. 까먹었다.

"이번에는 그 진상이 아닐 것 같은데. 현장 상황이 너무 달라."

"그건 나도 알아. 다만 단순한 원한이나 페티시 때문에 머리카락을 자른 게 아닐 수도 있다는 말을 하고 싶었을 뿐이야." 나는 구불구불한 머리끝을 손가락으로 만지작거렸다. "좀더 명확한 목적이 있었을지도 몰라."

"목적이라……."

히사메는 다리를 꼰 것으로 모자라 팔짱까지 끼더니 냉정한 표정으로 생각에 잠겼다.

◆ 일본의 출판사 고분샤의 소설 브랜드.

"잘라낸 머리카락은 길이가 오십 센티미터쯤 될 거야. 범인이 그걸 뭔가에 이용하고 싶었다……? 하지만 충동적으로 살해한 후에 그런 생각이 들까?"

"충동적이었는지 어떻게 알아?"

"범인은 허둥지둥 도주한 게 분명하니까. 문이 열려 있었고, 문손잡이의 지문도 지우지 않았어."

아차, 그것도 까먹었다.

"허를 찌르려고 일부러 그렇게 위장했을 가능성도 있어. 문이 열려 있었다는 건 첫 번째 발견자의 증언일 뿐이잖아."

태연한 척하며 반론하자 히사메는 살짝 웃더니 "글쎄, 어떨까"라고만 답하고 입을 다물었다. 역시 이런 유의 수수께끼에는 파트너가 유리한 듯하다. 7월에 발생한 '키가 너무 작은 자살자 사건'은 내 독무대였는데. 그 사건은 참 재미있었지. 설마 자살자가 목을 매달기 위해 발판으로 큼지막한 얼음을 사용할 줄이야…….

"우가치 씨!"

그때였다. 갑자기 긴박한 목소리가 들리더니 고쓰보가 방으로 뛰어들어왔다.

"여, 역 앞 쓰레기통에서 길이가 오십 센티미터쯤 되는 머리카락 한 타래가 발견됐습니다! 피해자의 것으로 추정됩니다!"

"머리카락…… 발견됐구나! 특이 사항은!"

"눈으로 본 바로는 딱히 아무것도……. 보통 머리카락입니다."

수사원들 사이에 파문이 번졌다. 우가치가 의견을 구하듯이 이쪽으로 고개를 돌렸고, 나와 히사메는 얼굴을 마주 보았다.

"역 앞이라면 여기서 그리 멀지 않아." 내가 말했다. "왜 머리카락을 버렸지? 머리카락이 필요한 게 아니었나?"

"아닌가 보네……. 그럼 뭐지? 시체의 머리카락을 잘라 현장에서 가지고 나가면 충분했다? 그런 짓을 하는 목적은…… 목적은……."

히사메는 안경을 손가락으로 밀어 올렸다. 추리할 때 나오는 이 녀석의 버릇이다. 턱을 당겨 시선을 떨어뜨린 자세로 뭔가 중얼중얼하더니…….

몇 초 후에 용수철이 튕기듯이 벌떡 일어섰다.

"우가치! 가느다란 끈 같은 물건이 흉기라고 했지?"

"어? 응. 아직 발견되지 않았지만, 그게 뭐……."

말을 하다 말고 우가치는 입을 다물었다. 나도 답이 머릿속에 번뜩였다. 둘이 함께 외쳤다.

"머리카락이구나!"

"분명 그럴 거야." 히사메는 힘차게 고개를 끄덕였다. "잘 생각해보니 그 시체는 좀 이상했어. 머리가 긴 사람의 목을 끈으로 졸랐다면 머리카락이 방해를 해서 목덜미에는 끈으로 조른 자국이 희미하게 남았을 텐데."

그런데 젠다 미카의 시체에는 끈으로 조른 자국이 목을 빙 두르며 선명하게 남아 있었다.

"머리카락이 흉기였다면 선명한 자국이 남는 것도 당연해."

"그, 그게 무슨 말씀이신지?"

고쓰보가 여전히 숨을 헐떡이며 히사메에게 물었다.

"젠다 미카는 이 방에서 누군가와 밀회했어. 도중에 뭔가를 계기로 말다툼이 벌어졌고 상대가 이성을 잃었지. 상대는 미카의 목을 조르려고 했지만 마침맞은 흉기가 근처에 없었어."

"당연해." 나도 보충했다. "이 방은 깔끔하게 정리되어 있는 데다 여자가 옷을 벗은 이상 상대도 알몸이나 다름없는 꼴이었을 테니까."

"그래서 상대는 눈에 띈 미카의 긴 머리카락을 이용하기로 했어. 트윈테일을 만들듯이 양손으로 붙잡고 목에 둘러서 힘껏 잡아당긴 거야. 머리카락은 밧줄처럼 미카의 목에 파고들어 가느다란 끈과 비슷한 자국을 남기겠지."

"그런데 왜 굳이 머리카락을 잘라서 가져갔을까?"

우가치가 바로 의문을 던졌다.

"그야 뻔하지. 범인의 정체에 직결될 만한 뭔가가 머리카락에 묻은 거야. 우가치, 다시 상상력을 발휘해봐. 머리카락을 양 손으로 힘껏 잡아당기면 어떤 일이 벌어질까?"

"……머리카락이 빠진다?"

"평범하게 잡아당기면 그렇겠지. 신발 끈을 묶듯이 목에다 한 바퀴 돌렸으니까 머리카락이 빠질 일은 없어. 그 밖에는?"

히사메가 다그치듯이 거듭 묻자 우가치는 영도넛 봉지를 호 주머니에 넣고 상상으로 젠다 미카를 목 졸라 죽이는 것처럼 두 손을 불끈 쥐고 어깨를 쭉 폈다. 천천히 주먹을 펴고 두 손 바닥을 번갈아 바라보았다.

"……피다. 손가락 관절에 가느다란 머리카락이 파고들어 피 가 배어났을지도 몰라."

"정답."

살해할 때 흉기, 즉 젠다 미카의 머리카락에 범인의 피가 묻 었다. 범인은 그 사실을 감추기 위해 머리카락을 잘라서 가지 고 갔다.

"이로써 불가해한 요소는 전부 해결했어." 히사메는 자신만 만하게 웃었다.

"남은 건 범인뿐."

"다, 당장 머리카락을 조사하겠습니다! 머리카락에서 혈액 반응이 나오면……."

"아니, 그것보다 용의자를 조사하는 편이 빨라." 우가치가 말했다. "손가락에 상처가 난 녀석이 범인이야."

"아, 그렇군요. 그럼 즉시! 셋 다 아직 서에 있을 테니 당장 확인할 수 있습니다!"

고쓰보는 부리나케 휴대전화를 꺼내 경찰서에 전화를 걸었다. 우가치는 강철같이 딱딱한 표정을 유지했지만 안도한 듯이 숨을 후 내쉬었다. 추리를 끝낸 히사메도 덥다는 듯이 넥타이를 늦추었다.

"한 건 해결인가." 내가 말했다.

"네가 나설 자리는 없었지만."

"존재감이 희박한 왓슨에게 스포트라이트를 넘겨주신 거지."

가벼운 마음으로 야유를 주고받았다. 나는 가슴을 쓸어내리며 의뢰인에게 받을 보수와 잠시 후에 마주할 푸짐한 튀김덮밥을 머릿속에 그렸다.

조금 아쉽지만 이번에는 대단한 사건이 아니었던 듯하다.

그런데.

"저기, 셋 다 조시했는데요……. 없었습니다."

삼 분 후. 통화를 마친 고쓰보가 난감하다는 듯한 표정으로 말했다.

"어?" "없었다고?" "뭐가?"

나, 히사메, 우가치는 동시에 되물었다.

"그게 그러니까…… 없었습니다. 극단원 가운데 손가락에 상처가 난 사람은 아무도 없었어요."

이것이 목이버섯의 무대 공연이었다면 분명 대폭소를 자아냈겠지.

우가치는 마지막 도넛을 입에 넣으려던 자세 그대로 굳어버렸다. 신발을 신고 돌아가려던 우리도 바보 같은 얼굴로 얼어붙었다. 고쓰보의 이마에서 식은땀이 한 줄기 흘러내렸다.

"상처가 난 사람이 아무도 없다고?" 잠시 후 파트너가 입을 열었다. "그 말인즉슨 범인은 극단 외부의 사람? 아니, 그렇다면 지문이 문제인데…… 추리가 틀렸나? 하지만 그럼 도대체……."

히사메는 다시 심사숙고 모드에 들어가서 방을 빙글빙글 돌기 시작했다. 이번만은 남의 일로 볼 수 없으므로 나도 생각에 잠겼다.

손가락에 상처가 난 사람은 없다. 그럼 피해자의 머리카락에도 피는 묻지 않았나?

그래, 그럴 가능성이 농후하다. 지금 깨달았는데 히사메의 추리에는 구멍이 하나 있었다. 씻어냈다고는 하나 범인이 피 묻은 머리카락을 아무데나 휙 버릴 리 없다. 그렇다면 역시 추리가 빗나간 것이다. 머리카락을 자른 이유는 따로 있다……. 도대체 뭘까?

발의 위치를 바꾸었을 때 발바닥에 묘하게 딱딱한 느낌이 전해져와서 정신을 차렸다. 확인하니 중산모의 세로 단면도처럼 생긴 파란색 플라스틱을 밟고 있었다. 포장용 간이 손잡이다. 이 물건의 정식 명칭은 뭘까. 빵 봉지를 묶는 플라스틱 쪼가리는 '백 클로저'라고 한다는데…… 아니, 잠깐만.

"히사메."

"말 걸지 마, 도리. 지금 집중하는 중이라……."

"히사메!"

여유가 없었다. 나는 히사메의 머리를 억지로 끌어당겨 발밑을 보여주었다.

"봐. 이 손잡이."

"……아아, 가전제품 박스 같은 데 달려 있는 그거구나. 이거 정식 명칭이 뭘까."

"지금 이름이 문제가 아니야! 잘 봐, 왜 이게 여기에 있지?"

"왜냐니, 짐을 싸려고 준비했겠지. 딱히 이상할 건 없는데." 히사메는 이치구니없다는 듯이 고개를 젓더니 말을 이었다. "골판지 박스를 봉하고 나서 운반하기 쉽도록 이걸 걸려고 했겠지. 실제로 접착테이프도 있고 가위도……."

파트너도 이제야 알아차린 모양이었다. 빈 박스를 응시하다가 깜짝 놀란 것처럼 고개를 들었다.

"비닐 끈이 없어."

"뭐가 없다고?"

우가치가 물었다.

"끈 말이야. 포장용 비닐 끈. 젠다 미카는 짐을 싸려고 사전에 플라스틱 간이 손잡이를 준비했어. 손잡이는 끈에 걸어서 사용하니까 이 박스를 포장할 때는 비닐 끈이나 그에 준하는 물건이 반드시 필요했을 거야. 그런데 왜 그게 없지? 끈만 준비하는 걸 깜박했나?"

"아니지." 내가 말을 이어받았다. "접착테이프에 손잡이, 끈을 자를 가위까지 사전에 준비했는데 정작 끈은 깜박했을 리 없어."

"그렇다면 젠다 미카는 분명 비닐 끈도 준비했을 거야. 하지만 지금 여기에는 끈이 없지. 누군가가 가지고 갔기 때문이야."

"비닐 끈. 끈……. 혹시 그게 진짜 흉기인가?"

"가능성이 생겼지."

"그럼 머리카락은 어떻게 되는 겁니까?"

"그건……."

형사 두 사람이 따져 묻자 히사메는 말끝을 흐렸다. 나는 빈 골판지 박스와 포개어진 옷가지를 가만히 바라보았다. 간이 손잡이 말고도 뭔가가 마음에 걸렸다.

곱슬머리를 쓸어 올려 꽉 움켜쥐었다.

뭐가 마음에 걸리는지 잘 모르겠다. 이럴 때 나는 언제나 발상을 전환한다. 쌓아 올린 논리를 발로 뻥 걷어차서 무너뜨리고, 새로운 논리로 교체한다. 자, 생각해라, 고텐바 도리. 이 단서를 어떻게 연결할래? 욕실. 속옷. 벗은 옷. 빈 골판지 박스에 비닐 끈. 그리고 머리카락이 짧아진 시체…….

그 순간 어떤 사실에 생각이 미쳤다.

"히사메."

나는 다시 파트너의 이름을 불렀다.

"내가 하나 틀린 모양이다."

"……뭘 틀렸는데?"

"이 사건은 네 영역이 아니야. 바로 내 영역이지."

"……?"

어리둥절한 표정을 짓는 히사메에게 미소를 던졌다. 남들이 자주 악마 같다고 놀리는 미소를.

"잠깐, 심부름 좀 해주지 않겠어?"

4

찌직, 하고 가벼운 소리가 났다.

영도넛을 다 먹은 우가치가 봉지를 하나 더 뜯었다. 도대체 호주머니에 몇 개나 넣어 다니는 건지 원.

수사원들 대부분이 경찰서로 돌아가서 현장에는 경위와 경위의 부하, 그리고 나 세 명만 남아 있었다. 우가치는 벽에 기대어 서 있었고, 고쓰보는 안절부절못하는 모습으로 방 안을 왔다 갔다 했다. 나는 침대에 앉아 스마트폰으로 게임을 즐겼다. 샀지만 읽지 않고 쌓아두기만 하는 책들을 테트리스 방식으로 제거하는 별난 퍼즐 게임인데, 제작자의 머릿속이 궁금해졌다.

"그러고 보니 고텐바 씨."

"응?"

"내내 궁금했는데요……. 그 옷, 덥지 않으세요?"

말을 건 고쓰보의 표정을 보고 나는 무심결에 쓴웃음을 지었다. 잡담으로 시간을 때우려는 것이 아니라 정말로 내내 궁금했다는 표정이었다. 뭐, 확실히 이 검정색 터틀넥 니트는 늦더위가 대단한 9월에는 어울리지 않는다.

"당연히 덥지. 하지만 이제 익숙해졌어."

"익숙해졌다니…… 더운데 왜 그런 옷을 입으시는 겁니까?"

"형사라면 알아서 추리해봐. 힌트는……."

"고텐바." 우가치가 갑자기 내 말을 막았다. "그만둬."

"난 괜찮은데."

"난 안 괜찮아." 그리고 갑자기 화제를 바꾸었다. "그런데 가타나시는 어디 갔어?"

"이제 곧 알 거야. 삼십 분 지났으니 슬슬 연락이 올 때가……."

말을 끝맺기도 전에 스마트폰에서 〈산속 마왕의 전당에서〉◆ 벨 소리가 울려 퍼졌다. 화면을 확인하자 "가타나시 히사메"라고 떠 있었다. 왔다, 하고 중얼거리고 전화를 받았다.

"여보세요, 도리? 도착했는데 이제 뭘 하면 돼?"

스피커 모드로 바꾼 스마트폰에서 히사메의 목소리가 물었다.

"도착했구나, 고생 많았어. 그쪽은 느낌이 어때?"

"건물이 제법 괜찮아 보여. 언더그라운드라는 느낌은 안 드네."

"어디야?" 우가치가 작은 목소리로 내게 물었다.

"기치조지에 있는 코스모자 극장."

"기치조지…… 니시베가 짐을 옮길 예정이었던 소극장이로군. 왜 그런 곳에?"

내막을 밝혀도 의문은 끊이지 않을 것 같았다. 나는 개의치

◆ 노르웨이의 작곡가 그리그가 작곡한 부수음악 〈페르귄트〉에 포함된 곡 중 하나.

않고 통화를 계속했다.

"히사메, 출입구의 보안 설비를 살펴봐. 방범 카메라는 달려 있어?"

"구식이지만 달려 있어. 정면 현관에 두 대. 아까 확인했는데 뒤쪽 관계자용 출입구에도 한 대 달려 있더라. 그 밖에 출입구는 없어."

"창문은 어때?"

"건물 전체에 에어컨을 틀어놨거든. 그러니 잠겨 있지 않은 창문은 하나도 없지 않을까 싶은데."

"오오, 그렇구나. 생큐. 사랑해."

"감사 인사를 받았는데도 기쁘지 않은 건 처음이야."

불만스러움이 묻어나는 반응은 제쳐놓자.

"확인이 끝났어. 젠다 미카를 살해한 범인은 연인인 오쿠데라 고지야."

나는 시원스레 범인을 지적했다. 우가치와 고쓰보는 내가 툭 내뱉은 말을 듣고 고개를 갸웃했다. 기치조지에 있는 히사메도 분명 마찬가지일 것이다.

"……어째서?"

경위와 파트너의 목소리가 겹쳤다. 나는 딱딱한 매트리트에서 일어서서 현관 앞으로 이동해 빈 골판지 박스를 발로 가볍게 두드렸다.

"발단은 벗어둔 옷과 마찬가지로 '포개어진 짐'이었어. 골판지 박스 옆의 이 짐을 봐. 드레스 위에 스피커가 놓여 있지. 포개어놓은 것 자체도 이상하고 포갠 방법도 이상해. 그렇잖아. 보통 짐을 싸기 전에 짐은 포개어놓지 않고 늘어놓는 법이고, 포개어놓는다고 쳐도 부드러워서 찌부러질 게 뻔한 물건을 밑에 두고 무거운 기재를 위에 올리는 건 말이 안 돼. 그렇다면 어떨 때 이렇게 부자연스러운 상태가 될까? 박스에 든 내용물을 황급히 밖으로 꺼냈을 때뿐이야."

"박스에 짐을 담기 전이 아니라 이미 박스에 짐을 담은 뒤였다는 건가?"

"그래. 그런데 뭣 때문에 담아둔 짐을 꺼냈을까? 뭔가를 찾으려 했던 느낌은 아니야. 그랬다면 옷 같은 게 좀더 어질러져 있었겠지. 내용물을 전부 꺼내놓았으니 임의로 무슨 물건을 꺼내려고 한 것도 아니고. 따라서 이런 가설이 성립해. 짐을 꺼낸 녀석은 여기에 다른 뭔가를 넣을 작정이었다. 짐을 전부 꺼내지 않으면 이 대형 골판지 박스에 넣을 수 없을 만큼 커다란 뭔가를."

"……아아, 그렇군." 히사메의 목소리가 답했다. "시체구나."

나는 전화 너머에 있는 파트너에게 고개를 끄덕여주었다.

"하지만 실제로는 어땠는가 하니, 보다시피 박스에는 시체가 들어 있지 않아. 어중간한 상태로 방치해놨지. 시체를 담으려고 하기 직전에 범인한테 무슨 일이 생긴 거야. 예를 들면 숨통이 완전히 끊어지지 않은 시체에게 반격을 당해 살해당했다든가."

"……?"

우가치의 표정이 점점 복잡하게 일그러졌다. 뭔가 말하려고 했지만 "자, 들어봐" 하고 제지했다.

"젠다 미카는 10시경에 이 방에 와서 옷과 기재를 포장하기 시작했어. 그런데 박스를 봉하기 직전에 연인 오쿠데라가 불쑥 나타난 거야. 두 사람은 말다툼을 벌였어. 두 사람 탓에 극단이 삐걱거렸다니, 그 문제로 이별 이야기가 나왔는지도 모르지. 이윽고 말다툼은 큰 싸움으로 번졌어. 발끈한 젠다 미카는 포장용 비닐 끈으로 오쿠데라의 목을 졸라 기절시켰지."

"……오쿠데라가 젠다 미카의 목을 조른 게 아니라?"

"아니, 그 반대야. 누가 계기를 제공했는지는 모르겠지만, 먼저 목을 조른 사람은 젠다 미카야. 미카는 오쿠데라가 죽었다고 착각했어. 그리고 어떻게 해야 할지 머리가 터져라 고민했지."

시체를 여기 놓아둘 수는 없다. 11시에는 니시베가 올 테고, 미카 본인은 맨션 앞 편의점의 방범 카메라에 찍혔다. 경찰이 아무리 얼간이라도 증인과 증거가 있으니 미카가 범인임을 금세 밝혀낼 것이다.

"그러므로 결국 '시체를 이동'시키기로 결심했어. 골판지 박스에 시체를 넣어서 포장하고, 자기는 맨션을 나서. 11시에 아무것도 모르는 니시베가 와서 짐을 기치조지의 대기실로 옮기겠지. 그 모습을 확인한 후 몰래 대기실에 숨어 들어가서 골판지 박스 속의 시체를 꺼내 대기실에 눕히는 거야. 자기가 운반해 온 의상과 기재를 골판지 박스에 담아두면 오쿠데라가 대기실에서 살해당한 것처럼 위장할 수 있겠지."

"아니, 그래봤자 결과는 똑같을 텐데." 우가치가 태클을 걸었다.

"소극장 출입구에는 방범 카메라가 설치되어 있잖아? 범인이 카메라에 찍히면 단박에 속임수가 들통나."

"게다가……." 후배 형사가 더불어 지적했다. "그 수법을 쓰면 방범 카메라에 찍히지 않은 사람이 느닷없이 시체가 되어 대기실에서 발견되는 모순이 생깁니다. 더구나 시체가 발견되기 조금 전에 같은 극단 멤버가 커다란 박스를 들고 들어오는 모습이 찍혔으니 저라도 트릭을 간파할 수 있을 거예요. 여기에 시체가 들어 있었구나, 하면서요."

"당연히 젠다 미카도 거기에 생각이 미쳤을 거야." 나는 보충 설명했다. "그래서 젠다 미카는 오쿠데라 고지로 변장하기로 했어."

형사들이 다시 입을 다무는 것과 동시에 스마트폰에서 "앗!" 하고 아쉬움으로 가득한 외마디 소리가 들렸다. 이제야 눈치채다니 굼벵이가 따로 없군, 왓슨.

"그렇잖아? 오쿠데라로 변장하여 대기실로 가서 박스에서 시체를 꺼내놓은 후 다른 사람으로 변장해서 극장을 나서. 그러면 이건 '정면 현관으로 들어간 오쿠데라가 대기실에서 시체로 발견된' 아주 평범한 살인 사건으로 취급되겠지. 하지만 방범 카메라에 젠다 미카의 모습은 찍혀 있지 않아. 즉?"

"……완전범죄가 되겠군."

"하, 하지만 그렇게 감쪽같이 변장할 수 있을까요?"

"할 수 있어" 파트너가 힘없이 대답했다. "키가 작고 빼빼 마른 오쿠데라는 중성적인 분위기를 풍기는 남자야. 한편 젠다 미카는 보이시하게 생긴 여자지. 가슴도 두드러질 만큼 크지 않고. 다시 말해 원체 겉모습이 비슷해. 연습실에 있는 화장 도구로 얼굴을 흡사하게 꾸미고 옷을 바꾸어 입으면 방범 카메라나 지나다니는 사람의 눈을 속일 정도로는 변장이 가능하겠지. 대기실에는 연극에 쓰는 변장 도구가 얼마든지 있을 테니 극장을 나설 때도 문제없어. 무엇보다 젠다 미카는 배우잖아."

내가 굳이 입을 열 필요도 없을 만큼 요점을 정확하게 짚어낸 해설이었다. 불가해 전문 탐정은 마지막으로 "그래서 머리카락을 잘랐구나" 하고 씁쓸하게 덧붙였다.

"그래. 알기 쉽게 말하자면 '변장을 하기 위해서'지. 오쿠데라와 미카의 유일한 차이점은 머리카락의 길이야. 가발로 숨기려고 해도 콩트 극단의 한계인지, 분홍색과 은색의 특이한 가발은 있었지만 수수한 검정색 가발은 없었어. 그래서 미카는 어쩔 수 없이 자기 머리카락을 자른 거야. 오쿠데라의 버섯 머리와 비슷하게 만들기 위해."

"범인이 자른 게 아니라 스스로 잘랐단 말이지……."

우가치는 영도넛을 또 하나 베어 물었다.

"덧붙이자면 이 머리카락이 오쿠데라가 범인이라는 결정적인 증거야. 미카를 제외한 극단원 세 명 중에 니시베는 키가 너무 차이 나서 변장을 할 수 없어. 후루이도는 긴 트윈테일이니까 변장하더라도 굳이 머리를 자르지 않아도 되고. 젠다 미카가 변장할 때 머리를 자를 필요가 있는 대상은 오쿠데라뿐이야. 따라서 현장에는 오쿠데라가 있었던 셈이지."

알리바이도 이 추리를 뒷받침한다. 오쿠데라는 10시에서 11시 사이에 "거리를 돌아다녔다"라고 답했다. 이 방에 왔다는 사실은 숨기고 싶지만 외출했다는 사실을 감출 수 없을지도 모른다는 생각에 애매모호하게 증언한 것이리라.

"그럼 상황을 계속 재현해보자. 즉석에서 방금 말한 트릭을 떠올린 젠다 미카는 일단 욕실로 가서 흔적이 남지 않도록 주의하여 머리카락을 잘랐어. 그리고 오쿠데라의 얼굴을 참고하며 화장을 했지. 자기 옷을 벗고 오쿠데라의 옷도 벗겼어. 벌건 대낮부터 발정이 났던 게 아니야. 젠다 미카는 오쿠데라로 행세하기 위해 옷을 벗은 거야."

"그래서 알몸이 아니었던 거로군……. 겉모습만 위장하면 그만이니까 속옷까지 갈아입을 필요는 없었어."

"바로 그거야. 그다음은 드디어 골판지 박스. 내용물을 꺼내고 오쿠데라의 몸을 구부려서 넣으려고 했어. 그런데…… 갑자기 기습을 당했지."

기절했다가 깨어난 오쿠데라는 목에 감긴 비닐 끈을 풀어서 얼떨결에 반격을 했으리라. 그리고 반격은 성공했다. 성공하고 말았다.

여자의 약한 힘으로는 남자를 목 졸라 죽일 수 없었지만, 그 반대라면 이야기가 다르다.

"자, 이번에는 오쿠데라가 위장할 차례야. 녀석은 미카가 입고 있던 자기 옷을 벗겨서 다시 입었어. 그리고 자신의 외모와 흡사하게 꾸민 얼굴에서 화장을 지우려고 시체를 욕실로 끌고 가서 샤워기를 틀었지. 가위는 미카가 사용하고 나서 놔둔 걸

테고. 할 일을 마치자 오쿠데라는 자기 지문이 묻은 비닐 끈을 가지고 문을 닫는 것도 깜박할 만큼 허둥지둥 달아났어⋯⋯."

그 결과 이상한 상황이 남았다. 속옷 차림으로 욕조에 눕혀진 시체. 짧아진 머리카락. 스스로 벗은 옷. 사라진 비닐 끈. 거기에 골판지 박스에서 꺼내어진 짐.

"그런데 머리카락은 왜 가지고 갔지?" 우가치가 물었다.

"옷을 바꾸어 입었으니 당연히 가방도 바꿨겠지. 미카는 증거가 될 수 있는 머리카락을 밖에서 처분하려고 오쿠데라의 가방에 넣어놨어. 그후 미카를 죽인 오쿠데라는 옷과 함께 가방도 되찾아서 달아났지. 그러다 역 앞에서 가방 속에 머리카락 한 타래가 들어 있다는 것을 알아차리고 쓰레기통에 버린 거야. 뭐, 그럴 만도 해. 가방에서 시체의 머리카락을 발견했는데 가지고 가야겠다고 마음먹는 놈은 어지간해서는 없을걸."

우가치는 두 개 남은 도넛을 차례차례 먹으며(합쳐서 여덟 개. 살찌겠다) 내가 내놓은 결론을 곰곰이 검토했다. 이윽고 "증거는?" 하고 냉정하게 물었다.

"납득은 간다만 현재로서는 추측에 지나지 않아. 오쿠데라가 범인이라는 증거는 있어?"

"만약 오쿠데라가 죽다 살아났다면 목에 끈으로 조른 자국이 남아 있겠지. 시체에 남는 것만큼 선명하지는 않겠지만, 희미하게."

"……고쓰보. 세 사람은 분명 모두 고개를 숙이고 있었지?"

"아, 예."

"오쿠데라는 목을 감추려고 연기를 했는지도 몰라. 확인해봐."

"예!"

이번 확인에는 이 분도 걸리지 않았다. 고쓰보가 흥분한 기색으로 고개를 끄덕이자, 우가치는 과자 봉지를 꾸깃 움켜쥐었다. 그것이 끝을 알리는 신호였다.

"……이번에야말로 한 건 해결인 모양이야." 기치조지에 있는 파트너에게 알려주었다. "총평은?"

"아쉬워죽겠네."

"에이, 너무 그러지 마. 기다릴 테니 돌아와. 집에 가서 구스리코한테 뭐 좀 만들어달라고 하자."

"튀김덮밥은?"

"생각해봤는데 여고생이 손수 만들어주는 요리가 맛있고, 싸게 먹혀."

"하핫." 내뿜는 듯한 웃음소리가 들렸다. "확실히 그렇군" 하고 덧붙인 후 히사메는 전화를 끊었다.

스마트폰에서 얼굴을 들자 고쓰보의 반짝반짝하는 눈빛이 다시 날아들었다.

"이야, 대단했습니다! 우가치 씨 말씀대로 유능한 탐정님이시로군요!"

"감사감사."

우가치 녀석, 그런 말도 했나. 좀 쑥스러운데.

"두 분한테 걸리면 수수께끼가 남아나지 않겠어요."

"무슨 광고 문구도 아니고, 그렇게 잘 풀릴 리가 있나."

나는 자조 섞인 웃음을 짓고 손가락으로 뗙을 쓰다듬었다. 우가치의 시선을 느꼈지만 못 본 척했다. 그리고 혼잣말처럼 중얼거렸다.

"풀지 못할 수수께끼는 썩어 넘치도록 많아."

머릿속에서 히사메가 어깨를 으쓱하는 모습이 보였다.

다이얼 W를
돌려라!

1(히사메)

"금고를 열어주셨으면 해서요."

이번 일요일은 하나부터 열까지 별난 일 천지였다. 통통한 청년이 소파에 앉자마자 진지한 표정으로 부탁하는 바람에 나는 잠시 굳어버렸다.

"……어, 나가사키 씨."

"나가노사키입니다. 나가노사키 히토시."

"실례했습니다, 나가노사키 씨…… 그건 열쇳집에 부탁하시는 편이 낫지 않겠습니까?"

"업자에게 의뢰하면 문이나 자물쇠를 망가뜨릴지도 몰라요. 금고는 돌아가신 할아버지의 유품이거든요. 가능하면 손상 없이 원래 여는 방식으로 열고 싶어요."

"그런데 왜 탐정 사무소에?"

"일단 이야기만이라도 들어보자." 옆에서 도리가 말했다. "이야기만 말이야."

나가노사키 히토시라는 청년은 아르바이트생 구스리코가 가져온 김이 피어오르는 커피를 홀짝홀짝 마시며 사정을 설명했다.

스미다 구의 단독주택에 혼자 살던 할아버지가 며칠 전 돌아가셨다. 그것 자체는 경찰이나 탐정이 개입할 일이 아니었지만, 유족이 집 안을 살펴보자 서재에서 다이얼이 두 개 달린 커다란 금고와 유서가 한 장 발견됐다. 만일에 대비하여 사전에 준비해놓은 듯한 유서에는 유언 몇 줄과 함께 "귀중한 잡지 컬렉션이 들어 있으니 열고 싶으면 열어보라"며 금고 비밀번호가 적혀 있었다. 하지만……

"적혀 있는 대로 다이얼을 돌려도 열리지 않더라고요. 몇 번이나 해봤지만 자물쇠가 꿈쩍도 안 해서……. 긴급할 때 사용하는 비밀번호와 비밀번호를 초기화하는 방법도 찾아서 시도해봤는데, 오래된 금고라서 안 먹히더라고요."

"일련번호는 알아보셨습니까? 제조사에 문의하면 여는 방법을 알려줄지도 모르는데요."

"원래는 시리얼 넘버가 적힌 스티커가 붙어 있었던 것 같은

데, 벗겨지고 없어요."

과연 속수무책이다.

"가족들은 자물쇠가 녹슬었거나 할아버지가 번호를 잘못 적었을 거라고 하지만…… 저는 이게 할아버지가 보낸 도전장이라고 생각해요."

"도전장?"

예상 밖의 단어가 튀어나와서 무심결에 되물었다.

"할아버지는 괴팍한 헌 잡지 마니아셨지만, 머리가 아주 좋은 분이셨고 노망이 난 낌새도 없었어요. 분명 이렇게 생각하셨겠죠. '내가 죽고 나면 자식 놈들이 금고에 든 걸 거저먹겠지. 아무래도 아니꼬워서 안 되겠어. 풀어낸 놈만 열 수 있도록 유서를 좀 꼬아놔야겠다'라고요. 즉……."

이 사람 뭔가 넘겨짚는 게 아닐까 우리는 의심을 품기 시작했지만, 나가노사키 히토시는 개의치 않고 당장이라도 벌떡 일어설 것 같은 기세로 격하게 단언했다.

"즉, 할아버지는 유서에 암호를 남기신 거예요!"

"아버지의 죽음에 의문이 있어요."

고작 삼십 분 후. 나는 믿기지 않는 기분으로 맞은편에 앉은 중년 여성의 이야기를 듣고 있었다. 참으로 희한한 날이다. 하루에 의뢰인이 두 명이나 이 영세 탐정 사무소에 찾아올 줄이야!

"저기요, 듣고 계세요?"

"아, 죄송합니다. 어어, 뭐라고 하셨더라. 아버님의 죽음에 의문이 있으시다고요?"

"예. 아무래도 이상해요."

여우처럼 눈초리가 치켜 올라간 시마즈 나쓰코라는 여자의 이야기는 이랬다.

엿새 전, 도내에 사는 아버지가 집 옆 골목에서 사망한 상태로 발견됐다. 호주머니에서 타스포[*]가 든 동전 지갑이 나왔으므로 백 미터 떨어진 곳에 있는 자판기에 담배를 사러 가던 길이었던 것으로 추정된다. 사망 추정 시각은 심야. 머리에 강한 충격을 받아서 뇌타박상을 입은 것이 사인이다. 근처에 너부러져 있던 돌에 핏자국이 남아 있었다고 한다.

"……그거, 그냥 넘어져서 머리를 찧은 것 아닐까요?"

내가 솔직한 의견을 내놓자 그녀는 콧김을 씩씩대며 말했다.

"경찰도 같은 소리를 하더군요. 하지만 이상해요. 아버지는 주무실 때 입는 잠방이에 셔츠 차림이었고, 집은 문이 잠겨 있지 않았대요. 한밤중에 잠옷 차림으로 문도 안 잠그고 밖에 나

◆ taspo. 담배 자판기를 사용할 때 필요한 성인 식별 카드.

가는 사람이 어디 있어요?"

"백 미터 떨어진 자판기에 담배를 사러 간다면 충분히 그럴 만도 할 것 같은데."

도리가 지루하다는 듯이 중얼거렸다. 하지만 나쓰코 여사는 포기하지 않았다.

"불가해한 점이 하나 더 있어요. 사고 현장인 골목에는 피가 별로 떨어져 있지 않았대요. 머리를 찧었다면 피가 철철 흘렀을 텐데 이상하잖아요?"

"그건 때와 상황에 따라 다릅니다." 내가 자칭 '불가해 전문' 이기는 하지만 그녀의 주장을 곧이곧대로 받아들일 수는 없었 다. "실혈사라면 모를까, 사인은 뇌타박상이니까……."

"너무하네요!" 결국 그녀는 소리를 질렀다. "여기 탐정님이라 면 힘이 되어줄 줄 알았는데!"

"아, 알겠습니다, 알았어요. 죄송합니다." 나는 군말 없이 사 과했다.

"아버님이 어째서 돌아가셨는지 진상을 밝혀달라고 의뢰하 시는 거죠?"

"에. 다리가 불편해서 지팡이를 짚기는 했지만, 아버지는 정 신도 맑고 아주 주의 깊은 분이셨어요. 그런 분이 집 근처에서 미끄러져 넘어지다니 말도 안 돼요. 그러니까 분명……."

이 사람 넘겨짚는 거 아닌가? 우리는 오늘 두 번째로 그런 의심을 품었지만, 나쓰코 여사는 개의치 않고 가느다란 눈이 활활 타오를 듯한 기세로 주장했다.

"분명 아버지는 누군가에게 살해당한 거예요!"

"금고 쪽은 거절하자. 그나마 시체가 얽힌 쪽이 재미있을 것 같아."

두 번째 의뢰인이 돌아가자 사무소는 평소의 정적(언제나 조용하다니 안타까운 일이지만)을 되찾았다. 도리가 테이블 위에 냅다 다리를 얹고 말을 꺼냈다.

"그럴 수는 없어. 둘 다 받아들였으니까."

"하지만 생각해봐. 유서에 암호가 숨겨져 있을 리 없잖아."

"그럴까요?" 남은 커피를 정리하던 구스리코가 끼어들었다. "소설 같은 데는 그런 설정이 자주 나올 텐데요."

"은행의 거대한 금고라면 모를까, 가정용 금고는 열쇠집에 부탁하면 며칠 안에 열 수 있어. 암호를 만들어봤자 헛수고만 하는 셈이야. 유서에 '억지로 여는 건 규칙 위반'이라고 적어놨다면 이야기는 별개지만 이번에는 그런 것도 아니잖아."

"아, 그렇군요……."

"그렇다고 받아놓은 의뢰를 무를 수는 없지. 일단 조사는 해

노킹 온 록트 도어

봐야 해." 내가 말했다. "의뢰를 받은 순서대로 금고를 우선하자. 골목에서 발견된 시체는 그다음이야."

"이러니까 절차를 시시콜콜 따지는 풋내기는……. 영감님의 금고를 열어달라는 시시한 의뢰는 내버려둬도 되잖아. 골목에서 발견된 시체를 우선해야 해."

"누굴 보고 절차를 시시콜콜 따지는 풋내기래. 너야말로 재미 위주로 의뢰를 고르지 마."

"사건이냐 사건이 아니냐를 보고 선택하는 거야!"

"저기요, 잠깐만요."

서로 노려보며 더 크게 싸움을 벌이려는 찰나, 구스리코가 조심스레 손을 들었다.

"이 사무소는 두 분이 공동으로 경영하는 거죠?"

"그렇지." 도리가 대답했다.

"두 분 다 탐정이고요."

"그게 어쨌는데?" 이번에는 내가 답했다.

"그럼 동시에 두 사건을 맡을 수도 있겠네요?"

가사 도우미를 바라보던 우리는 묵묵히 그 말의 의미를 곱씹다가 딱 삼 초 후에 신통치 못하게 찌푸린 얼굴을 서로 마주 보았다.

별난 일 천지였던 일요일. 이리하여 우리는 둘로 나뉘어 사건을 조사하기로 했다.

<h2 style="text-align:center">2 <small>(히사메)</small></h2>

서민 동네 주택가에서는 스카이트리◆가 잘 보였다. 이미 익숙한 광경이지만, 맑은 10월 하늘에 믿기지 않을 만큼 높이 솟은 탑을 바라보자니 역시 감탄스러웠다. 휴일이니 전망대에 올라간 관광객도 많으리라. 나는 그런 행락과는 동떨어지게도 낯선 고인의 집에 향하는 중이지만.

"다 왔어요. 여기예요."

나가노사키 히토시가 가르킨 곳에는 나무 빛깔이 드러난 작은 단독주택이 있었다. 옆에 골목이 뻗어 있는 것으로 보아 길모퉁이에 위치한 듯하지만, 이 일대는 집이 밀집하여 볕이 잘 들지 않을 듯했다. 마당도 있으나 마나 한 정도였고, 대문에는 "가와후지"라는 문패가……

내가 시선을 준 바로 그때, 집 앞에 허름한 경자동차가 멈췄다. 차에서 덩치가 좋고 볕에 피부가 탄 남자가 내렸다. 남자와

◆ 높이 634미터로 세계에서 가장 높은 도쿄의 전파탑.

히토시는 눈이 마주치자 "어?" 하고 서로 놀랐다.

"히토시, 여기서 뭐 해?"

"외삼촌이야말로 어쩐 일로 여기에?"

"나는 유품을 정리하려고 왔는데……."

외삼촌이라고 불린 남자는 우리를 보고 입을 다물었다. 수상쩍다는 시선은 내가 아니라 옆에서 귀엽게 웃음을 짓고 있는 교복 차림의 구스리코에게 쏟아졌다. "한가하니까 가위바위보 해서 이긴 분의 파트너가 되어드릴게요" 하고 말하더니 나를 따라왔다. 구스리코의 행동 원칙이 뭔지는 아무래도 잘 모르겠다.

"어, 이 사람들은?"

"탐정님이에요." 히토시가 대답했다. "할아버지 금고를 열어달라고 의뢰했어요. 가타나시 씨, 이쪽은 외삼촌 하루오라고 해요. 저희 어머니의 남동생이죠."

"가와후지 하루오입니다. 안녕하세요." 하루오는 가볍게 고개를 숙이면서도 우리에게서 눈을 떼지 않았다. "그런데 탐정이라니 깜짝 놀랐네. 그럼 안경을 쓴 그쪽 분이 조수?"

"……아니요. 제가 탐정이고 이쪽이 조수입니다."

나는 뺨을 씰룩씰룩하며 정정했다. 서, 설마 여고생과 같이 있는데도 조수로 오해받을 줄이야. 내가 그렇게 존재감이 없어 보이나.

"당신은 건설 현장에서 일하죠? 취미는 도박, 특히 경마."

홧김에 쏘아붙이자 하루오는 깜짝 놀라 한 발짝 뒤로 물러났다.

"어, 어떻게 알았습니까?"

"귀 밑에서 턱까지 볕에 타지 않고 줄처럼 하얗게 남은 부분이 있네요. 가죽끈이 달린 헬멧을 쓰고 일한다는 증거죠. 자동차 앞 유리창에는 교토 후지노모리 신사의 부적을 매달아놓았고요. 거기 부적은 우승마를 점지해주는 영험이 있는 것으로 유명해요. 하지만 너무 푹 빠지면 신세를 망칠 겁니다."

"아, 예……."

좋아. 자존심을 조금 회복한 후 나는 가와후지의 집 부지로 들어섰다. 히토시가 화분 밑에서 열쇠를 꺼내 현관문을 열었다.

집 안도 아주 비좁았다. 정면에 계단이 보였고, 그 옆으로 뻗은 복도의 벽에는 굵은 기둥이 몹시 눈에 띄게 불룩 튀어나와 있었다. 현관 바닥 옆의 창가에는 지팡이가 몇 종류나 걸려 있어 고인에게 뿌리내린 수집벽을 엿볼 수 있었다.

"그런데 히토시, 탐정을 데려오다니 일을 너무 크게 벌이는 거 아니야?" 하루오는 신발을 벗으면서 툴툴거렸다. "그깟 금고에 뭘 그리 집착하는지, 원. 돈이 들었으면 또 모를까, 헌책이 들었다는데……."

"그런 문제가 아니라니까요."

"그래, 알았다, 알았어. 너 좋을 대로 하렴. 나는 1층에 있을게."

성가시다는 듯이 이야기를 끝맺더니 그는 옆에 있는 거실로 들어갔다. 우리는 계단으로 향했다.

"다른 가족들은 금고에 대해 전부 저런 식으로 생각하십니까?"

"예. 하지만 저는 달라요."

나가노사키 히토시는 힘 있게 고개를 끄덕였다. '너무 야단스럽게 구는 것 아닌가' 하고 생각했지만 입 밖에는 꺼내지 않고 뒤따라갔다.

계단을 올라가자 왼쪽으로 뻗은 복도에 문 세 개가 보였다. 벽 한복판에서 이쪽으로 조금 치우친 곳에는 1층에서 이어지는 기둥이 있었다. 하지만 히토시는 그쪽으로 가지 않고 "여기가 서재예요" 하며 정면의 문을 열었다.

"우와, 난장판이네요."

구스리코가 거침없이 말을 꺼냈다. 히토시는 쓴웃음을 지었다.

"할아버지는 생전에 절대로 남을 서재에 들이지 않으셨어요. 그래서 안이 어떻게 생겼는지 내내 궁금했었는데…… 저도 처음으로 문을 열었을 때 깜짝 놀랐다니까요."

세 평 크기의 작은 방은 헌 잡지로 거의 꽉 차 있었다. 역시 고인의 수집벽은 보통이 아니었던 모양이다. 책장은 더이상 꽂을 틈이 없이 잡지로 빽빽했고, 바닥 여기저기에 《소년 클럽》, 《문제 소설》, 《POPEYE》, 《키네마 준보》 등이 탑처럼 쌓여 있었다. 헌책과는 또 다르게 저렴한 인쇄지 냄새가 코를 찔렀다.

오른쪽에는 창문이 있고, 안쪽에는 도키와소◆의 분위기를 연상시키는 작업용 책상이 떡하니 자리잡고 있었다. 그리고 책상 옆면과 벽 사이에 낡은 금고 하나가 쏙 들어가 있었다.

상상했던 것보다 훨씬 크고 튼튼해 보였다. 높이는 일 미터가 좀 안 되고, 가로세로 길이는 육십 센티미터 남짓. 가방 손잡이 같은 간소한 손잡이가 앞에서 보아 오른쪽에 달려 있고, 그 옆에는 다이얼 두 개가 위아래로 나란히 배치되어 있었다. 문 위쪽을 살펴보자 주위보다 색깔이 덜 칙칙한, 작은 직사각형 자국이 뚜렷하게 남아 있었다. 시리얼 넘버가 적힌 스티커는 여기 붙어 있었으리라.

"이게 문제의 금고입니까?"

"예. 유서는 책상 서랍에 들어 있었어요."

"한번 봐도 될까요?"

"복사를 해놨어요. 이거예요."

히토시는 종이 한 장을 공손하게 내밀었다. 우리는 종이를 받

◆ トキワ荘. 데즈카 오사무 등 일본의 유명 만화가들이 많이 거주했던 목조 연립주택. 1982년에 해체됐다.

아 들고 처음부터 읽었다. 하기야 고인이 펜글씨를 너무 흘려써서 구스리코는 내가 읽어주는 내용을 들을 뿐이었지만.

빈말로도 충격적인 내용이라 할 수는 없으리라. 유산은 법률에 따라 분할해라, 거창한 장례식은 필요 없다, 내가 죽은 뒤에도 가훈에 부끄럽지 않게 살아라. 그런 내용이 이어지다가 마지막에야 금고 이야기가 나왔다.

추신. 생전에는 서재에 보관해둔 내 수집품에 아무도 손을 대지 못하게 했지만, 죽고 나서도 고집을 부릴 것은 없겠지. 필요하면 가지고 가도록 해라. 필요한 사람이 없으면 팔아치우고. 그래야 잡지도 행복할 거야. 금고 속에는 일본판《포토플레이》창간호 등등 내가 특별히 아꼈던 수집품이 몇 권 들어있다. 다 합쳐서 십만 엔 정도의 가치는 있을 테니, 이것도 마음대로 처분해라. 비밀번호를 써두마.

① 상단−왼쪽으로 돌려서 영에 맞추고 나서 오른쪽 이십, 왼쪽 삼십삼, 오른쪽 구
② 하단−역시 영에 맞추고 나서 오른쪽 십일, 왼쪽 이십오, 오른쪽 십육

"……이게 다예요?" 구리스코가 물었다.

"그게 다인데요." 히토시가 대답했다.

나는 금고 앞에 쪼그리고 앉았다. 다이얼은 둘 다 제일 아래를 시작점 삼아 바큇살 모양으로 0부터 40까지 숫자와 눈금이 매겨져 있었다.

일단 위쪽 다이얼에 손을 뻗어 가와후지 에이타로 씨의 지시대로 숫자를 맞추었다. 낡아 보이는 것치고는 다이얼이 꽤 부드럽게 돌아갔다. 왼쪽으로 돌려서 0에 맞추고 오른쪽으로 돌려서 20, 왼쪽으로 돌려서 33, 다시 오른쪽으로 돌려서 9. 아래쪽 다이얼도 똑같은 방법으로 11, 25, 16에 맞추었다. 마지막으로 손잡이를 잡아당겼지만 문은 열리지 않았다.

혹시나 싶어 한 번 더 시도했다. 열리지 않는다. 다이얼을 천천히 돌리며 비밀번호를 다시 맞추었다. 안 열린다. 더욱 공을 들여 아래쪽 다이얼부터 돌려보았다. 소용없다.

"확실히 안 열리네요."

"그렇죠. 어떻게 생각하세요?"

"모르겠습니다. 하지만 흥미가 좀 생기네요."

다이얼은 부드럽게 돌아갔으므로 자물쇠가 녹슬었다고 볼

수는 없다. 또한 유서에 오탈자는 전혀 없었으니까 정작 중요한 금고 비밀번호만 잘못 적었다고 보기도 힘들다. 그렇지만 문이 열리지 않는다는 수수께끼가 앞을 가로막고 있다.

불가해하다.

"역시 암호일까요?"

"아니요, 그렇게 단정하기에는 이릅니다. 일단은 다른 가능성을…… 에췌!"

평소와 다름없이 머리가 돌아가기 시작했지만 성대한 재채기가 생각을 방해했다. 주변을 자세히 살펴보자 금고 위는 그렇게 많지 않았지만 작업용 책상과 바닥에는 먼지가 두껍게 쌓여 있었다. 에이타로 씨는 청소에는 무관심했던 모양이다.

"구스리코, 창문 좀 열어줄래?"

바람이 불어들자 먼지가 좀 가셨다. 나는 마음을 다잡고 말했다.

"우선 암호 말고 다른 가능성을 검토해보도록 하죠. 제일 간단한 것은 유서가 날조됐을 가능성입니다. 나가노사키 씨, 이거 에이타로 씨의 글씨체가 분명합니까?"

"물론이죠! 가족이 다 함께 확인했는걸요."

"그렇군요."

애당초 기대도 하지 않았으므로 순순히 받아들였다. 유서를 바꿔치기했을 가능성은 제외. 그렇다면 다른 쪽, 금고를 바꿔치기했을 가능성은 어떨까.

"좀 전에 에이타로 씨는 절대로 남을 서재에 들이지 않았다고 하셨죠?"

"예, 누가 집에 올 때는 반드시 문을 잠그셨는데…… 그게 왜요?"

"그럼 가족들은 금고가 어떻게 생겼는지 모르셨겠네요?"

"모양이라……. '다이얼이 두 개 달린 커다란 낡은 금고가 있다'는 이야기 정도는 들었어요. 안에 십만 엔 상당의 잡지가 들어 있다는 말씀도 가끔 하셨고요."

"의외로 자세하게 말씀하셨네요."

나는 마지못해 그 가능성도 제외했다. 이 금고가 에이타로 씨 것이 아니라면 비밀번호가 맞지 않는 것도 당연하다고 생각했지만 가족들은 금고가 어떻게 생겼는지 대충 알고 있었다. 커다랗고 낡은 투 다이얼식 금고가 부근에 널려 있을 리 없다. 그런 금고를 마련하는 데 드는 비용과 이렇게 큰 물건을 몰래 운반하는 데 드는 노력을 고려하면 현실적인 방안이라 하기 힘들다.

금고에도 유서에도 문제는 없다. 그렇다면 비밀번호를 맞추는 방식이 잘못됐다는 뜻이다.

"그럼, 드디어 암호인가……. 어떻게 생각해?"

뒤돌아본 나는 구스리코가 서 있는 것을 보고 흠칫했다. 맞다, 오늘은 도리가 없었지 참. 평소 그랬듯이 버릇처럼 반사적으로 의견을 물어보고 말았다.

의지와는 상관없이 붉어진 내 얼굴을 보고 구스리코는 고개를 갸웃하며 대답했다.

"하지만 암호가 나올 때는 보통, 좀더 '이건 암호다!' 하고 알 수 있게끔 써놓던데요."

"그, 그렇지." 나는 겸연쩍음을 감추며 동의했다. "내 생각도 그래. 유서 내용은 너무 명쾌해서 복잡한 수수께끼가 파고들 틈이 없어."

가령 암호라면 제출된 수수께끼 자체도 단순할 것이다. 유서 끝부분에 "비밀번호를 써두마"라고 했으니 마지막 두 문장에 답이 숨어 있다고 해석해야 합당하겠지.

① 상단 - 왼쪽으로 돌려서 영에 맞추고 나서 오른쪽 이십, 왼쪽 삼십삼, 오른쪽 구

② 하단 - 역시 영에 맞추고 나서 오른쪽 십일, 왼쪽 이십오, 오른쪽 십육

"이거 이렇게 볼 수도 있겠네요."

내가 다시 유서 사본을 펼치자 구스리코가 말했다.

"이 '오른쪽 이십'은 '오른쪽으로 돌려서 20에 맞춰라'라는 뜻

이 아니라 '오른쪽으로 돌려서 2와 10에 맞춰라'라는 뜻이라 든지."

"……"

구스리코가 학교 축제에서 개최할 행사를 결정할 때처럼 느긋하게 의견을 내놓자 나는 잠시 입이 떡 벌어졌다. 우와, 십대는 발상이 유연하구나.

"그럼 '왼쪽 삼십삼'은 3과 10과 3, '오른쪽 구'는 변함없이 9인가……."

시도해볼 가치는 있을지도 모른다. 나는 다시 다이얼 두 개를 잡고 각각 숫자를 맞추었다. 하지만…….

"틀렸어. 안 열려."

"안 되나요……. 아, 그럼 '오른쪽 이십'은 '오른쪽으로 두 바퀴 돌려서 10에 맞춘다'라는 의미라든가."

확실히 다이얼식 금고는 보통 '다이얼을 돌리는 방향'과 '맞춰야 하는 숫자' 외에 '다이얼을 돌리는 횟수'도 정해져 있다. 지정되어 있지 않으니 한 번씩만 돌리면 될 거라고 지금까지 멋대로 단정했는데.

"하지만 '오른쪽 구'는 어떻게 하지?"

"그 직전 숫자에 맞춘 상태로 오른쪽으로 아홉 바퀴 돌리는 것 아닐까요?"

"아래쪽 다이얼의 '오른쪽 십일'은?"

"오른쪽으로 열 바퀴 돌려서 1에 맞추는 거겠죠."

"다이얼을 그렇게 빙글빙글 돌리는 금고가 있을까……."

뭐, 일단 해보자. 나는 다시 다이얼로 몸을 돌리고 시간을 들여 드륵드륵 소리를 내며 모든 번호를 맞추었다. 아니나 다를까 결과는 변함없었다.

"안 돼. 역시 안 열려."

"그런가요……. 아, 실은 마지막의 '가와후지 에이타로'도 비밀번호에 포함된다든가! 금고에 음성 인식 장치가 달려 있어서……."

"구, 구스리코, 그만. 내가 생각할게."

나는 일어서서 서재를 이리저리 걸어 다녔다. 안경 브리지를 밀어올리고 집중했다. 어느 집에서 점심이라도 준비하는지 창밖에서 옥수수 수프 냄새가 희미하게 풍겼다. 그 냄새가 한순간 낡은 종이 냄새를 지우고 나를 냉정한 사고 속으로 이끌었다.

내가 가와후지 에이타로고, 유서에 암호를 남긴다면 과연 어떻게 할까? 분명 유서만 보고 풀 수 있을 만한 암호는 남기지 않겠지. 금고나 이 집만의 특징을 이용할지도 모른다. 이 금고의 특징은 뭐지? 제일 큰 특징은 다이얼이 두 개라는 점이다. 다이얼은 위아래에 하나씩 배치되어 있다. '상단'과 '하단'. 이 집에서 그에 부합하는 것은⋯⋯.

"2층과 1층."

멈춰 서서 소리 내어 말했다. 히토시가 "뭐라고요?" 하고 물었다.

"유서에 적힌 번호가 금고 비밀번호 말고 다른 뭔가를 나타낸다고 가정하겠습니다. 위아래, 좌우, 그리고 숫자, 이 세 가지 요소로 나타낼 수 있는 것⋯⋯. 가장 그럴듯한 것은 좌표입니다. '상단과 하단'에 대응하는 것은 2층과 1층. 위쪽 다이얼이 '영에 맞추고 오른쪽 이십, 왼쪽 삼십삼, 오른쪽 구'라면 2층 어딘가를 출발점으로 삼아 오른쪽으로 이십 미터, 왼쪽으로 삼십삼 미터, 다시 오른쪽으로 구 미터⋯⋯ 즉 덧셈과 뺄셈을 하여 왼쪽으로 사 미터 나아간 곳에 새로운 단서가 숨겨져 있을지도 몰라요."

단위는 미터가 틀림없다. 센티미터는 너무 짧고, 걸음 수는 사람에 따라 보폭에 차이가 심하다. 1층 역시 영을 출발점으로 놓고 '오른쪽 십일, 왼쪽 이십오, 오른쪽 십육'⋯⋯ 계산하면 오른쪽으로 이 미터 나아간 곳에서 뭔가 발견될지도 모른다. 예를 들면 진짜 비밀번호가 적힌 쪽지 같은 것.

"하, 하지만 가타나시 씨, 도대체 출발점은 어디일까요?"

"X축과 Y축의 원점인 0, 바로 기둥입니다. 들어오면서 봤는데 이 집에는 굵은 기둥이 서 있던데요?"

"아, 예. 이 집을 떠받치는 중앙 기둥이라고 할아버지가 늘 말씀하셨어요."

늘 말씀하셨다. 그렇다면 더더욱 전망이 밝다.

"시험해보죠. 나가노사키 씨, 줄자 같은 걸 좀 빌려……."

"아, 제가 가지고 있어요!"

"왜 네가 가지고 있어! 뭐, 됐어, 가자!"

나는 구스리코와 함께 서재를 나서서 2층 복도 벽에 튀어나온 기둥과 마주 보고 섰다. 마주 보고 서서 왼쪽인지, 아니면 등지고 서서 왼쪽인지 고민이었지만, 그 답도 금방 알아냈다. 등지고 서서 왼쪽으로 사 미터를 나아가면 집 밖으로 나간다. 그러므로 마주 보고 서서 왼쪽이다.

"구스리코, 끝을 누르고 있어."

나는 도리가 자주 그러듯이 줄자로 거리를 재며 한 걸음씩 나아갔다. 이 미터…… 삼 미터…… 사 미터. 여기다. 일어서서 좌우를 둘러보았다. 뭔가 없나. 벽에 걸린 그림, 문의 무늬, 낙서, 뭐든지 좋다. 뭔가 단서가 될 만한 것은ㅡ.

전혀 없었다.

"자, 잘못 짚었나……."

갑자기 기운이 쭉 빠져서 어깨가 축 늘어졌다. 케이스의 버튼을 누르자 슈르르륵, 하고 경쾌한 소리를 내며 줄자가 되감겼다. 그 소리가 나를 바보 취급하는 것 같은 기분이 들었다.

"가타나시 씨, 어땠나요?"

히토시가 고개를 내밀고 물었다. 나는 "허탕이었습니다" 하고 대답하며 복도를 터벅터벅 걸어 되돌아갔다.

하지만 기둥 앞까지 왔을 때 걸음을 멈췄다. 맞은편 벽에 걸린 사진이 눈에 들어왔다.

가족사진이다. 에이타로 씨로 보이는 대머리 노인을 여섯 남녀가 둘러싸고 있다. 노인 오른쪽에는 히토시와 그의 부모인 듯한 남녀. 그리고 아까 전에 만났던 하루오. 다들 마른 편인데 히토시와 하루오의 체형만 몹시 두드러진다. 왼쪽에는 부부인 듯한 남녀가—.

"……나가노사키 씨!" 나는 오늘 제일 크게 소리쳤다. "이, 이 사진!"

"아아, 할아버지 희수喜壽 기념으로 찍은 거예요." 복도로 나온 히토시는 태평하게 말했다. "한가운데 계신 분이 할아버지고, 이쪽이 하루오 외삼촌. 옆에 선 사람이 저랑 부모님이에요. 어머니 이름은 아키코라고 하는데……."

"이, 이 여자는!"

히토시가 가족을 소개하는 순서를 건너뛰어 왼쪽 가장자리의 여우처럼 눈초리가 치켜 올라간 여자를 가리켰다.

"그분은 할아버지의 큰딸 나쓰코 이모예요. 저희 어머니의 언니이자 하루오 외삼촌의 누나죠. 결혼하셔서 지금은 성이 가와후지가 아니라 시마즈지만."

"시, 시마즈 나쓰코······."

들어본 적 있는 이름이다. 그것도 아주 최근에 들었다. 구체적으로 말하자면 바로 두 시간쯤 전에.

뭐야. 어떻게 된 거야. 설마.

"그, 그리고 보니 아직 못 들었는데, 에이타로 씨는 어쩌다 돌아가셨는지······."

"넘어져서 머리를 찧었어요. 집 옆 골목에서요."

히토시가 선선히 대답했을 때 1층에서 "야, 거기 서!" 하고 하루오가 외치는 소리가 들렸다. 동시에 계단을 쿵쿵 올라오는 발소리가 났다.

그쪽을 돌아보자 하루오가 누구를 제지하려 했는지 답이 바로 나왔다.

"······너희들, 여기서 뭐하냐?"

계단에서 나타난 사람은 터틀넥 니트를 입은 곱슬머리 남자, 고텐바 도리였다.

3(도리)

서민 동네 주택가에서는 스카이트리가 잘 보였다. 이미 익숙한 광경이지만, 맑은 10월 하늘에 한껏 으스대듯이 높이 솟은 탑을 바라보자니 역시 약간 성질이 났다. 그러고 보니 바보와 연기는 높은 곳을 좋아한다던데. 휴일이니 전망대에 올라간 바보들도 많으리라. 나로 말할 것 같으면 좀더 한심스러운 사고 현장을 조사하러 가는 중이지만.

시마즈 나쓰코가 전화로 알려준 주소에는 낡아빠진 단독주택이 있었다. 문패에는 "가와후지"라고 적혀 있었고, 마당 앞에는 허름한 경자동차가 한 대 주차되어 있었다. 집 옆에는 들은 대로 좁은 비포장 골목이 숨어 있었다. 그쪽으로 들어가자 여자가 담에 기대어 서 있었다.

우리의 여걸 우가치 기마리. 안경과 비스듬히 가르마를 탄 머리는 평소와 다름없지만, 오늘은 정장이 아니라 가을 느낌이 물씬 풍기는 카디건을 입었다. 손에는 얇은 파일을 들었다.

"이야, 여기까지 나오라고 해서 미안하다."

"오늘 공휴일이라 쉬는 날인데."

"그 정도는 추리 안 해도 알아."

"열흘 만에 집에서 푹 쉬려고 했단 말이다."

| 노킹 온 록트 도어

"그러니까 미안하다잖아. 자, 이걸로 좀 봐줘라."

이대로 가다가는 얻어맞을지도 모르므로 오는 길에 산 우마이봉♦ 버라이어티 팩 열 개들이 세트를 헌상했다.

"아무거나 대충 집어 왔나 보네. 하다못해 쓰키시마의 몬자야키♦♦ 맛 정도는 선택하는 센스를 기대했는데."

투덜대면서도 여형사는 바로 진한 옥수수 수프 맛을 먹기 시작했다. 나는 우마이봉을 넘겨주는 대신 파일을 받아 들었다. 본청에 근무하는 우가치가 관할서와 교섭하여 반출한 사건 수사 기록이다.

"나도 훑어봤는데 딱히 수상한 점은 없었어. 왜 이런 사건을 조사하는 거야?"

"마지못해 조사한다고 해야겠지."

나는 쓴웃음과 함께 파일을 펼쳤다.

"성명 가와후지 에이타로. 나이 79세. 10월 7일 새벽, 자택 옆 골목에 쓰러져 있는 것을 이웃 주민이 발견하고……."

기본적인 정보는 전부 의뢰인의 이야기와 일치하는 듯하다.

페이지를 넘기자 현장 사진이 몇 장 붙어 있었다. 지금 내가

♦ うまい棒. 옥수수를 주원료로 한 막대 모양 과자. 맛이 다양하고 가격이 십 엔으로 저렴하여 인기가 있다.

♦♦ もんじゃ焼. 여러 가지 채소와 기타 해물 등을 밀가루 반죽에 넣어 철판에 구워 먹는 일본 요리. 오코노미야키와 비슷하지만 몬자야키가 수분이 많아 좀더 묽다.

서 있는 곳에 야윈 노인이 엎드린 모습으로 쓰러져 있었다. 셔츠와 잠방이 차림에 발에는 슬리퍼, 아주 가볍고 편해 보이는 복장이다. 원래 이렇게 생겼는지, 아니면 고통에 신음하며 죽어서 그런지 눈썹이 신경질적으로 일그러졌다. 홀딱 벗어진 머리의 옆 부분에는 상처가 났다.

시체 오른쪽에는 들고 있다가 놓친 것처럼 지팡이가 떨어져 있었다. 광택이 도는 나무 지팡이로 손잡이 쪽에는 가죽 고리가, 끝부분에는 미끄럼을 방지하는 검정색 고무가 달려 있었다. 지팡이 옆에는 피가 엉겨 붙은 주먹 크기의 돌이 나뒹굴고 있었다. 어디에나 흔하게 널린 돌이지만, 다른 관점에서 보면 둔기로서도 적당한 크기라 할 수 있다. 보고서에는 "상처의 각도로 보건대 이 돌에 머리를 부딪혀서 사망한 것이 틀림없음"이라고 나와 있지만…….

"넘어진 게 아니라 누가 돌로 때렸을 가능성은 없을까?"

"때렸다고? 상식적으로 생각할 때 그건 아닐 것 같은데. 확실히 상처는 평범한 열상裂傷이고, 다친 부위도 옆머리니까 양쪽 다 일리는 있다만……."

"가능성은 있다는 거야?"

"어디까지나 일단은. 높다고는 말 안 하겠어."

"한 가지 더, 상처에서 피가 많이 나지 않았다고 들었는데."

"부자연스러울 정도는 아니었어. 결국 넘어지는 바람에 죽었다는 결론이 나왔지."

"가령 다른 곳에서 피를 좀더 많이 흘렸다면 어떨까?"

"……타살이다 그거냐? 누가 시체를 여기로 운반했다는 거야?"

"말도 안 되는 이야기는 아니잖아. 피해자의 집은 여기서 엎어지면 코 닿을 곳이라고."

나는 가와후지 에이타로의 집을 올려다보았다. 주인이 없는 집은 어째서인지 2층 창문이 열려 있었다.

"파일에도 적혀 있을 테지만." 우가치는 내 시선을 좇으며 말했다. "경찰은 집 안도 수색했어. 혈흔 따위의 증거는 발견되지 않았다는군. 지팡이며 잡지며 물건이 넘쳐나서 고생했다고 관할서 형사가 한숨을 쉬더라."

"어디까지나 일단이잖아. 못 보고 넘어갔을 수도 있어. 물건이 많다면 더 그럴 테지."

말꼬리를 잡고 늘어지자 우가치는 말없이 우마이봉을 우물거렸다. 나는 파일로 눈길을 되돌렸다.

"사망 추정 시각은 오전 2시로군. 당시 이 부근에 특이 상황은 없었어?"

"그럴싸한 목격 정보는 전혀 들어오지 않았어. 특이 상황이라고 하면 단수가 되었던 것 정도일까."

"단수?"

"응. 수자원공사의 사정으로 오전 1시부터 3시까지 물이 끊겼대."

"……."

사건과 관계가 있을까. '어떻게 생각해?' 하고 뒤쪽에다 물어보려고 했지만, 아무도 없다는 것을 깨닫고 나는 얼굴이 붉어졌다. 맞다, 오늘은 히사메가 없지 참. 그런 녀석이라도 없으면 뭔가 삐걱대는 느낌이다.

쑥스러움을 감추고자 파일을 넘겨 현장 사진을 더 자세히 관찰했다.

옆머리 말고 시체에 외상은 없음. 입고 있던 옷도 흐트러지지 않았다(애당초 흐트러질 만한 복장이 아니지). 땅바닥이 비포장이라 슬리퍼 바닥에 골목의 흙이 묻었다. 왼쪽이 많이 닳은 것은 그쪽 다리에 체중이 실리기 때문인가. 그렇다면 오른쪽 다리가 불편했던 모양이군. 지팡이도 오른쪽에 떨어져 있고…… 응?

"지팡이가 너무 깨끗한데."

내가 중얼거리자 우가치는 의아하다는 표정으로 사진을 들여다보았다.

"그래? 제법 오래 써서 길이 잘 든 것 같다만. 가족의 증언에

노킹 온 록트 도어

따르면 그 지팡이는 에이타로가 수집품 중에서 특별히 마음에 들어 했던 물건이라 산책할 때 자주……."

"그런 게 아니라. 끝부분. 끝부분이 너무 깨끗하다고."

"……끝부분?"

나는 사진에 손가락을 대고 지팡이 끝에 달린 미끄럼 방지용 고무를 두드렸다. 미끄러지는 것을 방지하는 검정색 고무를.

"에이타로는 다리가 불편했어. 걸을 때는 반드시 지팡이를 짚었겠지. 신발이 왼쪽만 닳은 것으로 보아 확실해. 이 골목은 비포장이라 흙바닥이지. 걸으면 땅에 닿는 부분은 반드시 더러워져……. 그런데 미끄럼 방지용 고무에는 흙이 전혀 안 묻었잖아."

"즉…… 그는 걸어서 골목에 들어온 것이 아니다?"

"누군가가 옮긴 거야. 현장 상황은 그자가 위장한 거고. 그자는 슬리퍼 바닥에는 잊어버리지 않고 흙을 묻혔지만, 지팡이 끝부분은 깜박했어."

"……타살이구나!"

우가치가 우마이봉 봉지를 꽉 구겼다. 진한 옥수수 수프 맛 우마이봉의 노란 가루가 열린 창문 쪽으로 풀풀 흩날렸다. 나는 2층 창문을 바라보며 말을 이었다.

"타살이라면 현장은 십중팔구 이 집이야. 하지만 범인이 처음부터 명확한 살의를 품고 있었다면, 길가의 돌처럼 원시적인 흉기보다 좀더 다루기 쉬운 흉기를 골랐겠지. 아마도 범인은 이 집에 들어가기 직전에, 어쩌면 폭력을 써야 할지도 모른다는 생각으로 바로 옆 골목에 있는 돌을 주웠을 거야. 그렇다면 범인의 목적은?"

"절도, 혹은 공갈."

"심야라는 시간을 고려하면 절도가 맞을 것 같군. 이 영감님의 집에 귀중품은?"

"글쎄…… 굳이 꼽자면 서재에 금고가 있다고 하던데."

"금고?"

"금고라고 해도 대단한 건 아니지만. 안에 든 것도 돈다발이나 금괴가 아니라 귀중한 헌 잡지래."

"헌 잡지……."

어디서 들어본 것 같은 이야기다. 요즘 영감들은 다들 취미가 비슷한 모양이다.

"이 영감님, 이웃들하고는 교류가 있었나?"

"아니, 성격이 괴팍한 탓에 이웃들하고는 트고 지내지 않았어. 다만 아들이랑 딸 부부가 모두 근처에 살아서 가족들하고는 자주 만난 모양이야."

"그렇다면 금고가 있다는 걸 아는 사람도 한정되겠군. 덧붙여 영감님이 어떤 지팡이를 좋아하고, 어느 다리가 불편한지까지 잘 아는 사람…… 범인은 가족 중 하나야."

우가치는 가와후지 에이타로가 쓰러져 있었던 곳에 눈길을 주며 내가 즉석으로 선보인 추리의 내용을 잠시 음미하는 것 같았다. 고개를 들더니 허리께의 호주머니에서 휴대전화를 꺼냈다.

"무코지마 경찰서에 연락할게. 당장 수사를……."

"아니, 더 빠른 방법이 있지."

나는 발걸음을 돌려 비포장 골목에서 콘크리트 문화권으로 돌아왔다. 가와후지 에이타로의 집은 2층 창문이 열려 있고, 마당 앞에는 주차된 차도 있다. 분명 유족이 유품을 정리하는 등 볼일을 보러 온 것이다.

마당으로 들어가서 현관 미닫이문을 살짝 열자, 덩치가 좋은 남자의 뒷모습이 눈앞에 나타났다. 아무래도 계단 위쪽을 살피고 있는 모양이다. 귀 밑에서 턱까지 볕에 타지 않고 하얗게 남은 부분이 보였다.

"이봐, 거기 건설 현장 노동자."

말을 걸자 남자는 "헉" 하고 외마디를 내뱉으며 뒤돌아보았다.

"뭐야……. 누, 누구야, 당신들."

"경찰입니다." 우가치가 대답했다. "가와후치 에이타로 씨가 돌아가신 사건을 재수사하고 싶습니다만."

"겨, 경찰?"

"그럼 그렇게 알고, 잠깐 실례할게."

"이, 이봐, 잠깐. 갑자기 무슨……."

구구절절 설명하기도 귀찮다. 나는 남자를 제치고 들어가려고 손을 뻗었다. 하지만 도중에 몸이 딱 굳었다. 2층에서 익숙한 목소리가 들렸기 때문이다.

"나가노자키 씨, 이, 이 사진! ……이, 이 여자는!"

어디에서 들려도 이상하지 않을 만큼 흔한 남자 목소리. 하지만 개성이 없는 까닭에 그 정체는 명백했다. 우가치를 보자, 녀석도 놀란 표정이었다.

나는 부리나케 신발을 벗고 2층으로 향했다. "야, 거기 서!" 하고 남자의 목소리가 쫓아왔지만 개의치 않았다. 계단을 올라가서 복도가 뻗은 쪽을 보았다. 아아, 아니나 다를까.

"……너희들, 여기서 뭐 하나?"

거기에는 교복 차림의 구스리코와 몇 시간 전에 보았던 의뢰인 그리고 감색 넥타이를 맨 안경잡이 파트너가 있었다.

4(도리)

"하하하, 하하하하하하."

오 분 후. 히사메와 정보를 교환한 나는 배꼽을 잡고 웃었다.

"좌표를 나타내는 암호라니 제법 머리를 굴렸네. 하지만 그럴 리가 있나, 이게 무슨 「머즈그레이브 가문의 의식문」◆도 아니고."

"나도 알아. 어쩌다 보니 구스리코의 말에 휘둘렸어."

"어, 제 탓이라고요?"

옆에서 구스리코가 불평했다. 그 뒤에 우가치와 건설 현장의 마초 노동자(이름은 하루오라고 한다), 나가노사키 히토시 세 명이 서 있어서 안 그래도 옹색한 서재가 더 비좁아졌다.

"설마 나쓰코 이모도 같은 탐정에게 의뢰하셨을 줄이야……"

히토시가 고개를 저으며 말했다. 그건 우리가 할 말이라고 쏘아붙이고 싶었다.

요컨대 두 사건은 연결되어 있던 셈이다. 한 남자의 죽음을 놓고 가족 두 명이 각각 우리 사무소를 찾아온 것이다.

히사메는 가볍게 한숨을 쉬고 말했다.

"네가 맡은 사건은 순조로운 모양이네."

"뭐, 너무 순조로워서 탈이지."

솔직히 히사메가 부러웠다. 사정을 자세히 들어보니 금고를

◆ 탐정 셜록 홈스가 등장하는 단편소설.

어느 쪽이 몇 배는 더 재미있을 것 같았다. 사건 냄새가 풍기지 않는다는 이유로 안이하게 생각하고 거들떠보지도 않았던 것을 반성해야겠다.

"그럼 네 추리에 따르면." 히사메는 사람들을 힐끗하더니 목소리를 낮추었다. "가와후지 에이타로는 이 집에서 가족 중 누군가에게 살해당했다는 거야?"

"응. 만약 금고가 목적이었다면 이 서재에서 살해당했을 가능성이 제일 커."

"핏자국이나 싸움을 벌인 흔적은 눈에 띄지 않는데."

파트너는 방을 대강 훑어보고 말했다.

"이제부터 찾아야지."

나는 그렇게 대꾸한 후, 눈앞에 있던 의자를 당기고 책상 아래를 들여다보았다. 하지만 물론 거기에 새로운 단서가 있을 리는 없고 그저 먼지만 그득했다.

"방에 먼지가 정말 많네."

"너처럼 청소라면 질색이었나 보지."

"난 어지럽히기는 하지만 더럽히지는 않아."

"그걸 자랑이라고 하냐." 냉정하게 지적한 후 히사메는 금고 위에 손을 얹었다. "뭐, 확실히 이 방은 먼지 천지야. 나도 아까 재채기가…… 어?"

"왜?"

"금고가 너무 깨끗한데."

히사메는 손끝을 바라보며 좀 전에 내가 한 말과 비슷한 말을 중얼거렸다.

"……그래? 제법 많이 녹슨 것 같다만."

"그런 게 아니라, 위쪽 말이야. 윗면에 먼지가 전혀 안 쌓였어."

나는 금고 윗면을 살펴보았다. 확실히 책상 위와 바닥에 비하면 먼지가 꽤 적다.

"최근까지 금고 위에 뭘 놓아둔 거 아닐까? 아, 범인은 그걸 훔쳐 갔는지도 모르겠다."

그럴듯한 가설이라고 동의해줄 줄 알았더니, 히사메는 아무 말도 없이 생각에 푹 잠겼다. 잠시 후에 스마트폰을 꺼내서 꾹꾹 눌렀다. 들여다보자 '금고'로 구글 이미지 검색을 했는지, 화면에 철로 된 크고 작은 상자가 죽 나와 있었다.

"……?"

왜 이제 와서 그런 걸 조사하는지 도무지 모르겠다. 우리가 입을 다물자 다른 네 명이 잡담을 나누는 소리가 들려왔다.

"히토시, 이게 어떻게 된 거야. 저 곱슬머리도 탐정이야?"

"저도 놀랐어요. 하지만 외삼촌, 탐정은 많은 편이 분명 이득일 거예요."

"아니, 그런 문제가 아니라……."

"구스리코, 우마이봉 줄까?"

"정말요? 그럼 다코야키 맛 먹을래요."

"그런데 구스리코, 아직도 쟤네들 사무소에서 아르바이트 해? 언제 망할지 모르는 곳이야. 빨리 그만두는 편이 좋을걸."

"괜찮아요, 좋아서 하는 일인걸요."

"놈팡이를 돌보며 순정을 바치는 여자가 보통 그런 소리를 하던데……. 잘 들어, 구스리코. 녀석들이 엉큼한 짓을 하면 바로 나한테 말해. 사형시켜줄게."

"엉큼한 짓 안 해!"

내가 우가치와 구스리코의 대화에 끼어들었을 때.

"……대다."

히사메도 작은 목소리로 뭐라고 말했다.

"응?"

"반대다!"

히사메는 소리치며 금고에 달려들었다. 벽과 금고 틈새에 손을 넣더니, 이를 악물고 금고를 앞쪽으로 끌어내려 했다. 한눈에 무슨 생각인지 알았다.

너무 무거워서 히사메 혼자서는 힘거운 듯했다. 나도 달려들어 힘을 보탰다. 안 된다, 여전히 무겁다. 파트너와 눈을 마주쳤다. 알았다는 뜻이 담긴 눈빛이 되돌아왔다. 둘이서 호흡을 맞추어 기합을 넣었다.

"하나, 둘, 이얏!"

다리에 힘을 빡 주고 동시에 용을 쓰자 쇳덩이가 드디어 움직였다. 책상과 벽 사이에서 끌려 나온 금고를 옆으로 쓰러뜨리고, 다시 용을 쓰며 일으켜 세워서 백팔십도 뒤집었다.

"앗!"

몇 사람이 동시에 외쳤다.

뒤집어져서 위쪽을 향한 금고 바닥에는 검붉은 피가 끈적하게 묻어 있었다.

그것으로 끝이 아니었다. 히사메가 금고 앞에 쪼그려 앉아 "오른쪽 20, 왼쪽 33, 오른쪽 9, 오른쪽 11, 왼쪽 25, 오른쪽 16" 하고 비밀번호를 외면서 다이얼을 돌리고 손잡이를 살짝 당겼다. 그러자 다시 "앗!" 하는 감탄사가 서재를 감쌌다.

잠겨 있던 금고 문이 아주 간단히 열렸고, 안에서 헌 잡지 스무 권 정도가 모습을 드러냈다.

"아, 열렸다……." 히토시가 말했다.

"앗, 어떻게 한 거예요?" 구스리코가 놀란 표정으로 물었다. "암호를 풀어냈어요?"

"아니, 그것보다 혈흔이 먼저야." 우가치가 입을 열었다. "왜 금고 바닥에 피가?"

"바닥이 아니야……. 원래 이쪽이 위였어."

히사메는 동요하는 구경꾼들에게 냉정하게 설명했다.

"사건이 일어난 밤, 범인은 금고에 든 물건을 훔치려고 이 집에 침입했어. 그런데 자물쇠를 망가뜨려서 문을 열기 전에 에이타로 씨에게 들켜서 싸움이 벌어졌지. 범인은 하는 수 없이 만일에 대비해 주워 온 돌로 그를 때려죽였어. 에이타로 씨는 이 금고 위에 쓰러졌고…… 윗면 전체에 피가 묻었지."

"범인은 매우 당황했을 거야." 내가 말을 이어받았다. "걸레나 수건을 물에 적셔서 피를 닦아내고 싶어도 그럴 수가 없었어. 범행 시간대에 이 일대는 물이 끊겼었거든."

"위에 뭔가 얹어서 눈가림을 해도, 경찰이나 유족이 서재를 정리하면 금방 들통나겠지. 그래서 범인은 어쩔 수 없이 금고를 뒤집어서 핏자국을 숨긴 거야. 다이얼은 원형이고 숫자는 사발통문*처럼 방사상으로 매겨져 있어. 손잡이도 가방 손잡이처럼 간소한 형태지. 무엇보다 가족들은 이 금고가 정확하게 어떻게 생겼는지 몰라. 그래서 위아래가 거꾸로 뒤집어졌는데도 아무도 눈치채지 못한 거야."

◆ 사발을 엎어서 그린 원을 중심으로 참가자의 이름을 둘러 적은 통문.

"다만 문제도 생겼지."

"그래. 유서에 적힌 비밀번호가 들어맞지 않았어."

금고 다이얼은 위아래에 하나씩 달려 있다. 그런데 범인이 고육지책을 사용해 위아래가 반대로 바뀌었다. 히사메도 가족들도 위쪽 다이얼의 비밀번호를 보고 아래쪽 다이얼을 맞추고, 아래쪽 다이얼의 비밀번호를 보고 위쪽 다이얼을 맞췄으니 문이 열릴 리 없다.

"금고가 열리지 않았던 건 암호 때문이 아니었어. 그저 금고 위아래가 뒤바뀌었기 때문이었지……. 맹점이었어."

히사메는 자조하듯이 살짝 웃었다.

사건은 절반 해결됐다. 이제 나머지 절반이 남았다. 나는 히사메 옆에 나란히 서서 말했다.

"이제 그런 짓을 한 범인은 누구이냐가 문제인데. 사고 현장을 위화감 없이 위장할 수 있으며, 금고가 있다는 사실도 알고 있었던 건 가족뿐이야. 금고 안에 든 것은 십만 엔 상당의 헌 잡지. 십만 엔은 분명 큰돈이지만 나누어 가질 만큼 많지도 않지."

"그렇다면 범인은 한 명. 단독범이겠군."

"우리가 둘이서 덤벼들어 뒤집은 이 금고를 혼자 뒤집고, 시체를 집 밖으로 옮길 만큼 힘이 센 녀석이야."

"하지만 에이타로 씨의 가족은 남자도 포함해서 체격이 약하고 힘도 없을 것 같은 사람이 많아. 의뢰인 나가노사키 씨는 힘이 셀지도 모르지만, 그가 범인이라면 애당초 금고를 열고 싶어 할 리가 없겠지."

"그렇다면 남은 후보자는 한 명."

"그 남자에게는 도박벽이 있는데다 허름한 경자동차를 바꿀 여유도 없어서 돈이 필요했어. 게다가 가족 중에 유일하게 홀몸이라 심야에 집을 빠져나오기도 쉬웠지……."

히사메가 오른손을, 내가 왼손을 뻗어 병한 표정으로 서 있는 덩치 큰 남자, 가와후지 하루오를 가리켰다. 하루오는 정신이 번쩍 들었는지 달아나려고 했지만 우가치가 바로 그의 팔을 잡았다.

"무코지마 서까지 같이 가줘야겠어. 저항은 안 하는 게 좋을 걸. 이래 봬도 나는 형사니까."

"……."

하루오는 이미 전의를 상실한 뒤였다. 우가치가 팔을 잡아끌자 얌전하게 밖으로 따라 나갔다. 가족 가운데 범인이 있을 줄은 예상도 못 했는지, 히토시는 입을 떡 벌린 채 그 모습을 바라보았다. 옆에서 우마이봉을 냠냠 먹는 구스리코만이 무사태평해 보였다.

나는 곱슬머리를 만지작거리며 의자에 기대어 앉았다. 평소처럼 히사메에게 말을 걸었다.

"한 건 해결이로군."

"아니, 두 건 해결이지."

히사메가 열린 금고를 힐끗하며 말했고, 나도 웃었다. 역시 둘이 같이 있어야 쿵짝이 맞는 듯하다.

"그건 그렇고 이게 위아래가 반대였을 줄이야. 어떻게 눈치챘어?"

"금고 윗면에 먼지가 쌓여 있지 않았던 게 힌트였어. 며칠 전까지 바닥에 닿아 있었다면 당연히 더러울 리가 없지. 그 밖에도 단서가 될 힌트가 두 개 더 있어. 첫 번째는 스티커."

"스티커?"

"시리얼 넘버가 적힌 스티커 말이야. 금고 문에 네모난 자국이 뚜렷하게 남아 있다, 즉 아주 최근에 벗겨졌다는 뜻이지. 그렇다면 누가 고의로 벗겼을지도 몰라……. 숫자가 거꾸로 뒤집어진 걸 들키지 않도록."

"단서치고는 약한데."

"하지만 나머지 하나 덕분에 확신이 섰지."

히사메는 스마트폰 화면을 이쪽을 돌렸다. 방금 전과 똑같이 금고 이미지가 죽 나와 있었다.

"처음부터 좀 이상하다 싶기는 했어. 이 금고의 손잡이는 문 오른쪽에 달려 있었어. 즉, 문은 왼쪽으로 열린다는 뜻이지. 하지만 '금고'로 이미지 검색을 해보니 어떤 상품이든 손잡이는 문 왼쪽에 달려 있더군. 다시 말해 냉장고와 마찬가지로 금고는 오른쪽으로 열리는 유형이 대다수를 차지해."

히사메가 웬일로 장난기 어린 웃음을 지었다.

"만약 이 금고도 실은 오른쪽으로 열리는 유형이라면? 왼쪽에 있어야 할 손잡이가 오른쪽에 있는 이유…… 그야 금고가 거꾸로 뒤집어져 있으니까!"

칩 트릭

1

11월 어느 수요일. 점심때가 지나 해이해진 정신에 일갈을 날리듯이 전화벨이 요란하게 울렸다. 구스리코는 장을 보러 나갔고, 소파에 드러누운 도리는 일어날 낌새가 없었기에 내가 수화기를 들었다.

"예, 여보세요. 노킹 온……."

"나야."

우가치였다.

"그쪽에서 먼저 걸다니 별일이네. 무슨 볼일이라도 있어?"

"협력이 필요해."

나는 "엥?" 하고 얼빠진 목소리를 흘려냈다. 경위는 대학교 때부터 우리와 질긴 인연을 이어오고 있지만, 본인이 먼저 협력을 요구한 것은 이번이 처음이다. 어쩐지 찜찜한 예감이 들었다.

"유바시 진타로라는 남자 알아? 하나와 스쿨의 중역인데."

"하나와 스쿨…… 아아, 유출 사건으로 난리가 났던."

'백점 만점, 참 잘했어요'라는 광고 문구로 익숙한 하나와 스쿨은 대형 통신교육 회사다. 오랜 세월 상장기업의 지위를 유지해왔는데, 한 달쯤 전에 대규모 개인 정보 유출 사건이 발생해 매스컴의 주목을 받았다. 유출된 개인 정보는 천만 건이 넘으며 대부분이 고객인 초중등학생의 것이라 사건은 일파만파로 커졌다.

"현재로서는 정보를 팔아넘긴 하청 회사에 사건의 책임이 있다는 분위기지만, 경찰은 하나와 스쿨의 중역이 돈 욕심 때문에 한몫 거든 것 아닐까 의심하고 있어. 그게 바로 유바시야. 예전부터 많은 의혹을 사던 작자인데, 불법 명부업자와의 연줄도 한두 개가 아니었던 모양이더군. 기업과 업자 입장에서 보았을 때 유바시는 추문을 악화시킬 수 있는 요소였지."

"……왜 과거형이야? 혹시 입막음을 하려고 제거했다거나?"

"백점 만점, 참 잘했어요." 우가치는 싸늘한 목소리로 말했다. "어젯밤에 자택에서 살해당했어. 누군가 창밖에서 저격했지. 유출 사건과 관련이 있는지는 수사중이지만, 범인은 틀림없이 프로야."

"무슨 해외 드라마 같네."

적당히 장단을 맞추었다. 시선을 돌리자 소파 팔걸이를 베개 삼아 누운 도리가 '무슨 일이야?'라고 묻는 듯한 눈빛으로 이쪽을 보고 있었다. 나는 대답하는 대신 어깨를 으쓱했다.

"우가치, 자랑은 아니지만 우리는 수수께끼 풀이를 전문으로 하는 영세 자영업자 탐정이야. 그런 거창한 사건에는 적합하지 않다고. 아니면 살해 방법에 무슨 불가해한 점이라도 있어?"

"불가해한 점도 있고, 몹시 명쾌한 점도 있지." 아리송한 표현이었다. "일단 와. 고텐바도 데리고."

"우리가 무작정 가본들⋯⋯."

"잔말 말고 와."

우가치는 콱 내지르듯이 명령하더니 사건 현장의 주소를 빠르게 말하고 전화를 끊었다. 나는 귀에서 뗀 전화기를 그저 바라보았다.

도리가 소파에서 몸을 일으켰다.

"해외 드라마 같다니, 뭐가?"

"그런 사건이 일어났다는 뜻이야."

"여자애가 말에서 떨어져 기억상실에 걸렸다거나?"

"아무도 〈풀 하우스〉♦ 마지막 회라고 말한 적은 없는데."

나는 양복 윗저고리를 입으며 사정을 간략하게 설명했다. 이야기를 마치자 도리는 진지한 표정으로 자기 곱슬머리를 꽉 움켜쥐었다.

"어쩐지 찜찜한 예감이 드는걸."

우리는 둘 다 탐정이고, 사무소도 공동으로 경영한다. 특기로 하는 추리 분야가 다르므로 어지간해서는 서로 의견이 일치하지 않는다.

반대로 말해 만약 의견이 일치한다면―예를 들어 전화 한 통을 받고 둘이 동시에 '찜찜한 예감'이 들었다면―그 생각은 대부분 들어맞는다.

2

유바시의 집은 세타가야의 주택가에 있었다. 서양식 저택 같은 이층집으로, 정원도 건물도 아주 넓다. 차고에는 하이브리드 자동차 두 대를 으스대듯 주차해놓았다.

인터폰에다 용건을 말하자 "잠깐만 기다리세요"라는 목소리

♦ Full House. 1987~1995년에 방영된 미국의 가족 시트콤.

가 들린 후, 메이드 차림새의 젊은 여성이 나와서 놀랐다. 기장이 긴 치마에 에이프런 드레스, 미인이지만 어쩐지 박복해 보이는 얼굴. "어서 들어오세요" 하고 공손한 태도로 우리를 맞이하자 예의라고는 모르는 도리도 무심결에 고개를 숙였다. 복도에 창문이 몇 개 있었지만, 낮인데도 전부 커튼을 쳐놓았다.

계단이 있는 홀까지 안내받았을 때였다.

"고노에! 어디 갔어, 고노에!"

안쪽 방에서 여자의 신경질적인 목소리가 들렸다.

"뭘 꾸물거리는 거야. 점심은 아직 멀었니?"

"아, 예, 사모님. 지금 곧⋯⋯."

빈틈없던 메이드의 태도가 바로 흐트러졌다. "경위님이 와 계세요"라고 우리에게 말하고 허둥지둥 물러갔다. 나와 도리는 마치 18세기 영국에 표류한 듯 어리벙벙한 기분으로 홀에 남겨졌다. 계단 아래 열려 있는 창고 문틈으로 보이는 청소기, 접착테이프, 예비 형광등 등의 일용품이 현대 일본과의 유일한 접점이었다.

"⋯⋯메이드다."

"메이드네."

도리의 말에 나는 고개를 끄덕여 동의했다.

"아키하바라에 있는 사이비가 아니라 진짜 메이드였어."

"구스리코가 학교 축제 때 입었던 짝퉁이 아니라 본고장의 메이드 복장이었어."

"······천연기념물 아닌가?"

"어떤 직업인이든 있는 곳에는 있지." 계단 위에서 목소리가 들렸다. "탐정과 살인 청부업자랑 마찬가지로."

위쪽이 탁 트인 2층 쪽을 올려다보자 안경을 쓰고 비스듬히 가르마를 탄 경위가 서 있었다.

"안녕, 우가치." 도리가 손을 들었다. "기분이 별로인 것 같은데."

"너희들 얼굴을 볼 때는 늘 그래."

우가치는 가슴주머니에서 조붓하고 긴 봉지를 꺼내, 껌을 막대 모양으로 굳힌 듯한 보라색 과자의 끄트머리를 이로 뜯어 먹었다. 그리운 옛날 생각이 절로 나는 포도 맛 가부리츄다.

"현장은 2층이야."

우가치는 가볍게 턱짓을 하고 복도로 들어갔다. "기분이 별로인 것 같다"는 말이 정곡을 짚었는지도 모르겠다 싶었다.

하기야 우리의 여걸은 평소 더할 나위 없는 냉혈녀인지라 막과자를 좋아한다는 묘한 취미 말고는 귀여운 구석을 찾기가 힘들뿐더러 기분 좋은 듯한 표정은 여태까지 본 적이 없다만······. 그걸 감안하더라도 오늘 우가치에게서는 어쩐지 여유가 느껴지지 않는다. 찜찜한 예감이 더 심해졌다.

"아, 고텐바 씨, 가타나시 씨! 오랜만입니다!"

2층으로 올라가자 나란히 줄지은 문 중 하나에서 오리를 닮아 입이 튀어나온 청년이 고개를 내밀고 있었다. 얼마 전에 안면을 튼 우가치의 부하, 고쓰보 형사다. "간만이네." "반가워." 인사를 하고 나서 우리는 그 문으로 들어갔다.

아무래도 피해자의 서재인 모양이다. 좌우로 넓은 방. 세로 폭이 삼 미터, 가로 폭이 오 미터쯤 될까. 바닥 전체에 카펫이 깔린 방 오른쪽에는 책상과 의자가 자리를 잡았고, 책상 위에는 노트북 컴퓨터와 연필꽂이, 스탠드가 놓여 있었다. 방 왼쪽에는 아담한 응접세트와 천장까지 닿는 커다란 책장이 있었다. 방구석에 놓인 육십 센티미터 높이의 스툴은 책을 꺼낼 때 발판 대신 사용하는 걸까. 사업가답게 잘 정리된 방이었다.

문 정면에 창문이 있고, 그 좌우에도 작은 채광창을 하나씩 내놓았다. 하지만 1층과 똑같이 전부 다 두꺼운 커튼으로 가려두어 바깥 풍경은 보이지 않았다. 햇빛 대신 천장 한복판의 둥그런 커버가 씌워진 조명이 실내를 비추었다.

정면에 위치한 창문 밑에는 흰색 테이프가 사람 모양으로 붙여져 있었다.

"유바시 진타로는 어젯밤 8시경에 귀가했어. 목욕을 하고 저녁을 먹은 후 평소처럼 이 방에서 가지고 온 회사 업무를 마무리했지."

테이프 쪽으로 향하며 우가치가 설명했다.

"아들들은 모두 독립한 뒤라 이 집에는 유바시와 아내 가요코, 그리고 입주 가사 도우미 고노에 세 명밖에 살지 않아. 가요코는 거실에서 고노에한테 차를 끓여달라고 했지. 그런데 10시경, 2층에서 사람이 쿵 쓰러지는 듯한 소리가 들렸어. 가요코의 분부를 받들어 고노에가 유바시를 보러 갔더니……."

우가치가 사진 몇 장을 건네주었다.

테이프로 만든 윤곽 속에 수염을 기른 남자가 위를 보고 쓰러져 있었다. 실내복 차림이고 중간 키에 중간 몸집. 가슴 한복판에 뚫린 작은 구멍에서 빨간 액체가 배어 나왔다. 다른 사진에는 주변 상황이 찍혀 있었다. 딱히 이상한 점은 없었지만, 책상 위에 스탠드가 켜져 있고 노트북도 펼쳐둔 상태였다. 일하다가 몸이라도 풀려고 자리를 떴다가 총에 맞았다. 그런 느낌일까.

현실의 서재로 눈을 돌리자 도리가 바닥에 쪼그려 앉아 있었다. 호주머니에 늘 넣어 다니는 핀셋으로 흰색 테이프로 만든 사람 모양의 어깨 부근에서 작은 쓰레기 같은 것을 집었다.

"뭔가 찾았어?"

"아니…… 죽은 날벌레야."

파트너는 김샜다는 듯이 말하고 벌레를 제자리에 내려놓았다. 카펫에 핏자국은 없었다. 즉, 총알은 몸속에 남아 있다는 뜻인가.

"총알이 심장에 명중해서 즉사한 걸로 추정돼." 우가치가 다시 설명했다.

"소형 라이플로 쐈겠지. 꼼꼼하게 소음기까지 달아서 말이야."

"어디서 쐈는데?"

내가 묻자 우가치는 차광 커튼을 걷었다. 쌍바라지 창문에는 나무살이 각각 세로로 하나 가로로 두 개 들어가 있었다. 아래쪽에 손질이 잘된 정원이 펼쳐졌고, 그 건너에 우리 눈높이쯤 올 법한 블록 담과 골목길이 하나 보였다.

"저기야." 우가치는 골목길을 가리켰다. "밤에는 사람의 왕래가 뚝 끊기고, 가로등도 얼마 없어서 저격하기에 안성맞춤이지. 낯선 차가 사흘쯤 전부터 골목길 끝에 서 있었다는 목격 정보도 들어왔어. 그리고 총알 입사각은 삼십 도였고. 저기서 여기를 노려서 쐈다고 치면 딱 일치해."

"총알이 시체를 파고든 각도는 믿을 게 못 돼." 도리가 말했다. "국명 시리즈♦ 안 읽었어?"

♦ 탐정 엘러리 퀸이 등장하는 추리소설. 제목에 나라 이름이 들어간다.

"공교롭게도 여기는 로데오 쇼 경기장이 아니라서 말이다."

우가치는 왼쪽 창문을 툭 두드렸다. 여섯 개로 나뉜 유리창 중 오른쪽 아래편, 바닥에서 일 미터쯤 떨어진 곳에 시체와 똑같이 작은 구멍이 뚫려 있었다. 그리고 왼쪽 커튼을 다시 치자, 유리창에서 위로 약간 빗겨난 위치에 유리창의 구멍과 같은 크기의 총알 자국이 나 있었다.

"유리창과 커튼에 난 구멍도 골목길에서 딱 삼십 도의 각도로 그은 직선상에 있어. 그래도 불만이야?"

"아니. 계속해."

"총알 자국이 남은 곳과 입사각으로 판단하건대 유바시는 이 언저리에 서 있던 것으로 추정돼."

우가치는 먹다 남은 가부리츄로 내 바로 근처, 창문에서 오십 센티미터쯤 떨어진 곳을 가리켰다. 분명 여기에 서서 창밖을 보고 있었다면 유리창과 커튼을 관통한 총알이 딱 심장에 명중하리라. 그렇다면 흰색 테이프로 표시한 시체의 위치에도 위화감이 없다.

범인은 유바시를 죽이기 위해 골목길에서 줄곧 이 집 2층 창문을 노렸다. 그런 줄도 모르고 유바시는 부주의하게 창가에 다가갔다가 총에 맞아 죽었다. 훌륭히 일을 마친 범인은 도주용 차를 타고 의기양양하게 현장을 떠났다.

노킹 온 록트 도어

아아, 그렇게 된 거구나, 하고 고개를 끄덕이다가 나는 그 상황이 부자연스럽다는 것을 깨달았다.

"잠깐만, 우가치. 커튼에 총알 자국이 났다면 저격당했을 때 커튼이 처져 있었다는 말이야?"

"논리적으로 따지면 그렇게 되겠지."

우가치는 가부리츄를 다시 한입 뜯어 먹었다. 도리가 고개를 갸웃하며 말했다.

"커튼이 처져 있었다면 밖에서는 표적의 모습이 보이지 않을 텐데?"

"당연하지. 두꺼운 차광 커튼이라 그림자도 비치지 않아. 기껏해야 틈새로 전등 불빛이 새어 나가는 정도겠지."

"……그럼, 라이플로 저격하기는 불가능하잖아?"

"동감이야." 우가치는 무표정하게 고개를 끄덕였다. "말이 나온 김에 알려주자면 또 다른 문제가 있는데……."

"드, 들어오시면 안 됩니다."

뒤에서 그런 말이 들려서 우리는 뒤를 돌았다.

문가에 낯선 중년 여자가 서 있었다. 얼굴 하관이 넓고 눈빛이 사나우며 빨간 담요로 몸을 감쌌다. 그 옆에 고쓰보가 거북한 표정으로 서 있었다.

"죄, 죄송합니다, 우가치 씨. 말렸지만 듣지를 않아서……."

"부인, 이러시면 곤란합니다. 이 방은 아직 수사중이에요."

"탐정을 좀 보러 왔어요." 여자는 우리를 빤히 노려보며 말했다. "두 명인데 누가 탐정이죠? 뭐, 어느 쪽이든 상관없지만."

어느 때처럼 "둘 다 탐정입니다" 하고 대답할 틈도 없었다.

"……혹시 유바시 씨의 부인?"

"가요코예요."

부인이 성큼성큼 방으로 들어왔다. 남편의 죽음을 애통해하는 것 같지는 않았다. 하지만 겁은 나는 듯 우리 옆에 멈춰 선 부인은 눈을 오므리고 바깥 골목길에 슬쩍 눈길을 주었다.

"남편이 어떻게 살해당했는지 밝혀내줘요. 그렇게 조심했는데 총에 맞다니, 이상하잖아요."

"예, 그야 물론……." 잠깐만. "지금 뭐라고 하셨습니까? 조심했다고요?"

"어머, 못 들었나 보네? 남편은 자신이 제거 대상이라는 걸 알고 있었어요."

나는 자세를 가다듬었다. 우가치가 말하려던 '또 다른 문제'란 분명 이거다.

"유출 사건이 일어난 후로 남편은 '나도 위험하다'는 말을 입에 달고 지냈죠. 체포당할까 봐 그러느냐고 했더니 '죽임을 당할 가능성이 높다'고 했어요."

노킹 온 록트 도어

"하지만 품고 있던 비밀의 성질상 경찰에게는 털어놓을 수 없었겠죠."

우가치가 끼어들자 부인은 주춤하는 표정을 지었다.

"……나는 경찰에 이야기하라고 설득했어요. 하지만 말을 안 들더군요. 대신에 스스로 신변을 보호하는 방법을 선택했죠. 외출을 최대한 줄이고, 출퇴근 때는 경호원을 대동했어요. 집의 창문이라는 창문에는 전부 커튼을 쳤고요. 커튼을 걷기는커녕 창가에도 다가가지 않았다고요. 요 한 달간, 저격과 습격을 계속 경계해왔어요."

"그래서 창문이란 창문은 죄다 커튼을 쳐놓은 거로군." 도리가 말했다. "당신 남편은 그렇게 조심성이 많은 사람이었나?"

"조심성이 많다기보다 신경질적인 성격이었죠. 이 방도 자기 손으로 직접 정리하고 청소했어요. 일껏 메이드를 고용했으니 고노에한테 시키면 될 것을."

가요코는 푸념 섞인 말을 내뱉었다. 아아, 어디서 들은 목소리 같더니만 아래층에서 메이드를 혼내던 여자였구나. 하지만 나는 그것보다 다른 점이 마음에 걸렸다.

"부인, 부군께서 '창가에도 다가가지 않았다'고 하셨습니까?"

"저격을 당할까 봐 겁을 먹었으니 당연하죠. 무슨 일이 있어도 절대로 창문에서 일 미터 이내로는 접근하지 않았어요. 거짓말 같으면 고노에한테도 물어봐요."

"……."

나는 어안이 벙벙한 표정으로 바닥에 붙은 흰색 테이프를 다시 내려다보았다.

심장에 총을 맞고 사망하여 창가에 쓰러진 유바시 진타로. 피해자는 창문에서 고작 오십 센티미터밖에 떨어지지 않은 곳에 서 있었다. 하지만 그는 사전에 저격을 경계하여 무슨 일이 있어도 커튼을 걷기는커녕 창가에도 다가가려 하지 않았다.

그렇다면 왜 그는 창가에서 저격을 당했지?

"불가해해."

"불가능해."

"둘 다야." 우가치가 우리 의견을 정리했다. "부인, 이제 그만 나가주시겠습니까? 현장을 어지럽히는 역할은 이 녀석들만으로도 충분해서요."

"알았어요……. 차라도 드실래요? 고노에한테 시킬게요."

"필요 없습니다."

가요코는 재미없다는 표정으로 1층에 돌아갔다. "현장을 어지럽히는 역할이라니, 자기가 불렀으면서." 도리가 우가치에게 따졌다. 나는 가세하지 않고 벽에 등을 댄 채 가만히 생각에 잠겼다.

불가해한 상황에 불가능한 범죄. 지금까지는 흔한 사건이라고 생각했는데, 아무래도 아닌 모양이다. 자꾸 쌓여가던 찜찜한 예감이 점점 형태를 이루었다.

"……우가치." 신중하게 입을 뗐다. "전화로 '불가해한 점과 명쾌한 점이 있다'고 했잖아. 명쾌한 점이 뭔지 아직 못 들은 것 같은데."

여걸의 냉정한 눈에 한순간 인간적인 감정이 흘렀다. 망설이는 눈빛이었다.

"실은 누가 트릭을 설계했는지는 이미 알아."

"뭐?"

"고쓰보, 그걸 가져와."

우가치가 후배 형사에게 명령했다. 고쓰보는 "아, 예!" 하고 대답한 후 다리가 꼬여서 푹 고꾸라졌다가 바로 벌떡 일어서서 문밖으로 달려 나갔다. 경위는 허둥대는 부하를 야단치지 않고 묵묵히 추잉캔디를 씹으며 기다렸다.

고쓰보는 반으로 접힌 복사지를 한 장 들고 바로 돌아왔다.

"압수한 증거품이야. 총이 발사된 현장으로 추정되는 담 바깥쪽에 이게 붙어 있었어."

우가치의 말에 맞추어 고쓰보가 종이를 펼쳤다.

무미건조한 워드프로세서 글씨로 영문이 적혀 있었다. 돈이

탐나서 죄를 저지른 결과 마음 편히 돌아다닐 수 없게 된 피해자를 라임을 맞추어 비꼬는 듯한 문장이었다.

Clock strikes ten it's a Saturday night

Got money in my pocket and it feels alright

Not stayin' home gonna stay out late

"토요일 밤 시계가 10시를 알리네. 호주머니에 돈이 가득해서 기분이 좋아. 집에 처박히지 않고 늦게까지 밖에 있을 거야……."

아아.

이로써 묘하게 여겨졌던 모든 것이 이해가 되었다. 전화를 걸어온 우가치. 평소와 달리 여유 없는 분위기. 그리고 이 기묘한 사건.

칩 트릭의 〈Clock Strikes Ten〉의 노랫말.

그가 좋아하던 밴드의, 좋아하던 노래 중 하나다. 기타로 학교 종소리처럼 딩동댕동 소리를 내는 것이 좋다며 하숙집에서 술에 취했을 때와 강의를 듣다 쉬는 시간에 심심풀이 삼아 늘 콧노래를 흥얼거렸다.

사실 이 밴드와 마주친 것은 이번이 처음이 아니다. 예전에도 두세 번 보았다. 까다로운 알리바이 트릭이 사용됐던 지난번 사건에는 〈He's a Whore〉의 노랫말 첫 소절이 남겨져 있었다.

그전에는 분명 〈Dream Police〉였다. 자신이 디자인한 사건에 노랫말을 곁들이다니, 취향 한번 고루하지만 녀석은 그렇듯 유별난 인간이었다.

나와 도리는 제자리에 우뚝 서서 잠시 노랫말을 응시했다. 우가치도 끼어들지 않았다. 고쓰보만 이런 분위기가 어색한 듯 고개를 돌려 주변을 두리번거렸다.

"과연."

이윽고 도리가 터틀넥에 덮인 목을 문지르며 말했다.

"미카게인가."

3

다음 날 둘 다 제대로 잔 것 같지 않은 기분으로 일어났다. 나는 하품을 씹어 삼키며 커피를 내렸고, 도리는 토스트를 잔뜩 태웠다.

"뭔가 좋은 아이디어가 번뜩하지는 않았어?"

파트너가 찌뿌둥한 얼굴로 물었다.

"왓슨 역할은 그런 것하고 거리가 멀어."

"이럴 때만 조수를 하려고 들지 마." 도리는 자기 가슴께를 가리키며 알려주었다.

"단추 잘못 채웠어."

셔츠로 눈길을 떨어뜨리자 단추 위치가 어긋나 있었다.

"어, 고맙다" 하고 시큰둥하게 대답하고 한 손으로 다시 채웠다. 둘 다 아직 피로가 남아 있는 모양이다.

어제. 유바시의 집에서 사무소로 돌아온 뒤에도 우리는 일손을 놓지 않았다. 아니, 사실 손은 쉬었지만 논의를 거듭하며 머리를 계속 썼다. 논의의 주제는 물론 '유바시 진타로를 과연 어떻게 저격했느냐'였다.

도리는 저격 위장설을 주로 주장했다. 창문과 커튼에 남은 총알 자국은 가짜고, 다른 곳에서 총에 맞아 죽은 피해자를 창가에 눕혀놓았다는 가설이다. 총알 자국을 어떻게 가짜로 만드느냐는 둥 아니다 하려면 할 수 있다는 둥 티격태격하며 한밤중까지 위장 트릭에 대해 논쟁을 벌였지만, 결국 이 가설은 우가치가 추가 정보를 전화로 알려주어 와르르 무너졌다. 시체에 박힌 총알에서 미세하나마 유리 조각과 커튼 섬유가 검출된 것이다. 창밖에서 유바시를 저격했음을 나타내는 움직일 수 없는 증거였다.

반면 나는 범인이 무슨 방법을 사용해 유바시를 창가로 유도했다는 가설을 세웠다. 상대가 언제 창문으로 다가올지만 알면 커튼이 쳐져 있어도 저격은 가능하리라는 생각이었다. 도리의 동의도 얻었지만 "그래서, 그 방법이 뭔데?"라는 심술궂은 질문에는 대답이 궁했다. 한 달 넘게 저격범을 경계한 남자다. 창문에 돌멩이를 던지거나 밖에서 부르는 방법으로는 창가로 유도하기가 불가능할 것이다. 결국 우리는 논의를 흐지부지 마무리하고 잠자리에 드는 수밖에 없었다.

"이래서 녀석이 얽힌 사건은 싫다니까."

탄 식빵에 마가린을 바르며 도리가 구시렁거렸다.

"우가치는 신경을 곤두세우지, 수수께끼는 또 더럽게 어렵지."

"어렵지만 복잡하지는 않을 거야. 미카게는 언제나 단순한 방법을 사용해."

"복잡하지 않아도 어렵잖아. 차라리 여자애가 기억상실에 걸리는 편이 낫겠어."

"〈풀 하우스〉는 관계없대도 그러네." 나도 토스트를 한입 먹었다. 쓰다. "……기억상실에 걸린 그 여자애, 어떻게 나았더라?"

"아역을 맡은 여자애가 쌍둥이였잖아. 시청자 서비스로 둘이 함께 출연했어. 꿈에 '기억'을 자칭하는 또 하나의 내가 나온 다음에 잠에서 깨자 기억이 되돌아왔지." 도리는 테이블에 팔꿈치를 얹고 말을 이었다. "소녀가 '기억'과 만났을 때 처음으로 하는 말이 참 깜찍해. '지금까지 어디 갔었어? 한참 찾았잖아.' 그렇게 말하지."

"……한참 찾았다라."

나는 후룩 마신 커피와 함께 탄 빵을 삼켰다. 눈을 돌려 냉장고에 붙여둔 달력을 확인했다.

오늘은 목요일이다.

"자, 그럼."

도리가 까치집을 지은 머리를 긁적이며 일어섰다.

"난 그 집에 다시 가볼게. 아마도 불발로 끝나겠지만, 마음에 걸리는 점을 몇 가지 조사하고 싶어. 넌 어떻게 할래?"

"따로 행동하자."

나는 머그컵에서 피어오르는 김을 보며 대답했다. 파트너는 의외라는 듯이 눈썹을 치켜세웠다.

"어디 가려고?"

"뭐, 그냥 부근을 어슬렁어슬렁…… 밖에 나가면 예상외의 힌트를 얻을 수 있을지도 모르지."

반은 농담이고, 반은 진심이었다.

주오선을 십오 분쯤 타고 가다가 오차노미즈 역에서 내렸다.

대학생들 사이에 섞여 진보 정으로 걸어갔다. 지난주에 열린 간다 헌책 축제의 반작용인지, 오늘 헌책방 거리에는 사람이 적었다. 햇빛에 책이 상하지 않도록 북향으로 지어진 수많은 헌책방은 한낮에도 어쩐지 어두운 분위기에 감싸여 있다.

곁길로 들어서자 그중에서도 한층 음울하고 조그마한 책방에 다다랐다. 페인트칠이 벗겨진 외벽과 기울어진 새시 문. 간판은 걸려 있지만 글씨가 흐려져서 뭐라고 썼는지 알아볼 수가 없다. 그래서 나는 아직도 이 책방 이름을 모른다.

책방에 들어가자 억지로 쑤셔 넣은 것처럼 보이는 큼지막한 책장에 뽑으려면 힘을 주어야 할 만큼 헌책이 빽빽이 꽂혀 있었다. 주로 미스터리와 SF 소설인데 책등이 누레지거나 찢어진 책이 태반이라 성한 책을 찾아보기 힘들지만, 안쪽으로 들어가면 뜻밖에도 띠지가 끼워진 깨끗한 책을 모아둔 판매대가 있다. 헌책뿐만 아니라 신간도 취급하는 것이다. 그런 가게는 드물지 않지만 신간을 진열한 판매대를 안쪽에 배치해둔 가게는 드물다.

나는 판매대 앞에 서서 앞표지가 보이도록 진열한 책을 살펴보았다. 라인업은 역시 미스터리 소설 중심이다. 화제의 작가가 내놓은 최신작이라는 홍보 문구가 들어간 책이 있기에 집어서 펄럭펄럭 넘겼다. 책방 주인은 계산대에 없고, 손님도 나 혼자

뿐이었다. ……지금으로서는.

일 년쯤 전에 이 책방에서 그와 우연히 마주쳤다. 태연하게 인사하는 상대에게 나는 〈풀 하우스〉에 등장하는 여자애의 대사와 같은 말로 대답하는 것이 고작이었다. 경악했다기보다 온몸에서 힘이 쭉 빠지는 듯한 기분이 더 강했던 것 같다. 그는 결벽증 기질이 있어서 헌책방은 찾아볼 생각도 하지 않았다. 행방을 감춘 친구가 일주일에 한 번씩 안쪽에 신간 코너가 있는 뒷골목의 작은 헌책방에 다닌다는 걸, 나와 우가치와 도리가 무슨 수로 추리하겠는가.

"그거 별로였어."

오른쪽 옆에서 목소리가 들렸다.

"그 작가 책이라면 이걸 추천할게."

시야에 다른 하드커버 책이 끼어들었다. 띠지에는 "경이로운 반전!"이라는 백만 번은 보았을 법한 진부한 홍보 문구가 박혀 있었다. 그와는 대학생 때부터 취향이 안 맞는다.

"요즘 어때?" 그가 물었다.

"좋지도 나쁘지도 않고 예전이랑 비슷해." 나는 책을 받아 들고 말했다. "그쪽 일은 순조로운 모양이던데."

"순조롭다고 할 정도는 아니야."

"어제도 한탕 했으면서?"

"어, 알고 있었어?"

"우가치가 담당 수사관이라 현장에 불려 갔었거든. 〈오늘 밤은 돌려보내지 않겠어〉•라니, 재치 있는 선곡이네."

"사건이 토요일에 일어났다면 완벽했을 텐데 말이야. 그렇게 잘 풀리지는 않네."

"일부러 직접 붙이러 갔어? 아니면 실행범한테 부탁했다든가?"

"내가 현장에 갈 리가 없잖아. 부탁했어. 부탁하니까 싫은 티를 팍팍 내더라. 하지만 제대로 붙여놓은 모양이네, 다행이다."

곁눈질하자 그가 책상에서 책을 뽑는 모습이 보였다. 그리고 가게를 둘러보듯 고개를 돌리는 기척이 전해졌다.

"어느 업계나 마찬가지지만, 이쪽도 지금은 불경기라 돈을 만지는 건 대형 업체뿐이야. 그러니 우리 같은 개인 사업자는 개성을 드러내지 않으면 살아남지 못해."

"그렇다고 노랫말을 남길 건 없잖아."

"너희 사무소 이름이라고 다를 거 있나."

"……그건 내가 붙인 게 아니야."

시선을 책에 떨어뜨린 채 인상을 찌푸렸다.

심심함을 달래려는 듯 옆에서 책을 팔락 넘기는 소리가 들렸

◆ <Clock Strikes Ten>의 일본어 제목.

다. 나도 그가 권한 하드커버 책을 대충 훑어보았다. 아무래도 이야기는 가오루라는 소년의 일인칭으로 진행되는 모양이다.

"이거, 사실 화자가 여자였다는 결말은 아니지?"

"……책을 잘못 권했나 보네."

정답이었는지 다른 책을 내밀었다. 받아서 책 표지를 넘겼다. 첫머리에 서양식 저택의 평면도가 그려져 있었다.

"서쪽 건물이 움직여서 동쪽 건물에 연결된다?"

"너 진짜 깬다."

울 것 같은 목소리가 돌아왔다. 나는 책을 덮어서 판매대에 살짝 내려놓았다. 가게 밖에서 야스쿠니도리를 달리는 자동차 소리가 들렸다.

"뭐, 재미있는 일이기는 했어." 그는 화제를 되돌렸다. "절대로 창가에 다가가지 않는 남자를 어떻게 저격할 것인가."

"어떻게 저격했는데?"

"그것도 확 깨는 질문이군. 그걸 알려주면 재미없잖아."

"나는 너와 도리랑은 달라. 재미있든 없든 내 알 바 아니야."

"히사메는 역시 탐정답지 못하네."

"너까지 그런 소리를 하는 거냐."

이번에는 내가 울 뻔했다. 그는 쓴웃음을 짓듯이 한숨을 내쉬었다. 다시 책을 넘기는 소리가 들렸다.

노킹 온 록트 도어

"착각하지 말았으면 하는 점이 하나 있는데, 이번에 의뢰받은 일은 불가능 범죄가 아니라 불가능 저격이었어. 죽일 수만 있으면 수법이 들통나도 딱히 상관없었지. 그러니까 결과적으로 너희들이 골머리를 앓는 사태로 발전한 건 나로서도 예상외였어. 몇 가지 우연히 겹친 탓이겠지."

"우연?"

"첫 번째는 피해자가 즉사했다는 것. 두 번째는 총알이 몸을 관통하지 않았다는 것. 뭐, 창문과 커튼이라는 장애물이 있었으니 이건 어떤 의미에서 필연이겠지만. 세 번째는 피해자가 쓰러진 방식."

"쓰러진 방식······."

"그 밖에도 몇 가지 더 있지만, 나머지는 파트너와 상의해봐."

"······."

나는 아무 대답도 못 했고, 그도 더이상 입을 열지 않았다.

진상을 밝힐 마음은 없는 모양이다. 어떻게 할까. 나는 '이 가게에 관해 우가치와 도리에게 밝힌다'라는 최대의 무기를 가지고 있으니 협박을 하려면 할 수도 있겠지만, 이야기는 그렇게 단순하지 않다. 우리 네 명의 관계는 가방 속 이어폰 줄처럼 복잡하게 엉켜 있다.

침묵이 삼십 초나 일 분, 혹은 좀더 길게 이어졌다.

"우가치는 여전히 너를 죽이고 싶어 해."

견제하듯이 말하자,

"너는 여전히 도리에게 죽고 싶어 하는구나."

부드러운 목소리로 말꼬리를 잡았다. 조금 있다가 책을 덮는 소리가 들렸다.

나는 고개를 오른쪽으로 돌렸다.

호리호리한 청년은 여느 때처럼 풀을 빳빳하게 먹인 물색 셔츠의 단추를 끝까지 채운, 청결하면서도 담백한 모습이었다. 어깨에 닿을 듯이 긴 머리. 잘생겼다기보다 아름답다는 표현이 어울리는 얼굴. 이토기리 미카게는 촉촉하니 온화한 눈으로 이쪽을 보며 웃었다. 대학 시절과 다를 바 없이 미려한 미소였다.

이만 간다고 말하고 그는 가게 출입구로 향했다.

"새해에 도내에서 제법 큰일을 벌일 거야. 인연이 있으면 대결하자."

"큰일…… 저택을 움직인다든가?"

"하하. 그런 것도 싫지는 않다만."

미카게는 이쪽을 잠깐 돌아보더니 즐거운 듯이 덧붙였다.

"나는 좀더 싸구려 트릭을 추구해."

"오, 어서 와."

사무소 문을 열자마자 향신료 냄새가 코를 간질였다. 주방을 들여다보자 어쩐 일인지 도리가 앞치마를 두르고 싱크대 앞에 서 있었다.

"……뭐 만드는 거야?"

"파에야♦."

공이 꽤 많이 드는 메뉴다. 도리는 요리를 제법 잘하지만, 귀차니즘의 신봉자이기도 하므로 어지간해서는 주방에 서지 않는다. 기분이 좋을 때만 자진해서 집안일을 한다.

"유바시의 집에서 뭔가 건졌어?"

"불발일 줄 알았는데, 꽤나 재미있는 걸 알아냈어."

냉장고에 붙여둔 키친 타이머가 전자음을 쏟아냈다. 도리는 타이머를 멈추고 나서 말을 이었다.

"고쓰보야."

"그 형사가 뭘 어쨌는데?"

"그 녀석이 어제 서재에서 나가려다가 야단스레 넘어졌잖아. 그때 무슨 소리가 났는지 기억나?"

"……아니, 별다른 소리는 안 나지 않았나? 카펫 위에서 넘어졌으니까."

♦ 프라이팬에 쌀과 고기, 해산물 등을 함께 볶아 만드는 스페인의 전통 요리.

"맞아. 그 방에는 두꺼운 카펫이 깔려 있어. 그러니 넘어져도 소리가 울리지 않아."

프라이팬 뚜껑을 열자 향이 더 강해졌다.

"그렇다면 유바시가 총에 맞았을 때, 1층에 있던 두 사람이 위층에서 사람이 '쿵' 쓰러지는 듯한 소리를 들은 건 왜지?"

"……."

나는 안경을 밀어 올렸지만, 바로 대답이 나오지 않았다. 도리는 만족스러운 표정으로 다 익은 파에야에 소금과 후추를 뿌렸다.

"우가치와 협력해서 실험도 해봤어. 그 아줌마는 '뭐 하는 거야?'라는 눈으로 봤지만. 아무튼 평범하게 넘어져서는 1층까지 소리가 들리지 않았어."

"즉…… 부인과 메이드가 거짓말을 했다?"

"아니면 유바시가 평범하지 않은 방식으로 쓰러졌든가."

쓰러진 방식. 그도 똑같은 소리를 했다. 세 번째 우연은 '피해자가 쓰러진 방식'이라고.

"추리의 방향을 잘 잡았는지도 모르겠어." 나는 식탁 의자에 앉아 물었다. "그래서 짐작 가는 바는?"

"배가 고파서는 추리도 못 해."

냄비 받침에 프라이팬을 내려놓았다. 김이 폴폴 피어오르는 황금색 밥 위에, 깐 새우와 바지락, 채 썬 파프리카가 얹혀 있었다. 요컨대 먹고 나서 생각하자는 말인가.

우리는 손을 마주 모으고 나서 느지막한 점심을 해치우러 달려들었다.

"음, 괜찮네." 도리가 말했다.

"자화자찬하기는." 확실히 맛은 있다만. "그 밖에 또 알아낸 거 없어?"

"아줌마, 가요코라고 했던가. 그 여자와 메이드의 됨됨이 정도? 가요코는 옛날부터 성격이 제멋대로였고, 요 몇 년간은 부부 사이도 원만하지 못했대. 메이드도 옛날부터 마구 부려먹었다는군. 메이드는 아동보호시설 출신이고 그 집에서 일한 지오 년쯤 지났는데, 쫓겨나면 갈 곳이 없어서 꾹 참고 있나 보더라고."

그래서 얼굴이 그렇게 박복해 보였나.

"안됐더라. 쫓겨나면 우리 사무소에서 고용할까?"

"그만둬. 우리 사무소에는 이미 잔소리쟁이가 하나 있잖아."

"하지만 천연기념물인데."

"메이드 복장이 보고 싶으면 구스리코한테 부탁하든가."

"부탁한들 그렇게 쉽사리……."

……입어줄 것 같다. 농담이라도 부탁하지 말도록 하자.

"그런데 너는? 힌트는 얻었어?"

"얻은 것도 같고, 못 얻은 것도 같고……."

"어느 쪽이야?"

나는 어깨를 으쓱하고 컵을 들어 보리차를 마셨다. 목 안쪽에서 파에야의 열기가 가셨다. 그대로 차가움 속에 가라앉고자 눈을 감고 정신을 집중했다. 미카게가 준 힌트와 어제의 조사 결과, 그리고 도리가 새로이 발견한 단서가 머릿속에서 구름처럼 뭉게뭉게 피어올랐다가 겨울비처럼 쏟아져 내렸다.

즉사. 총알. 쓰러진 방식. 세 가지 힌트에는 공통점이 있는 것 같다. 서재 상태. 시체 상태. 골목길. 밤. 창문. 닫힌 커튼. 총알 자국. 유바시와 그 집 여자들. 쿵 소리. 그리고 〈Clock Strikes Ten〉.

"아."

갑자기 구름 사이로 맑은 하늘이 보였다.

4

어제 오후와 똑같이 우리는 총알 자국이 남은 창문으로 바깥 골목길을 내려다보았다. 해가 기울자 서재에 비쳐든 햇빛이 창가의 하얀 테이블을 오렌지색으로 물들였다.

노킹 온 록트 도어

아래층에서 인터폰이 울리는 소리가 들리고 얼마 지나지 않아 정장을 입은 여자가 방에 들어왔다. 우가치다. 손에는 오늘도 가부리츄 봉지를 들고 있었다. 다만 포도 맛에서 콜라 맛으로 바뀌었다.

"무슨 수법을 썼는지 알아냈어?"

우가치는 문을 닫자마자 내게 물었다. 여유가 없어 보였다.

"간신히. 부하는 안 데려왔어?"

"개인적으로 흥미가 있어서 왔을 뿐이야. 이번 경우는 수수께끼를 풀어내도 범인 체포로 이어지지는 않으니까."

"하지만 메이드를 연행할 필요는 있을지도 모르지."

"메이드가 범인이야?"

"아니. 그 사람은 살인 청부업자도, 공범자도 아니야. 다만 현장을 위장한 혐의는 있어."

"……."

우가치는 물론, 아직 추리를 못 들은 도리도 고개를 기웃했다. 이 부분은 뒤로 빼는 편이 낫겠지. 나는 사건의 흐름부터 돌아보기로 했다.

"유바시는 개인 정보 유출 사건 직후에 자기가 제거될 가능성이 있다는 걸 깨달았어. 그래서 외출을 삼가고, 집의 창문에 커튼을 치고, 창가에는 절대로 다가가지 않았지. 범인은 몇 주에 걸쳐 저격할 기회를 찾았겠지만 유바시는 좀처럼 빈틈을 보이지 않았어."

"그래서 미카게가 등장했다?" 도리가 말했다.

"그렇겠지. 의뢰를 받은 미카게는 유바시의 신변을 조사했어. 이 방은 응접실로도 사용했던 모양이니 서재의 인테리어도 자세히 조사할 수 있었을 거야. 그 결과 그는 어떤 방법을 고안했어. 커튼을 친 방에서 절대로 창가에 다가서지 않는 상대를 저격할 수 있는 극히 단순한 방법을."

우가치는 가부리츄를 씹으며 말없이 이야기를 재촉했다.

"처음에 묘하다 싶었던 건 요일이었어. 〈Clock Strikes Ten〉의 노랫말은 토요일 밤이 배경이야. 하지만 사건은 화요일에 발생했지. 이왕이면 요일도 일치시키면 좋을 텐데 범인은 그러지 않았어. 왜일까? 범인 쪽에서 행동에 나선 게 아니었기 때문이야. 범인은 표적이 알아서 저격이 가능한 위치로 이동하기를 가만히 기다렸어."

"유바시가 자발적으로 창가에 다가갔다는 말이야?"

"아니, 그게 아니야. 결론부터 말하자면 그는 창가로는 한 발짝도 다가가지 않았어."

"……그렇다면 골목길에서 저격하기는 불가능하잖아."

나는 우가치의 지적에 대꾸하지 않고 책상으로 향했다. 책상에는 아직 고인의 물건이 그대로 놓여 있다. 메모지를 한 장 뜯고 연필꽂이에서 볼펜을 꺼냈다.

"우리는 지금까지 유바시가 창가에서 저격당했다고 믿었어. 창문과 커튼에 난 총알 자국으로 판단하건대 총알이 삼십 도 각도로 심장에 박힐 위치는 거기밖에 없기 때문이야. ……하지만 유바시가 방바닥에 서 있지 않았다면 이야기는 별개지."

그리고 아주 간단하게 그림 두 개를 그려서 두 사람에게 보여주었다.

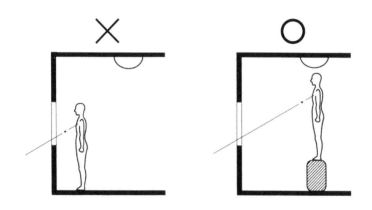

우가치는 "이런 터무니없는"이라는 반응을 보였다.

나는 메모지를 남겨놓고 책상에서 물러났다. 방 한복판으로 가서 구석에 놓여 있는 스툴을 가리켰다.

"화요일 밤 10시경, 유바시는 창가에서 일 미터쯤 떨어진 여기 서재 한복판에 스툴을 밟고 서 있었어. 즉, 창가에서 물러선 만큼 키가 커진 셈이야. 그 상태로 저격당했다면 그림에 그린 대로 총알은 심장에 명중하겠지."

"이론상으로는 그렇겠지." 우가치가 말했다. "진심으로 하는 소리야? 이렇게 벽하고도 책장하고도 떨어진 곳에서 피해자가 마침 스툴 위에 올라설 리가……."

"책장은 없지만 방 한복판에는 이게 있어."

나는 스툴을 가리키던 손가락을 돌려서 머리 위의 둥그런 커버가 씌워진 조명을 가리켰다.

"아아!" 그 순간 도리가 분하다는 듯이 소리쳤다. "그거였구나. 확실히 단순한 방법이네."

"그게 무슨 뜻이야, 고텐바."

"형광등이야. 사람은 언제 조명 바로 밑에 발판을 두고 올라갈까? 답은 뻔해, 바로 형광등을 갈 때야. 유바시는 서재의 형광등을 갈려고 한 거야."

"……형광등?"

"네가 그랬잖아, 서재의 커튼은 '두꺼운 차광 커튼이라 그림자도 비치지 않아. 기껏 해야 틈새로 전등 불빛이 새어 나가는 정도'라고. 그래서 미카게는 새어 나오는 불빛을 최대한 활용하는 계획을 세웠어."

도리가 대답을 확인하듯이 이쪽을 보았다. 나는 고개를 끄덕였다. "여기서부터는 상상인데" 하고 전제를 단 후에 이야기를 이어받았다.

"미카게는 유바시의 집 밖에서 서재를 직접 관찰했을 거야. 그리고 창문으로 새어 나오는 불빛이 깜박깜박한다는 것을 알아차렸지. 그래서 이렇게 생각했어. '형광등 수명이 거의 다 됐어. 앞으로 일주일도 지나기 전에 유바시는 형광등을 갈 거야.' 유바시는 신경질적인 성격이라 자기 방은 스스로 정리하고 청소해야 직성이 풀리는 사람이었어. 그렇다면 당연히 형광등도 직접 갈겠지. 실내에는 책을 꺼낼 때 사용하는 높직한 스툴이 있어. 조명 위치는 방 한복판, 즉 한가운데 창문의 직선상……."

"거기까지 알면 커튼이 쳐져 있어도 저격은 가능하겠네."

"아니, 잠깐." 경위는 더 물고 늘어졌다. "형광등을 언제 갈지 밖에서는 알 방도가 없잖아."

"그렇지도 않아." 내가 대답했다. "형광등을 갈 때 사람들은 혹시나 감전될까 봐 대부분 조명 스위치를 꺼. 하지만 그러면 당연히 손이고 뭐고 안 보이니까 다른 조명이 필요하지. 이 방에서는…… 저거야."

다시 손가락을 움직여서 책상에 놓인 스탠드를 가리켰다.

"이 방의 조명은 실내등과 책상 스탠드 두 종류야. 일상생활을 할 때 방의 조명이 나가서 스탠드만 켜놓는 상황은 거의 없지. 미카게는 거기에 건 거야."

어느 밤. 업무를 마무리하던 유바시는 형광등이 깜박거리는 것을 더이상 견디지 못하고 교체하기로 결심한다. 그는 계단 밑 창고에서 새 형광등을 꺼내 와서 책상 스탠드는 켜놓은 채 형광등 스위치를 끈다. 그러면 서재에 있는 창문 세 개 중, 책상에 가까운 오른쪽 창문에서만 빛이 새어 나오게 된다.

골목길 가장자리에서 유바시의 집을 살피던 범인에게는 '빛의 변화'가 바로 신호였다. 범인은 재빨리 행동에 나섰다. 자동차에서 내려 창문 아래까지 가서 블록 담 위에 라이플 총신을 얹고 겨냥한다. 커튼이 쳐진 창문 너머에는 틀림없이 유바시가 있다. 조명에 집중하고 있는 상대는 완전히 무방비하다. 타이밍을 잘 잡아서 방아쇠를 당긴다. 둔탁한 총소리. 삼십 도 각도로 쭉 날아간 총알은 창문과 커튼을 관통하고 형광등 교체를 마친 유바시의 심장에 도달한다.

보통은 이로써 사건이 마무리될 터였다.

"그런데 여기에 메이드의 계책이 추가됐어. 서재를 살피러 온

| 노킹 온 록트 도어

그녀는 현장 상황을 보고 어찌된 일인지 전부 다 알아차렸을 거야. 그리고 이렇게 생각했지. '사모님께 혼나겠어'라고."

가요코는 남편과 달리 무슨 일이든 사용인에게 시키는 사람이었다. 사용인 고노에 씨는 그런 가요코를 무서워했다. 만약 이 상황을 알게 된다면? 사모님은 '형광등을 제때 갈지 않은 네 책임'이라고 가요코를 혼내고 집에서 쫓아낼지도 모른다.

"그래서 유바시가 형광등을 갈다가 변을 당했다는 사실을 숨기기 위해 재빨리 현장을 위장한 거야. 방에 불을 켜고, 스툴을 제자리에 갖다놓고, 시체를 창가로 끌어다 놓았지. 그리고 수명이 다 된 형광등을 자기 방이나 다른 곳에 감추고 나서 '사모님'을 부르러 1층으로 내려갔어."

나는 말을 끊었다.

우가치는 콜라 맛 추잉캔디를 질겅질겅 씹으며 천장의 조명을 쳐다보았다. 이윽고 꿀꺽 삼키는 소리가 났다.

"⋯⋯추리의 근거는?"

"두 가지야. 하나는 가요코와 메이드가 들었다는 '쿵' 소리. 이 방에는 두꺼운 카펫이 깔려 있어서 평범하게 넘어져서는 큰 소리가 나지 않고, 진동도 전해지지 않지. 하지만 스툴에 올라가 있던 유바시가 높은 곳에서 바닥에 떨어졌다면 그런 소리를 들은 것도 납득이 가. 또 하나는 시체 근처에 떨어져 있던 죽은 날벌레야. 11월에 날아다니는 벌레는 없어. 분명 조명 커버를 벗겼을 때 커버 안쪽에 들어 있던 죽은 벌레가 떨어져서 유바시의 어깨에 붙었겠지. 그후에 저격당한 유바시를 메이드가 창가로 옮기는 도중에 벌레는 어깨에서 카펫으로 떨어졌어. 가장 확실한 증거를 원한다면 처음에 말했다시피……."

"메이드를 조사하라 그거로군."

아래층에서 여자가 버럭 고함을 지르는 소리가 방으로 새어 들어왔다. 이 방에서 무슨 이야기를 나누고 있는지 눈곱만큼도 모르는 가요코가 또 고노에 씨를 야단치는 걸까.

우가치는 빈 막과자 봉지를 호주머니에 쑤셔 넣고 조용히 1층으로 내려갔다. 서재에는 다시 우리 둘만 남았다. 해가 더욱 기울어서 오렌지색이 진해졌다.

"메이드는 우연의 덕을 보았군."

도리가 불쑥 말했다.

"유바시는 버둥거리지 않고 즉사했고, 총알은 몸을 관통하지 않은데다, 덤으로 위를 보고 쓰러졌지. 그래서 카펫에 피가 묻지 않았어."

"아아…… 시체를 이동시킬 수 있었던 건 그 덕분이지."

그 밖에도 카펫이 푹신했던 까닭에 유바시가 떨어뜨린 형광등이 깨지지 않은 것 등, 몇 가지 우연이 더 겹쳤다. 미카게가 알려주려 했던 힌트도 이것이었겠지.

도리는 〈Clock Strikes Ten〉을 휘파람으로 불며 벽을 따라 방을 걸었다. 강렬한 후렴과 간주 부분의 코믹한 종소리. 책상 앞까지 오자 내가 그린 그림—미카게가 설계한 트릭에 눈길을 떨어뜨렸다.

"정말이지."

도리는 그렇다는 듯이 숨을 푹 내쉬었다.

"녀석한테는 고개를 못 들겠어."

메이드 고노에 씨는 현장을 위장했다는 사실을 인정했고, 고노에 씨의 방에서는 증거품인 형광등도 발견됐다. 역시 부인에게 들킬까 봐 무서워서 정신도 없이 시체를 옮긴 모양이다. 지금까지 고생하며 살아온 사람이니 선처를 베풀어달라고 내가 우가치에게 부탁해서 체포는 면했지만, 유바시의 집에 계속 머물 수는 없으리라. 천연기념물을 보호한다는 의미에서 일자리를 알선해주어야 할까 보다.

그후에 경찰은 유바시가 개인 정보 유출 사건에 관여했다는 증거를 확보했으며, 고구마 덩굴 잡아당기듯이 줄줄이 적발될까 봐 겁을 먹은 명부업자가 유바시의 살해를 청부했다는 사실을 밝혀냈다.

수사는 조직범죄 대책부에 인계되었고, 저격범 용의자가 몇 명 검거되었지만, '칩 트릭'으로 통하는 이토기리 미카게의 꼬리는 역시 붙잡지 못했다. 그는 자신의 손을 더럽히지 않는다. 계획을 입안하고 말로 조언할 뿐이다. 그러므로 언제나 체포되지 않고, 체포한들 죄를 물을 수 있을지 의문이다. 그것이 골치 아픈 점이었다.

우리 관계는 복잡하지만 어렵지는 않다.

대학교 때 우리 네 명은 같은 토론 수업을 들었다. 문학부 사회학과 제18기 아마가와 교수의 '관찰과 추론학'. 매주 넷이 책상을 둘러싸고 앉아 교수가 제시하는 수많은 범죄를 상대로 토론하고, 배우고, 적당히 땡땡이도 치다가 졸업하여 사회로 나왔다.

네 명 중 한 명은 범죄자를 붙잡는 직업을 택했고,

두 명은 범죄의 진상을 규명하는 직업을 택했으며,

나머지 한 명은 범죄를 설계하는 직업을 택했다.

뭐, 그게 다.

이른바
하나의
눈 밀실

1

"과연, 알았어. 이건 자살이야."

"아니면 사고사."

히사메와 내가 잇달아 말하자 진보 효키치는 썰렁해죽겠다는 듯이 한숨을 내쉬었다. 실제로 날씨가 추워서 입김은 하얬다.

"유감스럽게도 자살도 사고사도 아닙니다. 식칼 자루에서 지문이 검출되지 않았으니까요."

"……그렇겠지."

히사메는 피코트◆ 앞을 여미고 우리 곁에서 몇 발짝 멀어졌

◆ 19세기 영국 해군의 선원용 코트를 본떠 만든 길이가 짧은 코트.

다. 발을 움직일 때마다 사박사박 듣기 좋은 소리가 났다.

"그럼 칼에 찔린 후에 여기까지 걸어와서 힘이 다했겠지."

"심장을 찔렀는데요. 즉사가 아니었더라도 여기까지 걸어오지는 못했을걸요."

"……그렇겠지."

파트너와 같은 말로 대꾸하고 나는 주위를 둘러보았다.

우리는 사방 오십 미터 크기의 널따란 공터 한가운데 서 있다. 남쪽에는 작은 공장이, 북쪽에는 아주 평범한 민가가, 동쪽과 서쪽에는 숲이 보인다. 아니, 정확히는 보이지 않는다고 해야 하려나. 건물 지붕도, 숲의 나무들도, 평평한 공터도 하얗고 차가운 놈으로 덮여 있으니까.

바로 눈 말이다.

간토 지방의 눈과는 질감이 다른 가루눈이다. 적설량은 삼십 센티미터, 12월 이 지방에 이 정도 적설량이면 많지도 적지도 않다고 할 수 있겠다. 어제 아침부터 내리기 시작해 밤 10시에 그쳤다고 한다. 지금 공터에는 수많은 발자국이 어지러이 찍혀 있어 빈말로도 눈경치가 아름답다고 할 수는 없지만, 오늘 동틀 녘에는 이렇지 않았다.

진보에게 받은 사진 두 장을 다시 바라보았다.

첫 번째는 남쪽에 위치한 공장 2층에서 내려다보이는 공터를 렌즈에 담은 사진이다. 첫 번째 발견자가 창밖 공터에 이변이 발생했음을 알아차리고 스마트폰으로 찍었다고 한다. 우리가 서 있는 공터 한가운데에 보라색 옷차림을 한 남자가 쓰러져 있다. 그리고 사진 아래쪽 공장 뒤편에서 발자국 한 줄이 남자를 향해 뻗어 있다. 그 외에 발자국 같은 것은 눈 위에 남아 있지 않다.

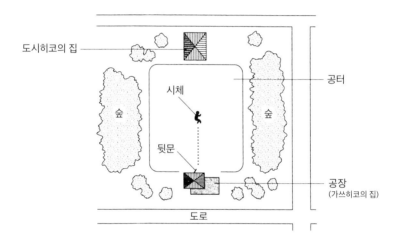

두 번째는 몇 분 후에 도착한 경찰이 찍은 현장 사진으로, 쓰러진 시체—옮겨져서 지금은 없다—를 가까이에서 촬영한 것이다. 머리가 희끗희끗하고 이목구비가 뚜렷한 아저씨다. 체격은 약간 작다. 유니클로에서 파는 다운재킷을 입었고, 머리에는 니트 모자를 썼으며, 발에는 밑창이 닳은 장화를 신었다. 어머니 배 속의 아이처럼 몸을 웅크린 시체의 팔 사이로 가슴에 박힌 식칼의 자루가 보였다. 누군가와 몸싸움을 벌였는지, 쓰러진 후에 몸부림을 쳤는지 눈 표면은 남자 주변만 흐트러져 있었고 그 위에 붉은 피가 옅게 배어 있었다. 딸기 빙수 같다는 표현은 계절에 맞지 않으니까 집어치우자. 남자의 손바닥에도 피가 묻었고, 손톱 밑에는 눈이 끼어 있었다.

"자살도, 사고사도, 칼에 찔린 후에 걸어온 것도 아니라면 이 양반은 여기서 칼에 맞아 죽은 셈이네?"

떠보듯이 묻자 중개인은 "예" 하고 대답했다.

"그런데 누가 어떻게 공터 한복판에 있는 남자를 죽였는지 그걸 알 수가 없습니다. 즉, 이건 이른바 하나의……."

"눈 밀실!"

입매가 누그러졌다. 이것이야말로 '불가능 전문' 탐정 고텐바 도리가 고대하던 절호의 상황이다! 나는 마치 진수성찬을 대접받기 전처럼 장갑을 낀 양손을 마주 비볐다.

대조적으로 의욕을 싹 잃은 '불가해 전문'이 뒤에서 "온천 가고 싶다" 하고 투덜대는 소리가 들렸다.

일의 발단은 오늘 아침 7시경에 걸려 온 전화였다. 히가시나카노에 있는 탐정 사무소 겸 집에서 오늘의 별자리 운세에 불평을 토하며 시리얼을 먹고 있자니 진보가 전화를 걸었다.

"출장지에서 좀 별난 사건과 맞닥뜨렸는데, 어떠십니까?"

이 남자는 여기저기서 사건을 긁어모아 적당한 탐정에게 알선하는, 골 때리는 장사를 하는데 가끔 이런 연락을 준다.

거절해도 됐겠지만 마침 우리도 한가했으므로(결코 의뢰인이 부족하여 곤란했던 것이 아니라 정말로 마침 그랬다), 옷을 담은 가방을 들고 신칸센 표와 도시락을 사서 장장 세 시간의 여정을 거쳐 이와테의 산속까지 왔다. 지정된 여관에 도착하자 변함없이 젊은 모델 같은 얼굴에 사기꾼 같은 웃음을 희미하게 띤 중개인이 기다리고 있다가 방에서 한숨 돌릴 틈도 없이 살인 현장으로 안내했다.

피해자는 모로타 가쓰히코, 62세. 공터 남쪽에 위치한 연마 공장의 사장이다. 사장이라고 해봤자 사원은 고작 몇 명에 지나지 않고, 공장도 주택에 작업장을 붙여 만든 것뿐이다. 처자식이 없는 홀몸이라 젊은 종업원 두 명에게 숙식을 제공하며 함께 이럭저럭 생활했다.

처음 발견한 사람은 그 종업원 중 한 명으로 이름은 요지마 데쓰시다. 동틀 녘에 2층 자기 방에서 잠이 깬 데쓰시가 커튼을 걷자 가쓰히코가 공터 한복판에 쓰러져 있어서 정신이 번쩍 들었다. 이런 유의 사건을 다루는 미스터리 소설에 조예가 있는지, 아니면 트위터에라도 올리려고 그랬는지 데쓰시는 증거 사진을 찍고 나서 부랴부랴 1층으로 내려가 부엌 뒷문을 통해 밖으로 나갔다. 다가가자 가쓰히코는 이미 죽은 지 몇 시간이 지난 뒤였다.

데쓰시가 밖으로 나갔을 때 뒷문에서 가쓰히코가 쓰러진 곳까지 발자국은 한 줄뿐이었다. 경찰이 도착했을 때도 공터에는 그 한 줄과 데쓰시가 오가면서 생긴 발자국 두 줄, 합쳐서 발자국이 세 줄밖에 찍혀 있지 않았다고 한다.

사인은 가슴에 난 상처이고, 그 밖에 외상은 없었다. 흉기로 사용된 식칼은 가쓰히코의 집 부엌에 있던 것 중 하나였다. 추위 때문에 정확한 시간은 알 수 없지만, 오후 11시에서 자정 사이에 살해당한 것으로 추정된다.

눈이 그친 10시 이후에 살해당했다면 현장에 발자국이 한 줄밖에 없다는 것은 범행이 불가능한 상황임을 의미한다.

수사는 아직 초반 단계지만, 온천에 몸이나 담그고 있을 때가 아니라는 것만은 확실하게 말할 수 있다.

"그런데 왜 굳이 우리를 불렀어?" 히사메가 진보에게 물었다.

"이 주변에도 탐정은 있을 텐데."

"어차피 우리가 제일 할 일 없을 것 같았다든가, 그런 이유 겠지."

"예, 뭐, 그렇기도 합니다만."

"정말이었냐!"

"그 밖에도 왜, 요전에 조수를 소개해주셨잖습니까. 그러니 빚을 갚는다는 의미에서."

"아아, 고노에 씨."

고노에는 지난달에 발생한 저격 사건의 피해자 집에서 일하던 사람이다. 사건 때문에 직장을 잃었지만, 귀중한 본고장 메이드가 길바닥에 나앉는 것은 아까운 일이므로 나랑 히사메가 재취직을 도와주었다. 그 결과 진보의 조수로 취직했다.

"그 사람은 잘 지내?" 히사메가 다시 물었다.

"아주 유능해서 큰 도움이 되고 있습죠. 일도 빨리 배우고, 차도 맛있게 우리고요."

이런 수상쩍은 남자 밑에서 일을 시키려니 좀 불안했지만, 직장에 잘 적응한 것 같아서 다행이다. 경사로세, 경사로세……. 아니, 잠깐만.

"히사메, 이야기가 샛길로 빠졌잖아."

"샛길로 빠지기는 누가." 파트너는 안경을 밀어 올리고 사건으로 화제를 되돌렸다. "피해자는 왜 이런 곳에 있었을까. 범인이 불러냈다든가?"

"글쎄다. 척 보기에는 북쪽 집으로 가려고 한 것 같은 느낌인데."

"공터 북쪽 집에는 피해자의 남동생 모로타 도시히코가 삽니다. 아주 돈독한 사이는 아니었던 듯하지만, 뭐 집도 근처겠다, 형제겠다, 나름대로 친했던 모양이에요."

"그렇다면 동생 집에 가려고 했을 가능성도 있겠군."

"에. 하지만……." 진보는 공터를 둘러보며 말했다. "제가 피해자라면 눈 위를 가로지르지 않고 바깥쪽 도로로 갈걸요."

"……나라도 그럴 거야."

공터에는 눈이 삼십 센티미터나 쌓여서 걷기가 더럽게 힘들다. 조금만 체중을 실어도 발이 쑥쑥 빠진다. 아무리 이 지방 사람이 눈에 익숙한들 지름길이라는 이유만으로 이런 곳을 지나가지는 않을 것이다.

"그럼 저는 여관으로 돌아가겠습니다. 뭔가 알아내면 연락 주십시오."

중개인은 머플러를 코 밑까지 끌어올리고 돌아갔다. 더이상 추위를 견디기 힘들었던 듯하다.

"어쩔래?" 파트너를 보자 녀석도 이를 달달 떨고 있었다.

"일단 어디서 몸 좀 녹이고 다시 나오는 건 어떨까?"

"한심하기는. 그러다가는 경찰이 앞질러 갈 거야."

"나는 추운 건 딱 질색이라고."

"얼음비라는 이름이 아깝다◆."

하지만 얼어붙을 듯한 바람이 공터에 몰아치자 내 생각도 바뀌었다.

"알았어, 왓슨. 이렇게 하자. 엔마 공장에 가서 두 종업원한테 이야기를 듣는 거야. 그 김에 고타쓰◆◆로 몸도 녹이고."

"홈스가 맞나 싶을 만큼 양심적인 제안이네."

방침을 정했으므로 즉시 공장으로 향했다. 평상화가 눈을 푹푹 파고들 때마다 발이 너무 시렸고, 몇 발짝 옮길 때마다 고꾸라질 위기에 처했다. 장화를 가지고 왔어야 했다.

"현시점에서 어떻게 생각해?" 히사메가 물었다.

"글쎄다……. 쌓인 눈의 두께와 눈이 내린 지 얼마 되지 않았다는 점을 감안하면, 한번 찍힌 발자국을 지우기는 어렵겠지. 그렇다면 범인은 눈 위를 걷지 않은 셈이야. 즉 피해자에게 다가가지 않고 살해했다고 보는 게 타당해."

"흉기를 던져서 이십오 미터나 떨어져 있는 사람을 맞혔다는

◆ 히사메는 한자로 '氷雨'라고 쓴다.
◆◆ 열원을 넣은 틀 위에 이불을 덮은 일본 고유의 난방 기구.

거야? 말도 안 돼."

"꼭 손으로 던졌다는 보장은 없지. 날아다니는 도구를 사용했을지도 몰라. 예를 들면 무선 조종 비행기나 요새 유행하는 드론 같은 거."

"……세상 참 편리해졌어."

"요즘은 배달업체를 통해서도 범죄 도구를 구입할 수 있지."

"칼배달해주니까?"

"딩동댕."

"배꼽 빠지겠네." 파트너는 하나도 재미없다는 표정으로 말했다. "하지만 범행 시각은 한밤중이었어. 공터에는 가로등도 없지. 날아다니는 도구를 사용해서 식칼로 찌르기는 어렵지 않을까?"

……확실히.

"어, 하지만 왜, 야간 투시경도 온라인 쇼핑몰에서 살 수 있잖아."

나는 형세를 재정비하려고 안간힘을 썼지만, 그와 동시에 눈에 발을 붙잡혀 꼴사납게 고꾸라졌다. 터틀넥 안쪽으로 눈이 들어왔다.

2

모로타 가쓰히코의 공장 겸 자택 거실에는 예상대로 고타쓰가 있어서 우리는 얼어 죽을 위기를 모면했다.

다다미 위에 빛바랜 카펫이 깔린 세 평짜리 방. 구석에는 지상파 디지털 수상 장치가 달린 브라운관 텔레비전. 작업장으로 통하는 한쪽 새시 문 너머로 버프라는 명칭의 연마재가 쌓인 선반과 거대한 연마기가 늘어선 모습이 보였다. 거기에 스며든 금속 냄새가 이 방까지 풍겨올 것 같았지만, 지금은 담배 연기 냄새가 금속 냄새를 차단했다.

고다쓰 맞은편에서 양아치풍의 젊은 남자가 얼굴을 찌푸린 채 담배 연기를 뿜어내며 양복을 입은 히사메와 캐주얼한 검정색 스웨터를 입은 나를 번갈아 노려보았다. 사건의 첫 번째 발견자, 요지마 데쓰시다. 우리는 이런 유의 시선에는(주로 경시청에 있는 우가치라는 여자 때문에) 익숙하므로 크게 마음에 두지 않고, 테이블에 놓인 난부센베이♦를 멋대로 아득아득 깨물어 먹었다. 어쩌면 그 때문에 노려봤는지도 모르겠지만.

"이야, 놀랐네요. 도쿄에는 탐정이 정말로 있군요."

♦ 밀가루를 원료로 만든 센베이의 일종. 아오모리 현과 이와테 현의 명물.

앳되어 보이는 형씨가 차를 가지고 들어오며 사투리 섞인 억양으로 이야기했다. 이쪽의 이름은 오토모 모리오라고 했다. 공장에서 숙식을 해결하는 또 다른 종업원이다.

"센다이와 모리오카에도 몇 명 있습니다." 히사메가 대답했다. "교토에 제일 많기는 하지만요."

"그건 몰랐네요. 그럼 당신 같은 조수도 많습니까?"

"……저도 탐정입니다. 사무소를 공동으로 운영하거든요."

반드시 한 번은 나오는 대화가 끝나자 "그래서?" 하고 데쓰시가 말을 꺼냈다.

"탐정이 무슨 볼일인데?"

"모로타 가쓰히코가 죽기 전의 상황이 궁금해서."

"사장님은 남의 원한을 살 분이 아니셨어요." 모리오가 즉시 답했다. "저희에게는 진짜 아버지 같은 분이셨죠. 몸을 의지할 곳이 없는 저희를 거두어서 키워주셨는데……."

모리오는 거실의 선반장으로 시선을 옮겼다. 스키장에서 찍은 가쓰히코의 사진이 장식되어 있었다. 슬로프를 배경으로 주름진 손가락을 두 개 세워 방정맞게 브이 자를 그리는 중년 남자가 딱하면서도 기특해 보였다. 하지만 '죽기 전의 상황'은 그런 뜻이 아니다.

"어젯밤에 뭔가 별다른 일은 없었냐는 뜻이야."

"아, 예……. 어제는 도시히코 씨가 저희 공장을 찾아왔어요."

"도시히코? 모로타 도시히코 말이야? 공터 맞은편에 산다는 남동생?"

"예." 모리오가 대답했다. "10시 지나서였나. 눈이 그친 후에 와서 사장님과 거실에서 술을 마셨죠. 저희도 같이 마셨고요."

"술자리는 어떤 분위기였지?"

"맥주랑 청주, 땅콩을 꺼내서…… 아, 맞다, 흉기로 사용된 식칼을 그때 마지막으로 봤어요. 살라미를 자른 후에 식기세척기에 돌렸죠."

"그러니까 그런 뜻이 아니라." 아무래도 이 인간은 머리에서 나사가 하나 빠진 모양이다. "무슨 이야기를 했는지 알고 싶은 거야."

"아, 예……."

모리오는 왠지 주저하듯이 어깨를 움찔움찔했다. 무슨 지뢰를 밟았나? 데쓰시를 보자 녀석은 담배를 재떨이에 눌러 껐다.

"그렇게 즐거운 대화는 아니었어."

사투리인지 '아니었어'가 '아니었제'로 들렸다. 시간을 들여서 들어보자 이런 이야기였다.

가쓰히코와 도시히코는 친하게 지내왔지만, 최근에 형제 관계가 상당히 험악해졌다고 한다. 도시히코는 보잘것없는 공장을 근근이 운영하는 형에게 그딴 일은 그만두고 다른 사업을 시작하라고 끈덕지게 권했다. 어제 술자리에서도 그 이야기가 나왔는데, 술기운이 거들었는지 말다툼이 격해졌다. 종업원들은 평소 사장 가쓰히코의 편을 들었지만 드잡이 싸움이 시작될 지경인데 구경만 하고 있을 수는 없다. 황급히 두 사람을 말리고 술자리를 끝냈다고 한다.

"격한 말다툼을 벌였다니, 구체적으로 어떤?"

"서로 욕을 퍼부었지. 도시히코 씨가 사장님에게 '죽여버리겠다'고 했어."

야, 데쓰시, 하고 모리오가 작은 목소리로 나무랐지만 이미 늦었다.

"그거 폭탄 발언이로군. 술자리를 끝낸 시간은?"

"11시 반 정도였나. 도시히코 씨는 바로 돌아갔어. 사장님은 계속 투덜거리다가 안방으로 갔고. 우리도 2층으로 올라가서 바로 잤어. 피곤했고, 술도 마셨으니까."

"그럼 그후에 사장한테 무슨 일이 있었는지는 모른다는 건가?"

두 종업원은 동시에 고개를 끄덕였다. 이어서 히사메가 질문했다.

"사망 추정 시각은 11시부터 자정 사이입니다. 11시 반에 가쓰히코 씨가 살아 계셨다면 그후로 삼십 분이 지나기 전에 살해당한 셈이죠. 도시히코 씨가 돌아가고 나서 집을 찾아온 사람은 없습니까?"

"없어." 데쓰시가 담배를 새로 한 개비 뽑아서 불을 붙였다. "경찰이 공장 주변에 쌓인 눈을 조사했거든. 뒷문 쪽 말고는 앞뜰에 도시히코 씨가 오간 발자국밖에 없대. 그러니까 다른 사람은 안 왔다는 뜻이지."

나는 센베이를 한입 깨물어 먹고 히사메와 시선을 교환했다.

사건이 발생하기 전에 피해자의 집을 방문한 유일한 인물. 형에게 '죽여버리겠다'고 폭언을 퍼부은 친족. 피해자가 쓰러진 곳은 자택과 동생 집의 중간 지점. 이건 아무리 생각해도⋯⋯.

밖에서 삐비끼익, 하고 귀에 거슬리는 소리가 들렸다. 누가 현관문을 열었다.

거실에서 나간 모리오가 금세 한 남자와 함께 돌아왔다.

흰머리와 주름이 적은 걸 빼면 남자는 죽은 가쓰히코를 쏙 빼닮았다. 자기소개를 들을 필요도 없이 모로타 도시히코임을 알았다. 그는 의심이 가득한 눈으로 우리를 빤히 쳐다보았다.

"장례식을 어떻게 할지 상의하러 왔는데⋯⋯ 이 사람들은?"

"도쿄에서 온 탐정이래요."

"탐정? 정말로? 아주 수상해 보이는데?"

"이런 우연이 다 있나. 우리도 지금 댁이 수상하다고 생각했 거든." 나는 반격했다. "어제 피해자에게 '죽여버리겠다'고 살인 을 예고했다면서, 모로타 도시히코 씨?"

"……그야 말이 좀 거칠기는 했지만, 싸울 때는 보통 그러잖 습니까. 형도 제게 똑같이 응수했어요. 말이 거칠었다는 이유 로 의심하다니 어이가 없군요."

표준어를 썼지만 억양에서는 사투리가 느껴졌다.

"무엇보다 형의 시체에는 아무도 다가간 흔적이 없었잖습니 까? 특이하게 자살한 거겠죠. 살해하기는 불가능하니까."

"그렇게 발뺌하려고 트릭을 사용한 거 아니야?"

도시히코는 입을 다물고 불쾌하다는 듯이 점점 인상을 썼다. 히사메가 분위기를 수습하려는 듯이 "알리바이가 있습니까?" 하고 물었지만 역효과였다. 상대는 알리바이가 없었다.

"여기서 집으로 돌아가서 이를 닦고 잤습니다. 저도 홀몸이라 알리바이는 없어요. 하지만 대나무 헬리콥터나 어디로든 문◆을 가지고 있지도 않습니다."

어디로든 창문이라는 도구도 있다고 대꾸하고 싶었지만, 더 이 상 비꼬기도 귀찮으므로 그만두었다. 도시히코가 거실로 성큼성

◆ '대나무 헬리콥터'는 몸에 붙이면 비행 능력을 주는 도구고, '어디로든 문'은 어디든 원하는 곳으로 갈 수 있게 해주는 도구다. 둘 다 만화 『도라에몽』에 등장한다.

노킹 온 록트 도어

큼 들어오자 수상한 타지 사람은 그대로 쫓겨날 판국에 처했다.

우리는 얌전하게 자리에서 일어났다. 히사메가 코트를 입으며 마지막으로 질문을 던졌다.

"도시히코 씨, 잠깐이면 됩니다. 어제 10시에서 11시 반까지 여기서 술을 드셨죠?"

"예."

"내내 거실에 계셨어요? 화장실에도 안 가고?"

"……그런데요."

그게 뭐 어쨌느냐고 묻고 싶은 듯한 표정이었다. 히사메는 데쓰시와 모리오에게도 같은 질문을 해서 도시히코의 증언에 허위가 없는지 확인한 후 "실례 많았습니다" 하고 거실을 뒤로 했다. 현관으로 나갈 때 미닫이문이 또 비명을 지르듯이 시끄러운 소리를 냈다.

바깥은 아까보다 더 추워진 것 같았고, 땅도 하얗거니와 하늘도 하얬다. 또 눈이 내릴 낌새였다. 사무소에서 농땡이를 부리는 편이 나았을지도 모르겠다고 생각하며 여관으로 돌아가는 길을 서둘렀다.

"가장 유력한 용의자는 모로타 도시히코로군." 내가 말했다. "동기는 충분하고 알리바이도 없어. 남은 건 범행 수법뿐이야."

제일 수상한 놈이 범인이라는 진상은 너무 단순하여 재미가 없지만, 이런 사건에서는 그것도 하나의 법칙이다. 애당초 용의 선상 밖에 있는 자가 범인이라면 굳이 불가능 상황을 만들 필요도 없다.

하지만 히사메는 부정적인 태도로 "과연 그럴까" 하고 말했다.

"도시히코는 아닐 거야. 범인은 아마도 종업원 중 한 명이겠지."

"왜?"

"흉기로 사용된 식칼."

그 말을 들은 순간 나는 걸음을 멈췄다. 눈 뭉치로 뒤통수를 얻어맞은 듯한 기분이었다.

"……눈은 분명 10시에 그쳤어. 그리고 10시가 지나서 모리오가 마지막으로 식칼을 사용했지. 집 주변에 남은 발자국으로 판단하건대 10시 이후에 집을 찾아온 사람은 도시히코뿐이야."

"그렇지만 그는 형의 집에 왔다가 돌아갈 때까지 한 번도 부엌에 간 적이 없다. 즉……."

히사메는 희미하게 미소를 띠고 뒤쪽 공장을 돌아보았다.

"식칼을 가지고 나갈 수 있었던 건 저 집에 사는 사람뿐이야."

3

"아뜨어어."

물에 발을 담근 순간 "앗, 뜨거워"라는 말과 몸이 풀린 영감쟁이가 내뱉을 법한 한숨 소리가 뒤섞여서 새어 나왔다.

다 망해가는 분위기의 여관이라 그다지 기대하지 않았지만 욕탕은 아주 훌륭했다. 노송나무 향기가 나는 욕조에 넘쳐흐르는 온천수. 효능은 잘 모르겠지만 온천이니까 몸에 나쁘지는 않겠지. 유리 너머 눈으로 새하얗게 화장한 산들을 보고 있자니 청주 생각이 간절했다. 아차차, 제발 가자고 누가 하도 졸라서 목욕을 하러 왔을 뿐 아직 일하는 중이지.

나는 어깨까지 몸을 담그고 눈 밀실 사건을 다시금 정리했다. 누가 어떻게 모로타 가쓰히코를 죽였을까. 흉기라는 요소를 고려하면 도시히코는 제외해야 한다. 가령 데쓰시와 모리오 둘 중 하나가 범인이라면……. 혹은 공범 관계일 수도…….

"너무 뜨겁지 않아?"

히사메가 욕조에 들어와서 내 옆에 앉았다. 머리에는 두 번 접은 수건을 얹었다. 덧붙여 나는 수건을 머플러처럼 목에 감았다.

"추운 게 질색이라면 딱 좋지 않을까 싶은데."

"뜨거운 것도 질색이야."

"연약한 녀석일세."

"네가 할 소리는 아니지."

히사메는 옷을 입으면 말라 보이지만 의외로 몸이 탄탄하다. 사무소를 개업할 때 의욕이 넘친 탓에 피트니스 클럽에 다녀서 그렇겠지. 반면에 나는 옷을 입으나 벗으나 팔뚝이 가늘지만 전혀 신경 쓰지 않는다. 탐정은 두뇌 노동자니까.

"숨겨진 보석 같은 온천을 발굴했는지도 모르겠군." 나는 손으로 어깨에 물을 끼얹었다. "붐비지도 않고, 경치도 좋고."

"공교롭게도 안경을 벗어서 잘 안 보여."

"어쩐지 캐릭터가 희미하더라니."

"원래부터 그랬어." 히사메는 마침내 자학하는 경지에 이르렀다. "경치가 어떤데?"

"음, 그러니까…… 산이야. 그 앞에 숲이 있고. 눈이 쌓여서 전체적으로 하얘. 그리고 아래에 여탕이 보이네."

스스로 생각하기에도 기가 찰 만큼 어휘력이 빈약했기에 한마디 덧붙였다. "아, 그러서" 하고 파트너는 일소에 부쳤다.

"야, 진짜라니까. 마침 젊은 아가씨들이 목욕중이네. 단체 손님이야. 대학생들이 스키 여행을 왔나. 눈요기 제대로 하네."

"그럼 계속 그거나 보든가."

"응, 볼 거야."

"……."

"……."

　　　　　　　　　　　노킹 온 록트 도어

"......"

내가 가만히 앉아 창밖만 보고 있자 딱 십 초 후에 히사메도 눈을 가늘게 뜨고 그쪽으로 고개를 돌렸다. 물론 거기에는 살풍경한 산밖에 없다. 단순한 녀석이다.

"너도 안경을 끼는 편이 낫지 않겠어?"

"사양할게. 캐릭터가 겹치니까."

히사메는 질렸다는 듯이 한숨을 내쉬고 젖은 머리를 쓸어올렸다. 나도 똑같이 했다. 히사메의 머리는 멋지게 올백으로 넘어갔지만, 내 곱슬머리는 그 정도 가지고는 말을 들어먹지 않는다.

"목에다 수건을 두르는 것도 캐릭터를 확립하기 위한 방법 중 하나?"

잠깐 간격을 두고 히사메가 물었다. 나는 "오냐" 하고 적당히 대답했다.

"여기, 우리 말고 아무도 없는 것 같은데."

"응, 전세를 낸 거나 마찬가지네."

"벗지그래?"

"뭘?"

"수건."

"......그것도 사양할게."

나직하게 대답하고 욕조에 등을 기댔다. 히사메는 어깨를 으쓱하는 대신에 턱밑까지 물에 담갔다. 피어오르는 김과 온천물이 흐르는 소리만이 커다란 욕탕에 가득 찼다.

나는 목에 두른 수건에 잠시 손을 대고 있었다. 벗겨지는 걸 막기라도 하듯이. 뭐, 딱히 연연하거나 마음에 둘 일은 아니지만. 지금은 어쩐지 벗기 싫은 기분이라 그렇다. 유백색 수면을 내려다보았다. 확실히 이 온천은 너무 뜨거운지도 모르겠다.

"발자국 트릭, 풀었어?"

히사메가 화제를 바꾸었다.

"조금쯤은 알아서 생각해봐."

"하우더닛은 네 담당이잖아."

아아, 예, 그렇습죠.

"만약 공터 한복판이 아니라 집 안이 진짜 범행 현장이었다면 어떨까?"

"칼에 찔린 피해자가 거기까지 걸어갔다고? 그 가설은 초장에 부정됐을 텐데."

"아니, 그거 말고. 범인이 시체를 둘러메고 공터로 옮겼다는 뜻이야. 그러면 발자국이 한 줄인 것도 말이 되지."

"……잠깐만." 히사메는 눈살을 모았다. "그 트릭은 유명하지만 이번에는 사정이 달라. 데쓰시가 찍은 사진에는 발자국이

　　　　　　　　　노킹 온 록트 도어

한 줄뿐이었고, 현장 어디에도 몸을 숨길 만한 곳은 없었어. 범인이 시체를 둘러메고 공터 한복판까지 갔다고 쳐도, 거기서 어떻게 자취를 감췄을까?"

"데쓰시의 사진에 찍힌 시체가 진짜라고 어떻게 단정하지?"

그 말을 들은 순간, 히사메는 얼마 전의 나처럼 눈덩이에 얻어맞은 듯한 표정을 지었다.

"설명하자면 이래. 밤에 데쓰시와 모리오가 함께 가쓰히코를 살해해. 아침이 되자 가쓰히코의 옷을 입은 모리오가 뒷문으로 나가서 공터 한복판에 시체처럼 자세를 잡고 누워. 이때 발자국 한 줄이 눈 위에 남겠지."

"그 모습을 2층에서 촬영하면 시체가 눈 위에 쓰러진 것처럼 보인다……."

그렇다. 멀리서 찍은 그 사진을 보고서 시체가 쓰러져 있다고 믿은 것이 우리의 패인이었다.

"데쓰시는 사진을 찍은 후에 진짜 시체를 둘러메고 모리오 곁으로 가. 모리오 대신 시체를 눕힌 후 이번에는 모리오를 둘러메고 뒷문으로 돌아와. 그러면 발자국은 어떻게 될까? 모리오가 공터 한복판으로 향할 때 찍힌 발자국이 한 줄, 데쓰시가 왕복하면서 찍힌 발자국이 두 줄. 경찰이 왔을 때 눈에는 발자국 세 줄이 찍혀 있겠지."

그리고 공터에는 멋지게 시체만이 남게 된다.

히사메는 가만히 생각에 잠겼다가 수건이 미끄러져 떨어지지 않을 만큼만 고개를 갸웃했다.

"문제점이 세 가지 있어."

"덤벼라."

"첫 번째. 공터 한복판의 눈에는 피가 묻어 있었어. 집 안이 살인 현장이라면 그건 어떻게 설명하지?"

"그거야?" 상정한 범위 안이다. "페트병 같은 데 피를 담아놨다가 시체를 눕히기 전에 뿌렸겠지."

"그럼 두 번째. 죽었든지 살았든지 성인을 둘러메고 눈 위를 왔다 갔다 했다면, 더해진 몸무게만큼 발자국이 깊이 찍히겠지. 하지만 경찰은 발자국에서 이상한 점을 발견하지 못했어."

"눈이 삼십 센티미터나 쌓였잖아. 체중을 어떻게 싣느냐에 따라서 발자국 깊이는 불규칙해지기 마련이야. 우리가 다녀왔을 때도 그랬잖아. 범인이 눈밭에 익숙하다면 경찰을 속이기도 불가능하지는 않겠지."

"갑갑하다, 도리."

"그래? 뜨거운 물 속에 너무 오래 앉아 있었나? 나갈까?"

"백까지 헤아리고 나서." 히사메는 어디까지나 냉정하게 말을 이었다. "세 번째. 네 가설을 받아들이자면 종업원 두 명은 공범인 셈인데."

"그렇지."

"그렇다면 흉기인 식칼을 어젯밤 눈이 그친 뒤에 마지막으로 봤다고 솔직하게 증언하는 건 자살행위지. 내가 범인이라면 둘이서 말을 맞춰서 며칠 전에 잃어버렸다는 식으로 그럴싸한 거짓말을 할 거야."

⋯⋯이것은 상정 범위 밖이었다. 확실히 그걸 솔직하게 말하면 흉기에 손댈 수 있었던 사람은 자신들뿐이라고, 즉 자신들이 범인이라고 밝히는 셈이나 매한가지다.

"하지만 딱히 이상할 건 없잖아. 모리오가 말실수를 했는지도 모르고, 어쩌면 일부로 솔직하게 증언해서 범인이 아니라는 인상을⋯⋯ 어, 야."

"역시 이해가 안 돼."

아직 이야기가 끝나지도 않았는데 히사메는 일어서서 탈의실로 향했다. 온천물에 담근 몸이 서서히 화끈화끈 달아올랐다. 어쩔 수 없이 나도 욕조에서 나왔다.

"그럼 고매하신 가타나시 선생님께 여쭙겠습니다만, 그 외에 뭔가 다른 가능성이 있어?"

고매하신 선생님은 알몸 허리께에 손을 짚고 다시 생각에 잠겼다가 "없어" 하고 툭 내뱉었다. 당혹스러운 나머지 나는 하마

터면 욕탕 타일 바닥에 발이 쭉 미끄러져 자빠질 뻔했다.

"하지만 근본적인 뭔가를 빠뜨린 것 같은 기분이 들어. 아주 당연한 뭔가를. 그게 정확히 뭔지는 아직 보이지 않지만."

"안경을 안 쓴 탓 아닐까."

"그럴지도 모르지."

히사메는 쓴웃음으로 답하고 탈의실 문을 열었다. 그런데.

"도리!"

문을 닫기 직전에 갑자기 내 이름을 외쳤다. 대답을 할 겨를도 없이 히사메는 이쪽으로 달려와서 내 양 어깨를 잡았다. 개성 없는 용모에서 유일하게 인상적인 또릿또릿한 눈이 반짝반짝 빛났다.

"왜, 왜 그래?"

"무슨 기념품을 살지 생각해놓도록 해."

"기념품?"

"응. 내일 아침에는 돌아갈 수 있을 것 같아."

히사메가 어깨를 흔들자 식은땀이 뺨을 타고 흘러내렸다.

뭘 알아차렸는지 모르겠지만, '불가해 전문'에게 선수를 빼앗긴 모양이다.

만주◆, 센베이, 고구마 말랭이, 채소절임, 건과일, 그림엽서, 부엉이 장식품, 다시 만주……. 여관의 기념품 코너에 진열된 상품들은 현기증이 날 만큼 그저 그랬다. 굳이 사 가고 싶을 만한 것은 하나도 없었다.

"뭐 추천할 만한 거 있어?"

여관 안주인의 딸인지 중학생쯤으로 보이는 여자아이가 카운터를 보고 있었으므로 말을 걸었다. 여자아이는 접객 정신 빵점의 태도로 벽에 걸린 수사슴 머리 박제를 가리켰다.

"폼 나서 좋네. 얼마야?"

"십오만 엔."

"……."

나는 고개를 두세 번 끄덕이고 아무 말 없이 기념품 코너에서 물러났다. 로비를 가로질러 먼지가 풀풀 날리는 소파가 놓인 라운지로 돌아갔다.

모일 사람은 다 모였다.

데쓰시와 모리오 콤비랑 모로타 도시히코는 소파에 나란히

◆ 밀가루 등을 반죽하여 만든 피에 팥소를 넣고 찌거나 구워서 만든 과자.

앉았다. 데쓰시와 도시히코는 기분이 불쾌해 보였고, 모리오는 주변을 두리번거렸다. 그 옆의 안락의자에는 희미한 웃음을 띤 중개인이 심판을 담당하겠다는 듯한 표정으로 자리를 잡았다. 히사메는 그들의 맞은편에 서 있었다. 양복 차림이라면 탐정 태가 났겠지만. 고지식하게도 여관 이름이 들어간 유카타*를 입고 나온 탓에 암만 봐도 연회의 간사 같은 분위기였다.

내가 빈 의자에 앉자 히사메는 법식에 맞추어 "그럼 시작하겠습니다"라는 말로 시작했다.

"저녁 드실 시간에 여기까지 오시라고 해서 죄송합니다. 하지만 이야기를 들어주셨으면 해서요. 가쓰히코 씨의 죽음에 얽힌 진상을 밝혀냈습니다."

"설마 우리 중에 범인이…… 있다느니 그런 소리를 하는 건 아니겠죠?"

"도시히코 씨, 아쉽지만 그렇게까지 드라마틱하게 전개되는 않을 겁니다. 결론부터 말씀드리자면 가쓰히코 씨는 사고로 돌아가셨기 때문입니다."

소파에 앉은 세 사람보다 나와 진보가 더 놀랐다.

"사고사라고?"

◆ 목욕 후나 여름철에 주로 입는 무명 홑옷.

　　　　|　　　　노킹 온 록트 도어

"그래, 이야기는 간단해. 가쓰히코 씨는 식칼을 들고 혼자 뒷문으로 나가서 공터를 걸어갔어. 그런데 절반쯤 갔을 때 눈에 발이 걸려 넘어지고 말았지. 식칼을 움켜쥔 상태로 넘어졌으니 그때 칼날이 가슴에 박혔어도 전혀 이상할 것 없습니다."

"아니, 이상한데."

넘어졌을 가능성이 높다는 건 인정한다. 나도 눈 위에서 고꾸라졌고, 가쓰히코가 신고 다녔던 장화는 밑창이 닳았으니까 많이 미끄러웠을 것이다. 하지만…….

"식칼에서 지문이 검출되지 않았다는 걸 벌써 까먹었어? 그리고 대관절 왜 피해자가 식칼을 들고 공터를 걸어가는데?"

"가쓰히코 씨가 왜 식칼을 들고 나왔느냐, 바로 도시히코 씨를 죽이려고 했기 때문이야."

모두의 시선이 피해자의 동생에게 집중됐다.

"정확하게 말하자면 발끈한 나머지 식칼을 들고 나왔을 뿐, 명확한 살의를 품고 있었던 것 같지는 않지만……. 잘 들으십시오, 여러분. 가쓰히코 씨는 어젯밤에 공장 운영과 관련하여 서로 '죽여버리겠다'는 악담을 퍼부을 만큼 도시히코 씨와 큰 싸움을 벌였습니다. 도시히코 씨가 돌아간 뒤에도 화가 가라앉지 않자 가쓰히코 씨는 동생 집에 가서 식칼을 들이대며 위협하기로 마음먹었습니다. 그래서 안방을 빠져나와 부엌 식기세척기에서 식칼을 꺼내 뒷문으로 나가서 바로 도시히코 씨 집으로 향한 겁니다."

"왜 현관이 아니라 뒷문으로?" 진보가 물었다.

"현관문은 뻑뻑해서 여닫을 때 귀에 거슬리는 소리가 나. 시끄러운 소리가 나면 2층에 있는 종업원들이 알아차리고 또 말릴지도 모르지. 그래서 뒷문으로 나간 거야. 뒷문으로 나가면 바로 정면에 동생 집이 보여. 취한데다 피가 거꾸로 솟을 만큼 화가 났다면 걷기 힘든 길이라도 곧장 가로질러 가려고 하겠지."

피해자 본인이 살의를 품고서 식칼을 들고 나왔다.

뜬금없었지만 이야기의 앞뒤가 맞는 역발상이었다. 하지만 무작정 받아들일 수는 없다.

"단서를 바탕으로 한 추리라고는 하기 힘든데. 그리고 아까도 말했지만 식칼에 지문이 없었다는 문제는 어떻게 돼?"

"바로 그게 단서야."

히사메의 눈빛에는 여전히 자신감이 넘쳤다.

"피해자가 무슨 옷을 입고 있었는지 떠올려보십시오. 니트 모자에 다운재킷. 발끈하여 뛰쳐나왔다고 하지만 피해자는 눈이 많이 내리는 고장에 사는 사람입니다. 습관적으로 방한복을 껴입었겠죠. 그런데 시체의 복장에 기묘한 점이 딱 하나 있었습니다. 착용해야 마땅한 물건이 어째서인지 눈에 띄지 않았죠."

뭔지 알았다.

추운 바깥으로 나갈 때 보통 몸에 착용하는 물건. 히사메의 필수품인 안경과 마찬가지로 설국에 사는 사람과 살인을 저지르는 자의 필수품.

"장갑이구나."

히사메는 고개를 끄덕여 긍정하고 얼굴을 소파 쪽으로 돌렸다.

"모리오 씨, 도시히코 씨가 집을 방문한 오후 10시경에 식칼을 식기세척기에 돌렸다고 말씀하셨는데요. '돌렸다'라는 표현은 식기세척기에 넣고 스위치를 눌렀다는 뜻이겠죠?"

"아, 예."

"식기를 세척하는 데는 대충 한 시간하고 조금 더 걸릴 겁니다. 10시경에 스위치를 눌렀다면 11시 반에는 세척이 끝났을 텐데요, 어떻습니까?"

"아마 딱 그쯤에 끝났을 거예요."

"그렇다면 그 시점에 식칼은 세척돼서 깨끗한 상태였을 겁니다. 가령 가쓰히코 씨가 장갑을 낀 손으로 세척이 끝난 식칼을 꺼내 밖으로 나갔다가 목숨을 잃었다면, 당연히 식칼 자루에는 누구의 지문도 남지 않겠죠."

"하지만……."

모리오가 끼어들려 하자 히사메는 즉시 말허리를 끊었다.

"압니다. 경찰이 도착했을 때 시체는 장갑을 끼고 있지 않았습니다. 왜일까요? 이것도 간단합니다. 어떤 인물이 장갑을 감춘 거죠. 경찰이 오기 전에 시체에 다가간 유일한 사람, 데쓰시 씨, 당신이요."

지목당한 데쓰시는 "어" 하고 목소리를 흘려냈다.

"당신은 가쓰히코 씨의 시체를 발견했을 때 무슨 일이 일어났는지 바로 깨달았습니다. 가쓰히코 씨의 죽음이 자업자득이라고는 하나, 따지고 보면 공장을 운영하는 것을 깎아내리며 시비를 건 도시히코 씨에게도 잘못이 있죠. 평소 가쓰히코 씨를 흠모하던 당신은 그의 유지를 이어받기로 했습니다. 그래서 재치를 발휘해 시체의 손에서 장갑을 뺀 겁니다. 그러면 사고사가 아니라 살인 사건으로 취급되어 당연히 전날 큰 싸움을 벌였던 도시히코 씨가 용의선상에 오를 테니까요. 사그라뜨리지 못한 분노와 불행한 사고사, 그리고 위장 공작. 이것이 눈 밀실 사건의 전모입니다."

히사메는 소파에 한 걸음 다가가서 "아닙니까?" 하고 요지마 데쓰시를 다그쳤다. 바깥의 냉기가 흘러들기라도 한 것처럼 라운지의 분위기는 냉랭하게 얼어붙었다. 나는 의자에서 몸을 반쯤 내밀고 데쓰시의 대답을 기다렸다.

"뭔 소리야."

데쓰시는 아주 태연하게 그 분위기를 깨뜨렸다.

"당신도 사진을 봤다면 알 테지만, 사장님의 손바닥에는 피가 묻어 있었어. 즉, 원래 장갑을 끼고 있지 않았다는 뜻이잖아."

"……아."

이번에는 히사메가 당혹감이 섞인 목소리를 흘려냈다. 나도 입이 떡 벌어졌다.

맞다, 경찰이 찍은 시체 사진. 손바닥에는 피가 지저분하게 묻어 있었다. 데쓰시가 접근했을 무렵에는 피가 완전히 말랐을 테니, 장갑을 벗기고 나서 손에 피를 묻히기는 불가능하다. 그러고 보니 손톱 밑에도 눈이 끼어 있지 않았던가.

"사장님은 장갑 끼는 걸 싫어하셨어요. 땀이 찬다면서 일할 때 말고는 늘 맨손으로 다니셨죠."

모리오가 결정타를 날렸다. 거실에서 본 사진이 떠올랐다. 스키장 슬로프를 배경으로 서서 주름진 손가락으로 브이 자를 그린 모습. 가쓰히코는 스키장에서도 장갑을 끼지 않았다.

"에고…… 음, 그럼 당신이 식칼 자루를 닦아낸 겁니다. 그렇게 해서 이걸 살인으로 위장해서……."

"가타나시 씨, 그 수는 안 통합니다."

바둑판 옆에서 훈수를 두는 사람처럼 진보가 말했다.

"시체는 이렇게, 엄마 배 속의 아이처럼 웅크린 자세로 쓰러저 있었잖습니까. 식칼에 묻은 지문을 깨끗하게 닦으려면 팔을 치울 필요가 있습니다. 그런데 죽은 지 몇 시간이나 지난데다 이렇게 추운 탓에 아침에 발견된 시체는 뻣뻣했어요. 팔을 치우기는 어려울 테고, 억지로 치웠다면 흔적이 남겠죠. 그 사람은 지문을 닦아낼 수 없습니다."

아마추어에게 반론을 당한 것도 모자라 심판에게까지 그런 지적을 당했으니 상황 종료다. 히사메는 비칠비칠 뒷걸음질 쳐서 뒤에 있던 의자에 털썩 앉았다. 얼굴이 딱딱하게 굳었다. 히사메, 히사메, 왜 괴로움에 몸부림치냐. 추리가 빗나가서 부끄럽냐.

"괜히 헛걸음했네." 도시히코가 말했다. "다음에 기대하겠습니다, 탐정님."

손님 세 명은 소파에서 일어나 라운지 출입구로 향했다.

나도 의자에서 일어나 하얗게 불타버린 파트너의 어깨를 탁 두드렸다. 뭐, 이럴 때도 있다. 중반까지는 제법 재미있는 추리였지만, 애석하게도 지문의 문제가······.

잠깐만.

지문?

갑자기 진동이 머릿속을 덮쳤다. 눈덩이에 얻어맞은 듯한 감각이 아니다. 젠가나 카드로 쌓은 집이 무너지는 듯한 감각이었다. 지금까지 구축한 형태가 무너져 내리고, 다른 논리가 짜 맞추어진다. 히사메가 빠뜨렸다고 예감했던 아주 당연한 뭔가가 무엇인지 깨달았다.

눈 밀실. 집 밖의 시체. 그리고 가슴에 박힌 식칼.

라운지에 웃음소리가 울려 퍼졌다.

내 웃음소리였다. 히사메가 고개를 들었고, 집에 돌아가려던 도시히코 일행도 멈춰 섰다. 나는 검은 곱슬머리와 날카로운 눈매 때문에 안 그래도 악마 같다는 소리를 듣는 만큼, 이 웃음소리는 한층 사악하게 들렸을 것이 틀림없다. 틀림없지만 웃음을 멈출 수가 없었다. 왜 이렇게 간단한 걸 몰랐을까, 교통비랑 시간만 낭비했잖아. 낭비한 김에 사슴 머리 박제라도 사서 돌아갈까. 하하하하, 아무튼 우리는 모두 다 바보 천치다.

웃음을 그치자 라운지는 쥐 죽은 듯이 조용해졌다. 진보 혼자 동요하는 기색 없이 능글능글 웃으며 안락의자 팔걸이에 팔꿈치를 얹고 턱을 괴었다.

"왜, 왜 그래?"

목욕할 때와는 반대 입장이 되어 히사메가 물었다.

"아, 놀랐지, 미안해. 하지만 진상을 알아냈어."

히사메의 눈이 휘둥그레지는 것에는 아랑곳없이, 나는 수수께끼 풀이를 시작했다.

'그럼 시작하겠습니다'는 없다. 그건 과잉 연출이니까.

"네 추리도 절반은 맞았어. 얼마나 진심이었는지는 모르겠지만 가쓰히코는 동생에게 분노를 불태우며 식칼을 들고 뒷문으로 나갔지. 재킷을 입고 모자는 썼지만 장갑은 끼지 않았어. 그리고 공터를 반쯤 나아갔을 때 재수없게도 넘어지는 바람에 식칼이 가슴에 박혀서 죽었지."

"장갑을 끼지 않았다면 지문은 어떻게 된 건데?"

"지문은 그후에 닦여 나간 거야."

"……어째서?"

나는 아까 전에 히사메가 그랬듯이 모리오에게 고개를 돌렸다.

"어이, 모리오. 내게도 식기세척기에 대해서 말해줘. 식기세척기는 대부분 뜨거운 물로 식기를 씻잖아. 당신 사장네 집에 있는 건 어때?"

"사, 사장님 댁에 있는 것도 그래요."

"그렇다면 가쓰히코가 식칼을 꺼냈을 때 식칼은 아직 따끈하지 않았을까? 한 시간 반이라면 건조가 막 끝난 참이었을 테니."

"……예. 아마도."

그것만 확인하면 충분하다.

"잘 들어, 가쓰히코는 뜨거워진 식칼을 들고 밖으로 나가서 삼십 미터도 걸어가기 전에 넘어졌어. 눈에 남은 흔적으로 보건대, 가쓰히코는 쓰러진 후에 다소 몸부림을 친 것으로 추정돼. 그의 손톱 밑에는 눈이 끼어 있었어. 자. 몸부림을 치다가 눈을 움켜쥔 가쓰히코가 그 손으로 아직 온기가 남은 식칼 자루를 잡았다면 어떨까? 쓰러져서 괴로워하며 몸부림칠 때 있을 법한 일 아니야?"

사람들은 벙한 얼굴로 창밖의 하얀 경치를 바라보았다.

별것 아니다. 단서는 처음부터 눈앞에 있었다. 역에 내렸을 때도, 현장을 봤을 때도, 온천에 들어갔을 때도.

이 동네는 하얗고 차갑고 녹으면 물이 되는 예의 그것으로 온통 뒤덮어 있다.

"그럼 흉기에 묻은 지문은……."

"그래."

나는 곱슬머리를 쓸어 올리고 해답을 말했다.

"지문은 눈에 씻겨 나갔어."

십 엔
동전이
너무 없다

1

뚜껑을 열자 따뜻한 김과 함께 맛있는 닭고기 냄새가 피어 올랐습니다. 팔팔 끓어서 졸아든 국물이 냄비 바닥에서 보글보 글 숨을 쉬고 있네요. 대나무 꼬치로 당근을 찔러보자 부드럽 게 푹 들어갑니다. 이제 다 익었나 봐요.

가스레인지와 환풍기를 끈 후, 저는 교복 위에다 두른 앞치 마를 벗었습니다. 미리 준비해둔 큰 접시에 냄비에 든 요리를 옮깁니다. 달콤하면서도 짭짜름한 찜닭, 이름하여 '구스리코 스 페셜' 완성입니다. 보통 찜닭이랑 똑같은데 뭐가 스페셜이냐고 요? 애정을 듬뿍 담아서 만들었으니 스페셜이죠.

쟁반에 접시와 젓가락을 담아서 옆에 있는 응접실 겸 거실로

갑니다.

고용주 두 사람은 테이블을 사이에 두고 소파에 마주 앉아 싸구려 위스키로 만든 온더록스를 홀짝홀짝 마시는 중이에요.

"오래 기다리셨습니다. 구스리코 스페셜이에요."

"찜닭이네."

"찜닭 아니에요, 도리 씨. 구스리코 스페셜이래도요."

"어제 먹은 스튜도 구스리코 스페셜 아니었어?"

"어제 그건 구스리코 페스티벌이고요. 히사메 씨는 탐정이라면서 기억력이 안 좋네요."

"홈스가 말하길, 머릿속은 다락방과 같아서 필요 없는 건 척척 내다 버려야 한대."

"내 요리 이름을 멋대로 버리지 마요!"

"이름이야 아무래도 상관없지만, 위스키 안주로 찜은 궁합이 안 맞잖아."

"닭고기가 남아서요. 둘 다 불평만 자꾸 늘어놓으면 못 먹을 줄 알아요."

저는 엄마가 야단치듯이 말하며 거실 테이블에 접시를 내려놓고 히사메 씨 옆에 앉았습니다. 도리 씨가 술병을 들어 록 글라스에 위스키를 더 부었어요. 저도 냉장고에서 가져온 진저에일 캔을 따서 제 컵에 따랐습니다. 색깔만큼은 위스키와 비슷한 것도 같네요.

딱히 축하할 일도 없으므로 우리는 말없이 잔을 서로 부딪쳤습니다. 셋이 함께 음료를 한 모금 마시고, 셋이 함께 앞접시에 찜닭을 덜어서, 셋이 함께 닭고기를 한입 냠냠.

"음." 이건 도리 씨. "음음." 이건 히사메 씨. "음음음." 이건 저.
구스리코 스페셜이라는 이름에 딱 어울리는 맛이었어요.

소개가 늦었네요. 제 이름은 야쿠시지 구스리코예요. 본업은
고등학생이지만 일주일에 며칠 '노킹 온 록트 도어'라는 희한한
이름이 붙은 이 사무소에서 아르바이트를 하고 있답니다. 학교
수업이 끝나면 여기에 와서 요리, 빨래, 청소에 장보기까지 가
사 전반을 담당해요.

오늘은 마당 손질과 빨래만 마치고 저녁 식사 시간 전에 돌
아갈 예정이었는데요. 휴식을 취할 겸 도리 씨에게 빌린『피로
물든 에그 코지◆ 사건The Affair of the Bloodstained Egg Cosy』이라
는 책을 펼쳤는데, 이게 어찌나 재미있던지 푹 빠져서 읽다 보
니 오후 9시가 넘었지 뭐예요. 어느새 두 사람은 부정기적으로
개최하는 저녁 술판을 벌이고 있었고요. 바로 돌아가도 상관없
었지만, 내일은 토요일이겠다, 책도 고맙게 잘 읽었겠다, 저도

◆ 삶은 달걀 덮개.

배가 고팠던지라 무급으로 야근을 하기로 마음먹고 일품요리를 준비한 거예요.

도리 씨는 평소와 똑같이 터틀넥 차림으로 소파에 떡하니 앉았어요. 안 그래도 까만 곱슬머리가 악마 같은 분위기에 일조하는데, 지금은 술기운 때문에 얼굴이 약간 발그레해져서 더더욱 악마같이 보이네요. 히사메 씨는 멋스럽게 다리를 꼰 자세. 감색 넥타이를 풀고 양복저고리 단추도 끌러서 일을 마치고 퇴근하는 회사원 같은 인상이에요. 저도 크로스타이◆를 풀고 싶었지만 꾹 참았어요. 저는 교복을 격식에 맞추어 제대로 입고 다니는 주의거든요.

이렇게 두 사람과 한잔하고 있으니 운치와 풍류가 느껴지네요. 탐정의 동료가 되어 쑥 성장한 듯한 기분을 맛볼 수 있답니다.

하지만 두 사람이 주고받는 이야기는 그렇게 멋지지 않아서…….

"오늘도 의뢰인이 한 명도 안 왔네."

히사메 씨가 푸념했습니다.

"뭐 어쩌겠냐." 도리 씨의 대답. "연초에는 어느 사무소나 손

◆짧은 리본을 옷깃 앞쪽에서 겹쳐서 핀으로 고정하는 방식의 타이.

　　　노킹 온 록트 도어

님이 줄어."

"잊어버린 것 같으니 알려주겠는데, 1월도 벌써 보름이나 지났어."

"내 다락방에는 불필요한 지식이로군."

도리 씨의 다락방은 어쩐지 어질러져 있을 것 같아요.

"말이 나온 김에 하나 더 알려주자면, 의뢰인이 없는 탓에 생활비도 간당간당해."

"또? 왜 우리는 이렇게 금방 돈이 떨어지는 걸까?"

"도리 씨가 저런 걸 사 오니까 그렇죠."

저는 거실 벽에 걸린 사슴 머리 박제로 눈을 돌렸습니다.

지난달에 눈 밀실 사건을 해결하고자 두 사람이 이와테로 출장을 갔거든요. 기념품이 뭘까 가슴을 두근대며 기다리고 있었는데, 설마하니 사슴 머리일 줄이야. 사건을 해결해 받은 보수를 전부 털어넣고도 모자라 대출까지 받아서 사 왔대요, 글쎄. 어지간한 일로 놀라지 않는 저도 어안이 벙벙했답니다.

"아무리 생각해도 저 사슴은 사길 잘했어. 거실에 위엄이 넘치잖아."

"그렇다고 해도 십오만 엔은 너무 비싸요. 그렇죠, 히사메 씨?"

"아니. 저 사슴은 나도 마음에 들어."

진지한 얼굴로 그런 대답을 하네요. 상식을 담당한 히사메 씨도 가끔 뚱딴지같은 면을 보여줄 때가 있어요. 정말로 난감한 사람들이라니까요. 뭐, 저 사슴이 좋은지 싫은지 묻는다면 저도 아주 좋아하기는 하지만요.

"난 돈이 떨어진 것보다 지루한 게 더 고역이야." 도리 씨는 한숨을 쉬고 말을 이었습니다. "뭔가 재미난 사건 없으려나."

"너 또 말을 그런 식으로……."

"구스리코, 뭐 좀 없어? 일상 수수께끼라도 괜찮아. 반 친구가 자살했다든가, 속옷을 도둑맞았다든가, 등에 이상한 멍울이 생겼다든가, 그런 일은 흔하잖아."

"전부터 짚고 넘어갈까 했는데, 너 일상 수수께끼가 뭔지 모르는 거 아니야?"

터무니없는 소리를 하는 도리 씨와 그런 도리 씨를 백안시하는 히사메 씨.

'그런 고민은 없는데요' 하고 간단히 거절할 수도 있었지만, 저는 굳이 기억을 더듬어보았습니다. 장난기가 조금 발동해서 이 한가한 탐정들에게 어렵고 까다로운 문제를 맡겨보고 싶었거든요.

문제를 결정하는 데 시간은 많이 걸리지 않았습니다. 방금 전에 돈 이야기가 나온 덕분에 어떤 일이 금방 생각났어요.

"아무리 사소한 수수께끼라도 상관없나요? 단서가 적어도?"

"당연하지. 오히려 단서는 적은 편이 좋아. 나랑 히사메가 추리력을 발휘해서 해결해줄게."

"어, 나도?"

도리 씨가 끌어들이자 히사메 씨는 불만 어린 목소리로 투덜댔습니다. 저는 젓가락을 테이블에 내려놓고 "그럼" 하고 자세를 바로 한 후, 또박또박 천천히 말했습니다.

"'십 엔 동전이 너무 없어. 다섯 개는 더 필요해.'"

도리 씨와 히사메 씨는 눈을 연거푸 깜박거리고 사이좋게 고개를 가웃했어요.

"오늘 아침에 학교에 가다가 그런 말을 들었어요. 통화하는 남자 옆을 지나가는데, 마침 그 사람이 스마트폰에다 대고 하는 말이 우연히 귀에 들어왔죠."

"우연히 들은 말이 '십 엔 동전이 너무 없어.'"

"'다섯 개는 더 필요해'?"

저는 고개를 끄덕했습니다.

"다 큰 어른이 십 엔 동전 이야기를 하다니 좀 희한하잖아요. 그래서 그 사람이 뭐 때문에 그러는지 궁금하더라고요."

"그 남자, 어떤 느낌이었어?" 이건 히사메 씨.

"어떤 느낌이었냐 하면…… 평범한 삼십 대 회사원 같은 느낌이었는데요. 양복을 입었고요. 아, 하지만 넥타이는 빨간색

바탕에 검정색 물방울무늬라서 좀 화려해 보였어요."

"그게 다야?"

"예. ……단서가 너무 적나요?"

점점 미안해져서 저는 조심스레 물어보았습니다.

도리 씨는 제 이야기를 음미하듯이 미간에 주름을 잡았고, 히사메 씨는 턱을 쓰다듬었습니다. 몇 초 후에 두 탐정님은 얼굴을 마주 보고 위스키를 한 모금 마시더니,

"충분해."

하고 즐거이 도전을 받아들였어요.

2

"제일 먼저, 그 녀석은 십 엔 동전을 원해."

도리 씨가 위스키 잔을 내려놓자마자 그렇게 말했습니다.

"……그건 아는데요."

"그럼 이렇게 바꿔 말하지. 그 녀석은 십 엔 동전을 몹시 원해. 변덕쟁이가 그저 즉흥적으로 동전을 모으기 시작했다면 '필요'라는 딱딱한 표현은 쓰지 않겠지. 그 녀석은 뭔가 명확한 이유 때문에 십 엔 동전이 꼭 필요한 것으로 추정돼."

확실히 그래요. '필요'하다고 했으니 반드시 구해야 하는 거

겠죠.

"십 엔 동전을 몹시 원하는 이유…… 사고 싶은 물건이 있는데 잔돈이 모자란다든가?"

"그건 절대로 아니야."

제가 말을 마치자마자 히사메 씨가 대번에 부정했어요.

"왜요? 돈이 필요한 이유 하면, 보통은 물건 구입이잖아요."

"'다섯 개는 더'라는 부분. 그 남자는 십 엔 동전이 최소한 다섯 개 더 필요해. 구스리코, 십 엔 동전이 다섯 개면 얼마지?"

"……오십 엔."

"우리나라에는 오십 엔 동전이 유통되고 있어. 만약 그가 사고 싶은 물건이 있는데, 오십 엔이 모자란다면 '오십 엔이 필요해'라고 했겠지. 하지만 그 남자는 '십 엔 동전이 다섯 개 필요'하다고 했어. 단순히 물건을 사려고 하는 건 절대로 아니야."

"그렇군요."

이것도 수긍이 가는 의견이었습니다. 히사메 씨, 내켜 하지 않았던 것치고는 열심히 머리를 쓰고 있는 모양이에요. 성실한 사람입니다.

"구입 목적이 아니라면 돈을 모으는 이유는 꽤 한정될 텐데요."

"음. 다음으로 흔한 건 수집 목적이려나. 많이 모아서 발행 연도가 희귀한 동전을 찾는다든지, 아니면 오 엔 동전 예술처럼 무슨 작품을 만든다든지. 그것도 아니면 거스름돈."

"거스름돈?"

"플리마켓이나 코미케◆ 같은 이벤트에 점포를 낼 예정이라 거스름돈으로 쓸 십 엔 동전이 많이 필요했는지도 모르지. 통화 상대는 점포를 함께 내기로 한 동료고."

"아아, 그러네요. 십 엔 동전 하면 거스름돈이죠. 저도 학교 축제에서 찻집을 열었을 때 거스름돈을 준비하느라 애먹었어요. 그게 제일 일리 있네요!"

저는 애초에 장난기가 발동해서 문제를 떠맡겼다는 것도 싹 잊어버리고 그 가설을 냉큼 받아들였어요. 그런데.

"글쎄다, 과연 그럴까."

맞은편 소파에서 도리 씨가 반론을 내놓았어요.

"난 전부 다 아니라고 생각해. 희귀 동전 수집도, 예술도, 거스름돈도 아니야. '너무 없어'라는 부분에서 그렇게 추측할 수 있지."

도리 씨는 당근을 집은 젓가락으로 이쪽을 가리키며 말했습니다.

"너희들, 대관절 그 남자가 십 엔 동전을 다 합쳐서 몇 개나

◆ 코믹마켓의 약칭. 일본 최대의 동인지 즉매회.

노킹 온 록트 도어

모으려 한다고 생각해?"

"뭐?"

"'십 엔 동전이 너무 없어. 다섯 개는 더 필요해'. 너무 없다는 건 다시 말해 턱없이 부족하다는 뜻이잖아. '십 엔 동전을 모으고 있지만 목표치를 채우기에는 턱없이 부족하다. 그러니까 적어도 다섯 개는 더 필요하다'. 이건 결국 그런 뜻이 담긴 말이야."

"그렇겠지." 이건 히사메 씨.

"그럼 과연 목표치는 십 엔 동전 몇 개일까? 예를 들어 십 엔 동전이 총 쉰 개쯤 필요한데, 지금 마흔다섯 개를 모아서 다섯 개가 모자란다고 치자. 그럴 때 '너무 없어'라는 표현을 쓸까?"

"……안 쓰겠지. 그럴 때는 '십 엔 동전이 좀더 있어야 해'나 '좀 모자라'라고 할 거야."

"그렇지. 그럼 목표치가 서른 개고 스물다섯 개를 모았을 때는? 이미 6분의 5를 모았어. 역시 '너무 없어'라는 말은 하지 않겠지. 그렇게 따진다면 '너무 없어'라는 표현은 십 엔 동전을 목표치의 절반 이하 혹은 3분의 2 정도밖에 못 모았을 때나 쓸 거야. 그렇다면 그 녀석이 원하는 십 엔 동전의 총 개수는 많아도 다섯 개의 두세 배, 즉 열 개에서 열다섯 개 정도겠지."

도리 씨는 말을 마치고 당근을 입에 쏙 넣었습니다. 히사메 씨는 어디까지나 신중하게 응했습니다.

"그 남자가 과장이 심한 성격이라 무심코 '너무 없어'라고 말했을 가능성은?"

"그런 변수까지 고려하면 한도 끝도 없어. 남자가 일본어를 올바른 용법으로 사용했다고 가정해야 마땅해."

"알았어." 히사메 씨가 꺾고 들어왔습니다. "공리 하나, 남자에게 필요한 십 엔 동전은 최대 열다섯 개 정도다. 그래서?"

"열다섯 개는 빈말로도 많다고 할 수 없어. 그런데 아까 네가 내놓은 가설을 충족시키려면 십 엔 동전이 아주 많이 필요하지. 희귀한 동전 찾기, 예술품 제작, 거스름돈, 혹은 단순한 수집 목적이라도 최소한 이삼십 개는 모아야 말이 돼. 따라서……."

"가설을 전부 다 부정할 수 있다 그거야? 얼굴이 벌게진 것 치고 머리는 맑은 모양이네."

"네가 안경잡이치고는 머리가 안 돌아가는 거지."

두 사람은 늘 그러듯이 서로 노려보았어요. 저는 이미 익숙하므로 진저에일을 마시며 이야기를 진행시켰습니다.

"물건 구매 말고 십 엔 동전이 열 개에서 열다섯 개 필요한 이유……. 뭔가 딱 떠오르지는 않는데요."

"난 생각났는데." 도리 씨가 씩 웃더니 말했습니다. "가령 십 엔 동전이 열다섯 개 필요하다고 치자. 그렇다면 총 액수는 백

오십 엔이야. 말할 것도 없이 백 엔 동전과 오십 엔 동전을 하나씩 가지고 있어도 그 가치는 똑같지. 자, 구스리코, 앞서 말한 백오십 엔과 지금 말한 백오십 엔의 차이는?"

선생님처럼 묻네요. 저는 잠깐 고민하다가 대답했습니다.

"십 엔 동전 열다섯 개 쪽이 더 잔돈이에요."

"즉, 나눌 수 있다는 뜻이지. 내 생각에 남자는 여러 명에게 돈을 분배하기 위해 십 엔 동전을 모으고 있었을 것 같아."

"예를 들어 다섯 명에게 삼십 엔씩 나누어주는 식으로요?"

"그렇지."

과연 그럴까. 저는 아무래도 수긍이 가지 않았습니다. 이야기의 흐름은 이해했지만, 삼십 엔은 어린아이 심부름값 정도밖에 안 되잖아요. 그러고 보니 만화에 나오는 마루코◆의 용돈도 하루에 삼십 엔이더군요.

"어른이 그런 잔돈을 나누어 가질 일이 있을까요?"

"예를 들어 회식비가 남았다고 치면 어떨까? 남자는 전날 사람들과 술집에 갔어. 돈을 추렴하여 계산을 하고 거스름돈을 백오십 엔 받았지. 성격이 고지식한 남자는 다음 날, 거스름돈을 십 엔 동전으로 바꾸어서 사람들에게 똑같이 나누어주려고

◆ 만화가 사쿠라 모모코의 만화, 혹은 그 만화를 원작으로 일본에서 1990년부터 방영한 애니메이션 <마루코는 아홉 살>의 주인공.

했어."

저는 반쯤 빈 위스키 병을 바라보았습니다. 술은 아직 못 마시지만, 패밀리레스토랑 같은 데서 그런 적이 있어요. 친구와 돈을 모아 계산을 했는데 거스름돈이 어중간하게 나오면 나눠 갖기가 애매한 법이죠.

"……맹점이었네요. 그게 정답일지도 모르겠어요."

"그렇지? 어떠냐, 히사메. 찍소리도 못 내겠지?"

"너는 중요한 사실을 간과했어."

찍소리도 못 내기는커녕 반론이 나왔습니다.

"남자는 십 엔 동전이 '다섯 개 더 필요하다'가 아니라 '다섯 개는 더 필요하다'라고 말했어. 이건 십 엔 동전이 몇 개나 필요한지 긴가민가하다는 뜻이야. 분명 네가 말했듯이 열다섯 개 정도 필요할지도 모르지. 하지만 딱 열다섯 개는 아니라도 돼. 열네 개나 열여섯 개라도 문제없어. 그래서 '다섯 개는 더'라는 표현을 쓴 거겠지. 아니야?"

"……맞아."

"그렇다면 왜 긴가민가할까? 현재 시점에서는 십 엔 동전을 몇 개나 사용할지 확실치 않기 때문이야. 나눠주는 것이 목적이라면 인원수가 확정되지 않은 셈이지. 그렇다면 남은 거스름돈을 사람들에게 나눠주려 한다는 가설은 이치에 맞지 않아.

회식은 과거에 일어난 일이라 참석 인원이 몇 명이었는지 확실히 알 수 있을 테니까."

도리 씨는 위스키를 한 모금 마시고 불그스레한 얼굴을 찡그렸습니다.

"……우연히 '다섯 개는'이라고 말한 것 아닐까?"

"남자가 일본어를 올바른 용법으로 사용한다는 게 전제잖아."

"에이, 알았어, 알았어."

도리 씨는 항복이라는 듯이 고개를 내저었습니다. 추리의 방향성은 제법 괜찮았는데 말이죠. 저는 남의 일처럼 생각하며 실곤약을 오물오물 먹었습니다.

"하지만 나누어 가지려고 했다는 가설은 맞을 텐데."

"그것도 미묘해. 최대한 많이 잡아도 고작 십 엔 동전 열대여섯 개잖아? 구스리코 말대로 그런 푼돈을 여럿이서 나누어 가지다니 영 납득이 안 가. 자기 혼자 어디다 쓰려고 했다고 보는 편이 자연스럽지 않을까."

"어디다 쓰려고 했다니요? 뭘 사려 했다는 가설은 이미 부정됐는걸요."

"뭔가 사지 않고도 십 엔 동전을 사용할 기회는 많아."

히사메 씨는 빈 잔에 술을 따랐습니다. 이제는 히사메 씨 차례인가 봐요. 도리 씨가 몸을 내밀고 "구체적으로는?" 하고 대답을 재촉했습니다.

"새전."

"새전요?"

"그 남자는 절과 신사를 돌아다니며 참배하는 것이 취미라, 토요일인 내일도 어딘가 참배를 하러 갈 생각이었어. 참배하면 새전이지. 여러 군데를 돈다면 새전함과 맞닥뜨릴 기회는 아마 열 번에서 열다섯 번 정도. 백 엔이나 오백 엔을 넣기는 아깝지만, 십 엔이라면 얼마든지 낼 수 있어. 그래서 사전에 새전함에 넣을 십 엔 동전을 준비하려고 한 거야."

저는 우와, 하고 소리를 질렀습니다. 이 가설은 거스름돈 이상으로 맹점이었던데다 지금까지 나온 조건을 전부 충족시키는 것 같았거든요.

"아니면 모금일지도. 그런 게 취미인 건지, 주변 사람에게 착하다는 인상을 심어주고 싶었던 건지, 남자는 모금함을 볼 때마다 잔돈을 기부하려고 십 엔 동전을 모았어……."

"우와~!" 이번에는 물결표까지 붙었습니다. "히사메 씨, 예리하네요! 탐정 같아요!"

"고마워. 이걸 계기로 네 다락방에 내 직업을 보관해줘."

히사메 씨는 삐친 것처럼 말하면서도 싫지는 않은 눈치였어요. 하지만 다른 탐정은 아무 말도 없이 술잔을 빙글빙글 돌리며 얼음만 녹였습니다.

"무슨 불만 있어, 도리?"

"아니, 만족이야. 구십 퍼센트는."

"……나머지 십 퍼센트는?"

"불만이지. 그 가설에는 십 엔 동전이어야 할 필연성이 없어."
도리 씨는 파트너를 똑바로 쳐다보고 말했습니다. "새전이나 모
금에 쓸 돈이라면 일 엔이나 오 엔이라도 딱히 상관없을 거야.
가치를 따져봤을 때는 십 엔이 딱 좋을지도 모르겠다만, 그렇다
고 해서 십 엔 동전만 고집하다니 너무 융통성 없지 않아?"

"자잘한 점을 일일이 물고 늘어지는군."

"잔돈 이야기니까. 뭐, 들어봐. 다시 한번 말하는데 '필요하
다'라는 표현에서 알 수 있듯이, 녀석은 십 엔 동전을 꼭 가지
고 싶어 해. 오 엔이나 오십 엔 동전으로는 타협이 안 되는 거라
고. 그렇다면 녀석의 목적에는 십 엔 동전이 아니고서는 달성할
수 없는, 무슨 필연성이 있다고 봐야 하지 않을까?"

……확실히 그것도 정론입니다. 히사메 씨는 뭐라고 응수하
려고 입을 열었지만, 금세 기세를 잃고 소파에 몸을 묻었습니다.

"잠깐 정리해보죠." 제가 제안했습니다. "제가 본 남자는 십
엔 동전이 꼭 필요했다. 하지만 뭔가 구입할 목적은 아니다. 남
과 나누어 가지려는 것도 아니다. 그 사람이 모은 십 엔 동전의

개수는 최대 열다섯 개 정도다. 그리고 십 엔 동전 대신 다른 잔돈은 사용할 수 없다……"

어쩐지 점점 어려워지네요.

"오 엔이나 오십 엔 말고 십 엔 동전을 사용해야 가능한 일…… 아, 편의점의 복사기는 어떨까요? 한 장 복사하는 데 십 엔이잖아요?"

"아냐.""그건 아니지." 단박에 부정당했습니다.

"열 장 이상 복사할 때는 백 엔 동전을 쓰겠지."

"가령 십 엔 동전을 쓴다고 해도 편의점이라면 바로 돈을 헐 수 있고 말이야. 사전에 '꼭 원하는' 건 부자연스러워."

"듣고 보니 그러네요. ……그럼 그 밖에 뭐가 있을까요?"

"지금 생각중." 이건 도리 씨. "안경잡이 히사메 선생한테 물어봐."

"별 볼 일 없는 나한테 물어본들 뾰족한 수가 있나." 히사메 씨의 대답. "홈스가 훨씬 낫겠지."

두 사람이 추리를 양보하는 건 꽉 막혔다는 증거입니다.

두 사람은 묵묵히 생각에 잠긴 채 번갈아 술잔을 기울이는 기계로 변하고 말았습니다. 무를 한입 먹어보니 조금 식은 것 같아서 큰 접시를 부엌으로 가져가 전자레인지에 돌렸습니다. 소파로 돌아왔지만 침묵은 깨질 줄을 모르네요.

셋이 저마다 생각에 잠긴 채, 처음으로 되돌아간 것처럼 젓가락을 들어 달콤짭짜름한 찜닭을 입에 넣었습니다.

구스리코 스페셜의 맛이 효과를 발휘한 걸까요. 두 사람이 동시에 "아" 하고 소리쳤어요.

"십 엔 동전이 있어야 가능한 일이 딱 하나 있다."

"나도 딱 하나 생각났어."

아무래도 똑같은 결론에 도달한 모양이에요.

제가 "뭔데요?" 하고 묻자 탐정님들은 서로를 가리키며 이구동성으로 대답했습니다.

"공중전화."

3

공중전화.

참 오랜만에 듣는 이름이네요. 요즘은 완전히 시대에 뒤떨어진 단어입니다. 아직도 거리에서 드문드문 눈에 띄기는 하지만, 저는 한 번도 사용해본 적이 없어요.

"공중전화……는 걸 때 십 엔 동전을 사용하나요?"

"응." 히사메 씨의 대답. "기본적으로 십 엔과 백 엔 동전, 그리고 전화 카드를 사용해서 전화를 걸 수 있어. 십 엔당 최대

일 분 남짓 통화가 가능하고, 동전을 추가할 수는 있지만 거스름돈은 나오지 않지. 요즘 젊은 애들은 모르는구나."

당신들도 요즘 젊은 애들인데요.

"만약 공중전화라고 한다면, 그 사람은 십 엔 동전을 많이 준비해서 통화를 오래 할 생각이었다는 건가요?"

"아니. 통화를 오래 할 생각이라면 보통 백 엔 동전을 넣겠지." 이건 도리 씨. "십 엔 동전을 많이 준비한다면, 아마도 짧은 전화를 여러 번 걸 생각일 거야."

"물론 그럴 때는 전화 카드를 사용하는 편이 편리하지만, 요즘 같은 세상에 전화 카드를 가지고 다니는 사람은 별로 없어. 십 엔 동전을 사용할 만해."

웬일로 의견이 일치한 모양이에요. 공중전화에 대해서는 잘 모르지만, 탐정 두 명이 그렇게 말하니 틀림없을지도 모르겠다 하고 수긍하려다가 깨달았습니다.

"아니요, 잠깐만요. 이 가설에는 큰 문제가 하나 있어요."

"있지. 엄청나게 큰 문제가."

"그 남자는 휴대전화를 가지고 있었어."

도리 씨가 고개를 끄덕여 제 말에 동의했고, 히사메 씨가 정답을 말했습니다.

그래요. 제가 본 남자는 스마트폰으로 통화를 하는 중이었어요. 휴대전화가 있는 사람이 공중전화를 사용할 리 없죠.

"이 가설도 아니네요."

저는 아쉬운 나머지 홧술을 마시듯 진저에일을 들이켰습니다. 도리 씨는 미련이 남은 듯 입을 열었습니다.

"하지만 공중전화 통화는 십 엔 동전을 원하는 이유로서 일리가 있다고 생각하는데. 어쨌든 짧게 통화할 때는 십 엔 동전이 제일 싸게 먹히니까. 원하는 이유에 필연성이 있어."

"그렇다고는 해도 보통은 휴대전화로 걸겠지."

"배터리가 간당간당했을지도 몰라."

"배터리가 다 될 걸 염두에 두고 십 엔 동전을 모을 바에야 편의점에 가서 급속 충전기를 찾을걸."

"……."

도리 씨는 술잔을 테이블에 내려놓고 다시 눈살을 모았습니다. 기분이 불쾌하다기보다 생각에 푹 빠진 것처럼 진지한 표정이었어요.

"보통은 휴대전화로 건다……." 도리 씨는 파트너의 말을 되뇌고 나서 물었습니다. "보통이 아닌 상황이라면 어떨까?"

"보통이 아닌 상황?"

"그 남자는 어디에 전화를 걸고 싶었어. 하지만 휴대전화가 있는데도 굳이 공중전화를 사용했어. 왜일까? 공중전화가 편리했으니까. 히사메, 잘 생각해봐. 공중전화에도 이점은 있어."

히사메 씨는 위스키를 한 모금 마시고 나서 반신반의하는 표정으로 생각에 잠겼다가 뭔가 깨달은 것처럼 눈을 부릅떴습니다.

"공중전화로 걸면 신원을 감출 수 있어."

도리 씨는 입꼬리를 끌어올리더니, 고개를 끄덕이는 대신 닭고기를 뜯어 먹었습니다. 혼자 붕 떠버린 저는 "그게 어쨌는데요?" 하고 두 사람에게 물었습니다. 도리 씨가 먼저 입을 열었습니다.

"예를 들어 내 휴대전화로 구스리코의 휴대전화에 전화를 걸었다고 치자. 그러면 구스리코의 통화 기록에는 내 휴대전화 번호가 남겠지."

"물론 발신 번호 표시를 제한하는 방법으로 걸면 자기 번호는 표시되지 않지만, 눈가림할 수 있는 건 단말기의 통화 기록뿐이야. 통신사의 통화 기록에는 자기 번호가 남지."

"하지만 만약 내가 공중전화로 건다면? 단말기에도 통신사에도 공중전화 번호만 기록돼. 나중에 제삼자가 그 기록을 조사해도 누가 전화를 걸었는지는 알 길이 없지. 즉, 신원을 감출 수 있어."

"……그건 그러네요."

공중전화란 말 그대로 누구나 사용할 수 있는 공중의 전화

노킹 온 록트 도어

예요. 뒤집어 말하면 누가 사용했는지 콕 집어서 밝혀낼 수는 없는 전화. 공중전화 번호는 어떤 의미로 궁극의 발신 번호 표시 제한인지도 모르겠네요.

"그럼…… 그 남자는 전화를 걸 때 신원을 숨기고자 했다?"

"아마도." 히사메 씨의 답변. "다만 지금 말했듯이 상대에게 번호를 알려주기 싫으면 발신 번호가 뜨지 않도록 설정하는 것만으로도 충분해. 공중전화를 사용하는 이상, 통신사에도 기록을 남기기 싫었던 것이라고 추측할 수 있겠지."

"상당히 용의주도해." 이건 도리 씨. "보통 통신사 기록까지 신경 쓰는 사람은 없어. 그런 유의 기록은 어지간해서는 조사받을 일이 없으니까."

"그런데도 남자는 신경을 썼어. 누군가 기록을 조사하리라 예상한 거야. 그렇다면 그 누군가는?"

"일반인은 그런 조사를 못 해. 권한이 있다면 국가권력이겠지. 그럼 답은 간단해. 남자는 경찰의 눈을 속이고 싶었던 거야."

어느 틈엔가 두 사람은 교대로 말했습니다. 경쟁하는 것이 아니라 협력해서 사고해나가는 것 같았어요. 하루 일과가 끝나 느긋한 분위기도, 술기운이 섞여 쾌활한 기분도 싹 다 어딘가로 사라졌습니다.

도리 씨는 곱슬머리를 꽉 움켜쥐었고, 히사메 씨는 안경을 밀어 올렸습니다. 저는 이 동작을 몇 번 본 적이 있어요.

두 사람이 본격적으로 추리에 임하기 전에 나오는 버릇 같은 동작이에요.

"구스리코."

이윽고 히사메 씨가 저를 보고 결론을 내렸습니다.

"네가 본 남자와 그가 통화하던 사람은 무슨 범죄를 꾸미고 있었을 가능성이 있어."

4

달칵. 도리 씨의 술잔에서 녹은 얼음이 소리를 냈습니다.

저는 눈을 깜박깜박했어요. 두 사람의 추리를 따라가지 못했기 때문이 아닙니다. 생각지도 못한 방향으로 이야기가 굴러가서 놀랐기 때문이에요.

"범죄라니…… 어떤? 보이스피싱 말인가요?"

전화로 저지르는 범죄 하면 그게 제일 먼저 떠오릅니다. 하지만 히사메 씨는 고개를 저었어요.

"공중전화로 사기를 치는 건 너무 구시대적이야. 게다가 아무리 솜씨가 좋은 사기꾼이라도 고작 열 번이나 스무 번 만에 사람을 낚기는 힘들어. 아까 언급한 공리와 모순된다고."

남자에게 필요한 십 엔 동전은 최대 열다섯 개 정도. 열다섯 개로 몇십 번이나 전화를 걸 수는 없습니다.

"이야기를 다시 정리하자." 도리 씨가 손짓을 해가며 말했습니다. "남자는 십 엔 동전 열 몇 개로 공중전화를 쓰려고 했어. 긴 통화가 아니라 짧은 통화를 여러 번 하려고 했던 걸로 추정돼. 그리고 동전을 미리 준비하는 것으로 보건대 전화를 연거푸 걸 생각이었어. 어딘가에 걸고, 수화기를 내려놓고, 또 어딘가에 걸고, 다시 수화기를 내려놓는 식으로. 문제는 어디에 거느냐지. 같은 곳에 거느냐, 여러 곳에 거느냐."

"같은 곳에 몇 번이나 건다면, 장난 전화 같네요."

"그렇지. 하지만 남자는 다른 누군가에게 '십 엔 동전이 필요하다'고 전화했어. 그 누군가도 한통속이라고 봐야 할 텐데, 여러 명이 합심해서 장난 전화를 건다는 소리는 못 들어봤어."

"장난 전화가 아니라면 역시 여러 곳에 전화하려는 거겠지." 이건 히사메 씨의 의견. "아마 여러 곳에 순서대로 전화를 걸 거야. 십 엔 동전이 최대 열다섯 개 있으니까 열 군데 전후이려나. 십 엔 동전의 총 개수보다는 적겠지. 분명 십 엔 동전 중 몇 개는 통화 시간 초과에 대비한 여분의 동전일 거야."

"여분……."

제 머릿속에 어떤 생각이 번쩍 떠올랐습니다.

십 엔 동전 하나로는 일 분 정도밖에 통화를 못 해요. 추가로 십 엔을 넣지 않으면 이야기를 하다가 도중에 끊어질 우려가 있죠. 만약 제가 공중전화를 쓴다면 그런 사태에 대비해서 십 엔 동전을 좀 넉넉하게 준비할 거예요. 몇 개인지는 확실히 정하지 않더라도 좀 넉넉하게.

'다섯 개는 더 필요하다'라는 표현이 그런 두루뭉술한 심리에서 비롯되었다면…….

도리 씨는 추측을 계속했습니다.

"각기 다른 열 곳에 일 분 길이의 전화를 연속해서 걸어. 그리고 그 전화는 범죄와 관련되어 있지. 그렇다면 그 일당들의 목적은 뭘까?"

히사메 씨는 입에 넣은 무를 삼키고 나서 대답했습니다.

"열 곳은 넓은 범위야. 일 분 정도로 통화를 끝낸다는 건 용건이 단순하다는 뜻이고. 연속으로 거는 건 아주 급하게 이 잡듯이 뒤진다는 인상을 주는군. 뭔가 찾고 있다고 생각해보면 어때? 사람을 찾는다든가."

도리 씨는 그 발상이 아주 마음에 든 것 같았습니다.

"타당하군. 사람 찾기, 그걸로 가자. 그 일당들은 누군가를 찾고 있었어. 그자가 있을 만한 곳을 열 곳 정도 추렸지만, 하나로 좁히지는 못했지. 그래서 전화를 걸기로 한 거야."

"도주중인 사람을 쫓고 있다는 뜻인가요?"

"아니." 이번에는 히사메 씨. "상대가 도주중이라면 전화로 거처를 알아내기는 힘들어. 구스리코, 네가 누군가의 추적을 피해 달아나는 중이라 치자. 느닷없이 공중전화에서 은신처로 전화가 오면 받을래?"

"……절대로 안 받아요. 수상하니까요."

"그렇겠지. 그러니까 상대는 분명 자신이 표적이라는 사실을 모를 거야. 평범하게 살아가는 일반인이겠지."

"범죄자가 왜 일반인을 노리는데요?"

"진부한 의견을 내자면, 뭔가 봐서는 안 될 것을 목격했다든가……."

"그런 뒷사정은 일단 접어둬." 도리 씨의 제안. "이야기를 되돌리자. 그 일당들은 찾으려는 사람에 대한 정보를 얼마나 알고 있었을까?"

"거처 후보가 열 곳이라니 좀 많네. 확 좁히지 못했으니까 정보는 적었을 거야."

히사메 씨는 말을 끊고 다시 생각에 잠겼습니다.

"……그렇다면 찾으려는 사람의 '성씨'와 '사는 동네'만 안다 치고, 그 지역 전화번호부에서 해당하는 성씨와 주소를 확인하면 딱 열 곳 정도 추릴 수 있을 것 같지 않아?"

도리 씨는 상상의 나래를 펼치듯이 잠깐 뜸을 들이다가 "그럴 것 같아" 하고 대답했어요.

"그것도 고려하자. 그 일당들은 찾으려는 사람의 성씨와 사는 동네를 알고 있었어. 하나 덧붙이자면 '목소리'도 알고 있었을 것 같은데."

"목소리?"

"녀석들은 고작 일 분 정도 통화하면서 사람을 찾아내려고 해. 하지만 상대의 이름은 모르니까 '누구누구 씨 계십니까?' 하고 물을 수는 없지. 그렇다면 단서는 목소리밖에 없잖아. 아마도 그 일당들은 전화를 잘못 건 척하며 대화를 시도할 거야. 그리고 전화를 받은 사람의 목소리를 듣고 자기들이 찾는 사람이 맞는지 확인하려는 거지."

"아아, 과연."

히사메 씨도 동의했습니다. 도리 씨는 술잔을 파트너에게 향하며 말을 이었습니다.

"그럼 마지막 문제. 찾으려는 사람은 구체적으로 어떤 사람일까?"

"……추리에 따르면 그 일당들이 전화를 걸 곳은 전부 보통 집이야. 오늘 아침에 십 엔 동전이 모자란다고 걱정했으니, 틀림없이 낮 동안 전화를 걸겠지. 하지만 오늘은 금요일이야. 평일 낮에 사람들은 대부분 집에 없어."

"반대로 말하자면, 그 일당들이 찾으려는 사람은 평일 낮에 집에 있으며 전화를 받을 가능성이 높은 인물……."

두 사람의 시선을 느꼈습니다. 저도 저 자신을 가리켰고요. 이 사무소에서 가사 전반을 담당하는 저를.

"……주부?"

"이제 그림이 보이는군."

제 한마디가 퍼즐의 마지막 조각이었던 모양이에요. 도리 씨는 위스키를 들이켜고 지금까지 추리한 내용을 종합했습니다.

"두 남자는 어떤 주부를 찾고 있었어. 자세한 사정은 모르지만 그 일당들에게 그 주부는 방해물이라 어떻게든 입막음을 할 필요가 있었지. 성씨와 사는 동네까지는 알아냈지만, 그게 전부야. 그래서 추려낸 주소에 모조리 전화를 걸어 주부가 사는 집을 밝혀내려고 했어. 하지만 개인의 휴대전화로 전화를 걸면 꼬리가 잡히겠지. 그래서 사용한 것이……."

"공중전화."

제가 말하자 도리 씨는 고개를 끄덕였습니다. 히사메 씨가 설명을 이어나갔습니다.

"공중전화로 걸면 신원이 드러날 걱정이 없으니 마음 놓고 얼마든지 걸 수 있어. 남자는 즉시 공중전화가 있는 곳에서 한

패와 만나기로 했지. 그런데 거기로 가는 도중에 지갑 속을 확인하자 문제가 생겼어. 전화를 거는 데 쓸 잔돈이 너무 적었던 거야. 그래서 남자는 한패에게 전화를 걸어서……"

여보세요, 나야. 아아, 이제 곧 도착해. 응. 일단 공중전화로 집을 찾을 거야. 그런데 십 엔 동전이 너무 없어. 다섯 개는 더 필요해. 너, 십 엔 동전 가진 거 있어? 없으면 근처 자판기에서 헐어서 갈게.

설명이 끝나고 기묘한 추리 게임은 막을 내렸습니다. 히사메 씨는 위스키가 담긴 술잔을 비웠고, 도리 씨는 앞접시에 남은 찜닭을 우걱우걱 먹었어요.

"……그 사람들, 집을 찾아냈을까요?"

제가 중얼거리자 도리 씨는 "글쎄다" 하고 어깨를 으쓱하며 말했습니다.

"하지만 만약 찾아냈다면 놈들이 할 짓은 정해져 있어. 그 집으로 가서 상대가 나오기를 기다리든가, 아니면 집 안으로 침입하든가. 어느 쪽이든 그 집 사람에게는 그다지 즐거운 상황이 아니겠지."

"구스리코는 오늘 아침에 그 남자를 봤잖아. 경찰에 신고해도 늦었겠군."

히사메 씨는 손목시계에 눈길을 주었습니다. 저는 그만 굳어

노킹 온 록트 도어

버렸어요.

십 엔 동전이 너무 없어. 다섯 개는 더 필요해. 그 말에 그런 내막이 있었을 줄이야. 그리고 그때 스쳐 지나갔던 사람이 살인을 꾀하고 있었을 줄이야. 도무지 믿기지가 않아요. 동요를 가라앉히고자 남은 진저에일 한 모금을 마셨습니다. 미지근하고 탄산도 빠져서 맛은 별로 없네요.

자신들이 내어놓은 결론이 당황스러웠는지 두 탐정도 침통한 기색입니다. 푹 숙인 얼굴에 그림자가 져서 표정이 잘 안 보이네요. 사슴 머리 박제가 그런 우리를 유리 눈알로 내려다보고 있습니다. 마치 축제가 끝난 후처럼 무거운 침묵이 찾아왔습니다.

"훗."

공기가 새는 듯한 소리가 침묵을 깨뜨렸습니다.

도리 씨의 웃음소리였어요. 이어서 히사메 씨도 "후훗" 웃었고요. 후후훗, 후후후훗, 후후후후훗. 웃음소리가 하나씩 늘어나다가,

다음 순간, 두 사람은 어깨를 들썩거리며 폭소를 터뜨렸어요.

"아이고, 참. 뭔 말도 안 되는 소리래."

"주부를 입막음하다니, 화요 서스펜스 드라마도 아니고."

저는 방금 전과는 다른 의미로 굳어버렸습니다. 히사메 씨는

배를 부여잡았고, 도리 씨는 무릎을 두드렸어요.

"어, 하지만 추리에 따르면……."

"추리? 그야 뭐, 추리하자면 그렇게 되지만."

"나랑 도리의 추리가 전부 들어맞는다면 의뢰인이 좀더 많이 찾아올 거야."

자학 개그가 웃음 포인트를 자극했는지, 두 사람은 또 와하하하하 웃었습니다. 설마 싶어 테이블을 보니 어느새 위스키 병이 텅 비었네요. 어라? 둘 다 취했나? 혹시 나 놀림당한 거야?

"어휴……."

온몸에서 힘이 쭉 빠졌습니다. 역시 난감한 사람들이에요. 잘 생각해보면 그런 말 한마디에서 이끌어낸 추리가 맞을 리 없죠.

"자, 자." 저는 손뼉을 치며 소파에서 일어났습니다.

"그럼 이쯤에서 끝내죠. 이만 치울게요."

또 엄마가 잔소리하듯 말하고 접시를 쟁반에 담으려고 했을 때였어요.

쿵쿵쿵쿵.

현관 쪽에서 문을 둔탁하게 두드리는 소리가 들렸습니다.

아무래도 이런 시간에 손님이 온 모양이에요. 이 사무소는 '노킹 온 록트 도어'라는 이름에 걸맞게 인터폰같이 사람을 부르는 도구가 없어서 누구든지 맨손으로 문을 두드려야 해요.

"……이 성급한 리듬."

"그리고 주먹으로 사정없이 내리치는 소리."

손님의 정체를 알아차린 듯 두 사람은 얼굴이 새파랗게 질렸지만, 누구든 간에 맞이하지 않을 수는 없죠. 저는 현관으로 가서 문을 열었습니다.

바지 정장 차림에 안경을 낀 멋진 여성이 서 있네요.

"우가치 씨! 오랜만이에요."

"뭐야, 구스리코 너 아직도 집에 안 갔어? 조례 위반이니까 빨리 집에, 아니 잠깐, 가지 말고 있어봐. 감금 혐의로 두 녀석을 연행해야겠다."

"당당하게 누명을 씌우지 마!"

"뭐 하러 왔어?"

도리 씨와 히사메 씨가 복도에 얼굴을 내밀었습니다. 우가치 경위님은 현관 안으로 들어와서 명령하는 투로 말했습니다.

"오늘 밤 재워줘."

"……어, 뜬금없이 그게 무슨 소리야."

"살인 사건이 발생해서 나카노 경찰서에 수사본부가 설치됐어. 집보다 여기가 서에서 가까워. 이삼일만 묵을게."

"야야야." 도리 씨가 불만이 가득한 얼굴로 말했습니다. "나카노 서에서 접이의자라도 붙여놓고 자."

"접이의자보다 이 집이 1.3배쯤 나아."

"별 차이 없잖아!"

"공짜로 신세지면 미안하니까 선물도 가져왔어. 매실주랑 가바야키산타로◆ 열 개."

"선물은 무슨, 네 술안주면서!"

두 사람의 친구인 우가치 씨는 아주 가끔 이렇게 놀러옵니다. 세 사람의 사이가 좋은 건지 나쁜 건지 아직도 좀 미묘하지만, 서서 이야기하기도 뭣하잖아요. 저는 "어서 들어오세요" 하고 슬리퍼를 내주었습니다.

"나카노 서에 수사본부가 설치됐다니, 그럼 이 부근에서 사건이 발생한 건가요."

"응. 3가의 주택에서 교살당한 주부의 시체가 발견됐어. 아무래도 내막이 있어 보이는 사건이라 성가실 것 같아."

"이야, 주부의…… 주부?"

"피해자는 어제저녁에 아다치 구에 사는 지인의 집에 가려다 뒷골목에서 길을 잃었대. 전화로 지인에게 길을 물으며 걷다가 옥신각신하는 남자들과 딱 마주쳤는데, 상대가 무섭게 노려

◆ 압착한 명태 어육을 구워서 만든 막과자.

봐서 허둥지둥 도망쳤지. 피해자 본인은 단순한 싸움이라 여기고 크게 마음에 두지 않은 것 같지만, 조사해보니 오늘 아침에 그 뒷골목에서 남자 시체가 발견됐어."

"……그 사람, 살인 현장을 목격한 건가." 이건 히사메 씨.

"그래. 남자를 죽인 범인이 다음 날 목격자를 입막음하려고 했어도 이상할 것 없어. 수사본부는 그렇게 보고 움직이고 있지."

"……여자가 어디 사는지 범인이 잘도 알아냈군." 이번에는 도리 씨.

"피해자가 현장에 화과자 가게 포인트 카드를 떨어뜨린 모양이야. 뒷면에는 성씨가 적혀 있고, 지점명으로 근처에 무슨 역이 있는지도 알아낼 수 있어. 그 카드를 토대로 조사했겠지. 머리가 꽤 잘 돌아가는 녀석인지 어느 쪽 현장에도 지문을 남기지 않았고, 아침에 피해자 집에 수상한 전화가 왔지만 그것도 공중전화에서 건 거라서…… 왜?"

거실 소파에 앉자 우가치 씨는 넋두리를 그만두었습니다. 이야기를 듣던 세 사람이 입을 떡 벌렸으니 그럴 만도 하죠.

"우가치."

히사메 씨가 겨우 말을 꺼냈습니다.

"용의자는 추려냈어?"

"길에 설치된 방범 카메라에 사람이 많이 찍히기는 했지만,

거기서 추려내기는⋯⋯."

"혹시 거기에 남자 두 명이 찍히지 않았어? 한 명은 물방울 무늬 넥타이를 맸는데. 빨간 바탕에 검정색이 들어간 화려한 넥타이야."

우가치 씨는 안경을 고쳐 쓰고 우리를 넉넉히 오 초는 쳐다보다가 차가운 도시 여자 이미지를 살짝 무너뜨렸습니다.

"어떻게 알았어?"

"이야기하면 긴데요⋯⋯."

저는 소파에 몸을 푹 묻었습니다. 그리고 자신들도 모르게 사건을 해결한 탐정 두 명과 얼굴을 마주 보고 힘없이 웃었어요. 사슴 머리 박제도 쓴웃음을 짓는 것 같았습니다.

어휴, 정말이지.

이런 일이 생기니까 이 사무소를 싫어할 수가 없다니까요.

99퍼센트
확실한
독살

뜬금없지만 나는 샹들리에가 딱 질색이다.

분명 어린 시절에 본 B급 호러 영화 탓이겠지. 그 영화에서 등장인물 중 한 명이 샹들리에에 깔려 죽는다. 내장을 쏟으며 죽는 남자의 모습은 순진했던 소년 히사메에게 트라우마를 남겼다. 때문에 지금도 샹들리에를 보면 줄이 끊어져서 떨어지지는 않을까, 내가 깔리지는 않을까 망상이 샘솟는다. 바보 같은 줄은 알지만 주체가 안 된다. 크기가 크면 클수록 싫다. 잘 박힐 것처럼 생긴 장식이 더덕더덕 붙어 있으면 있을수록 무섭다.

이렇듯 샹들리에 공포증이 있는 까닭에 지금 비디오를 보다가 그야말로 소름이 쫙 돋았다. 영상 속 샹들리에가 놀랄 만큼 크고, 아주 호화로운 장식이 더덕더덕 붙어 있었기 때문이다.

아카사카미쓰케에 위치한 고급 호텔 '가도마쓰'의 연회장. 화면 가장자리에 표시된 시간은 오후 8시 10분. 백 명 가까운 사람이 산해진미에 둘러싸여 샴페인 잔을 한 손에 들고 환담을 나누고 있다.

초대받은 손님은 퉁퉁하게 살진 중장년층뿐이었고, 파티의 주인공도 예외는 아니었다. 카메라는 항상 그 남자를 따라다녔다. 연회장에 나타난 지 십 분쯤 지났지만, 마실 것을 집어 들 틈도 없이 손님들과 차례차례 악수를 나누느라 바쁘다. 가끔 옆에 대기한 비서와 소곤대는 건 상대의 이름과 직함을 알아두기 위함일까.

뉴스에 관심이 없는 나도 남자의 얼굴은 본 적이 있었다.

"도자마…… 뭐였더라?"

"도자마 간조. 예전에 중의원 의원이었어."

도리가 고개를 갸웃하기에 나도 비서 흉내를 냈다.

도자마 간조는 군마 출신으로 게이오 대학교를 졸업했다. 무소속으로 시작하여 한때는 여당의 중견 의원으로 활약한 정치가다. 다 과거의 일이지만. 이 년 전, 유권자에게 고가의 부채를 나누어줬다가 공직선거법 위반 여부를 놓고 시시비비가 일어났고, 후원회와 관련하여 수입 지출 보고서를 허위 작성한 것이 발각되는 등 여러 가지 문제가 불거졌다. 뭐, 요컨대 돈을 수상하게 움직인 정황이 발각되어 마지못해 의원직을 사퇴했다. 그랬을 텐데.

"왜 그런 놈이 파티를 열어?"

"'일진당'이라는 새로운 당으로 옮겨서 다음 선거 때 복귀할 준비를 시작한 거야." 이번에는 우가치가 대답했다. "이 모임은 뭐, 자금 모집과 홍보 활동을 겸한 행사라고 할 수 있겠지."

"홍보 활동이라……."

"이야아, 아하하하. 암요. 아하하하. 암요, 암요. 이야아, 암요. 아하하하하."

의미가 불분명한 웃음과 맞장구를 연발하며 도자마 간조는 악수를 계속했다. 화면 가장자리의 시간이 8시 15분이 되었을 때 드디어 사람들과 악수를 다 마쳤다.

"선생님, 슬슬 개회사를 하실 시간입니다."

비서가 다가와서 눈치 있게 일러주었다. 도자마는 "알았네" 하고 짧게 대답하고 자리를 옮겼다.

그때 접객을 담당한 종업원이 다가와서 마실 것을 내밀었다. 동그란 은색 쟁반에는 샴페인 잔이 열 개쯤 얹혀 있었다. 세련된 술잔은 가늘고 긴 피라미드를 거꾸로 뒤집은 것처럼 생겼다. 술잔을 늘어놓은 방식에 규칙성은 없다.

도자마는 오른손을 뻗어 그중 하나를 집었다.

그후 정치가는 카메라를 등지고 금병풍 앞에 설치된 연단으로 향했다. 카메라는 주인공을 계속 뒤쫓았다. 연방 맞장구를 치느라 쉰 목을 축이려는지 도자마는 연단 앞에서 술잔에 입을 댔다. 한입 만에 3분의 1 가까이가 없어졌다.

"여러분, 정면 오른쪽에 주목해주십시오. 오늘의 주인공 도자마 간조가 여러분께 성심을 다해 인사를 올리겠습니다."

여성의 안내 음성과 동시에 도자마가 등장했다. 의례적인 박수 소리가 울려 퍼졌다. 화면이 약간 흔들리더니, 더이상은 화면에 떨림 현상이 나타나지 않았다. 카메라를 삼각대에 고정한 모양이다.

"어, 오늘 참석해주셔서 정말로 감사드립니다. 저는 술이 별로 세지 않지만 오늘 밤의 샴페인은 일품이로군요. 과음하여 주사를 부리지 않도록 조심하겠습니다."

도자마는 술잔을 쥔 손을 가볍게 들었다. 분위기를 환기시키기 위한 농담인가. 손님들의 반응은 아주 괜찮았다.

"어, 음. 제가 이렇게 오늘 밤 여러분 앞에 선 것은 뀨룩뀨륵 뀨륵……"

우가치가 빨리 감기 버튼을 눌렀다. 화면에서 도자마가 엄청난 속도로 입을 움직였다. 우스꽝스럽다.

노킹 온 록트 도어

표시된 시간이 8시 27분이 되었을 때 빨리 감기를 멈췄다.

"했다고 통감합니다. 은인 하면 제게도 무소속 시절 때 특히 많은 도움이 되어주신 분이 세 분 계시는데요, 첫 번째는 고향 군마의……."

"아직 한참 남은 것 같은데."

도리가 투덜대자 우가치는 "아니" 하고 대꾸했다.

"이제 곧 끝나."

그 말은 틀리지 않았다

8시 29분. 무소속 시절의 두 번째 은인을 한창 소개하던 도중에 도자마가 갑자기 숨이 턱 막힌 것 같은 소리를 냈다.

손에서 미끄러진 술잔이 연단에 떨어져 산산이 깨졌다. 좀 전에 '일품'이라고 찬사를 받았던 샴페인이 그의 발치에 퍼졌다. 아무리 보아도 술에 취해 주사를 부리는 것은 아니었다.

"컥…… 아…… 컥."

도자마는 비틀거리다가 연단에서 카펫이 깔린 바닥으로 굴러 떨어졌다. "선생님!" 하고 비서가 소리를 질렀고, 한 박자 늦게 연회장이 술렁거렸다. 삼각대에 고정된 카메라는 아무런 흔들림 없이 주인공이 사라진 연단을 계속 촬영했다. 가끔 사람이 앞을 가로질렀지만, 도자마와 그를 둘러싼 사람들의 모습은 화면 밖에 있어서 보이지 않는다.

아무 변화도 없는 영상이 이어지자 우가치가 비디오를 정지시켰다.

부하 고쓰보 형사가 불을 켰다. 책상이 ㄷ근 모양으로 배열된 경찰서 회의실이다. 우가치는 그리운 옛날 생각이 절로 나는 모로코요구르◆의 뚜껑을 벗긴 참이었다.

"도자마는 급히 응급실로 실려 갔지만, 여섯 시간 후에 병원에서 사망했어. 엎질러진 샴페인을 분석한 결과, 치사량을 초과하는 십 밀리그램의 로미오톡신이 검출됐지."

"로미오톡신?"

"속칭이야. 최근에 나돌기 시작한 신경독이지. 복어에 많이 든 테트로도톡신을 섭취했을 때와 비슷한 증상을 보이는데, 섭취한 지 이삼십 분쯤 지나면 몸이 급격하게 마비돼. 맛도 냄새도 없는 투명한 액체라서 마실 것에 타도 아무 티도 안 나. 실제로 도자마도 눈치채지 못했고."

"샴페인에 독이 들어 있었다는 뜻이야?" 도리가 물었다.

"응." 우가치는 모로코요구르를 먹으며 말을 이었다. "개회사를 시작하기 전에 한 모금 마셨을 때 치사량을 섭취했고, 십오 분쯤 이야기하는 사이에 독이 듣기 시작했겠지. 증상이 좀 빨

◆ 떠먹는 작은 요거트풍 막과자.

리 나타났지만, 도자마는 심장병을 앓아서 원래부터 몸이 약했다니까."

그렇게 살집이 두둑한데 몸이 약했다니 놀랐다. 그런데 잠깐만.

"도자마는 쟁반에서 술잔을 집어 들었잖아. 쟁반에 놓여 있던 다른 술잔은 어땠어? 전부 독이 들어 있었어?"

"문제는 그거야. 고쓰보."

"아, 예. 어, 그러니까 쟁반에 남아 있던 술잔도 포함해 연회장에 있었던 음료와 음식을 전부 검사했습니다. 하지만 독극물은 전혀 검출되지 않았습니다. 독이 들어 있었던 것은 피해자가 고른 샴페인뿐이에요."

잔뜩 긴장한 고쓰보의 보고를 듣자 우리 머리 위에 커다란 물음표가 떠올랐다.

"……영상, 한 번 더 봐도 돼?"

우가치가 리모컨을 조작하자 바로 문제의 장면이 재생됐다. 다가가는 접객 담당. 쟁반에 놓인 술잔, 아까 열 개쯤이라고 했는데 다시 헤아려보니 정확히 열 개였다. 그중 한가운데에서 약간 오른쪽에 있는 술잔을 집는 도자마. 술잔을 집는 데 걸린 시간은 고작 일이 초, 곰곰이 생각해서 고른 낌새는 없음.

"거의 눈도 주지 않았어." 도리가 말했다. "마치 할인 품목 코너에서 세제를 집는 것 같군."

"진짜 아무렇게나 대충 골랐어."

"가능성은 두 가지야."

영상을 멈춘 우가치가 스크린 앞에 섰다.

"사람을 죽일 수만 있다면 피해자는 누구라도 상관없다고 생각한 어떤 머저리가 샴페인에 독을 탔고, 불행하게도 파티의 주인공이 그 샴페인을 골랐다. 혹은 도자마를 살해하려는 지능범이 무슨 트릭을 사용해 그가 독이 든 샴페인을 고르도록 꾸몄다."

"……경위 나리의 의견은?"

"틀림없이 후자야."

단언한 직후에 고쓰보가 재빨리 우가치 옆에 나란히 섰다. 손에 작게 접은 복사지를 들고 있었다.

"연회장 입구 통로에 이 종이가 작은 병과 함께 남아 있었습니다. 지문은 검출되지 않았지만 병에는 로미오톡신이 들어 있었어요. 종이에는 글이……."

반쯤 예상한 대로 그 문장은 칩 트릭의 노랫말에서 인용한 것이었다.

I've tried and tried
To be so strong

And turn it all around

Turn it around, turn it around, turn it around

"'거듭 노력해 강해져서, 모든 것을 뒤엎어버리겠어. 싹 다 바꿔주겠어'……." 뭐였는지 생각하다가 떠올렸다. "〈Busted〉야."

"노랫말이 아주 진취적이네요. 응원 메시지 같다고 할까."

고쓰보가 태평하게 말하자,

"아니. 버스티드는 '파멸'이나 '체포'를 의미하는 은어야. 이 직후에 이런 후렴이 이어지지."

도리는 고개를 젓고 칩 트릭의 보컬 로빈 잰더처럼 흥얼거렸다.

Busted

Busted for what I did

I didn't think it so wrong

파멸이다. 내가 저지른 짓 때문에.

그렇게 잘못된 일인 줄은 몰랐어.

파멸이다. 내가 저지른 짓 때문에…….

이것은 부정행위가 발각되어 사퇴한 후 설욕을 결의한 파티에서 독살당한 남자를 통렬하게 비꼬는 내용이었다.

　얼굴이 새파랗게 질린 고쓰보. 침묵하는 우가치. 쓴웃음을 짓는 파트너. 그런 그들을 본체만체 나는 관자놀이를 꾹 눌렀다.

　—새해에 도내에서 제법 큰일을 벌일 거야. 인연이 있으면 대결하자.

　분명 11월의 저격 사건 때, 그가 이렇게 말했지만.

　이건 너무 큼직하잖아, 미카게.

2

　"담배, 피워도?"

　"그러시죠."

　"감사합니다. ……뉴스 보셨어요? 잘 마무리됐습니다."

　"그런 것 같더군요."

　"경찰에게도 의심받지 않고 무사히 넘어갈 것 같아요. 다 이토기리 씨 덕분입니다."

　"당신이 실수 없이 잘 수행한 덕분이죠."

　"그게, 실은 정신없이 몸이 알아서…… 특히 파티 때는 얼마나 조마조마했는지 모릅니다. 하지만 도자마가 구급차에 실려 간 후에는 통쾌하더군요. 죽은 얼굴이 마치……."

"역시 안 되겠네요."

"예?"

"담배. 연기가 거북해서요."

"아아…… 실례."

"……."

"……그건 그렇고 멋진 계획이었습니다."

"아니요, 그냥 싸구려 트릭이었어요. 백 퍼센트 확실하게 죽일 수 있다는 보장도 없었고."

"하지만 99퍼센트 확실하기는 했죠?"

"……."

"……."

"뭐, 그건 부정하지 않겠지만요."

✦ ✦

사건이 너무 커졌다고는 하지만.

미카게가 관여한데다 우가치까지 압력을 가하는 이상, 움직이지 않을 수는 없다. 아니, 그런 사정을 빼더라도 도리는 분명 발동이 걸렸을 것이다. 이건 일종의 불가능 범죄니까.

그 상황에서는 연회장의 누구도 피해자에게 독이 든 술잔을 고르도록 할 수 없었다. 그렇다면 누가 어떻게 불가능한 것을 가능하게 만들었을까?

"매지션스 셀렉트Magician's Select라는 게 있어."

소토보리도리를 걸으면서 나는 말했다.

"스스로 골랐다고 여기지만 실은 유도당하는 거지. 예를 들어 A와 B 두 장의 카드가 있는데, A를 선택하면 '그럼 A 카드를 사용하죠'라고 하고, B를 선택하면."

"'그럼 A 카드는 제가 가지겠습니다'라고 하겠지. 둘 중 뭘 골라도 마술사는 A 카드로 마술을 보여줘."

도리는 담담히 말했다. 굳이 설명할 필요 없었나.

"뭐, 요컨대 도자마도 거기에 걸린 것 아니겠냐는 이야기."

"그 한순간에? 접객 담당은 말을 한마디도 안 했어. 어떻게 유도한다는 거야?"

"예를 들어 오른손잡이는 여러 개 중에 하나를 고를 때 오른쪽에 있는 걸 고를 확률이 높대. 그러니까 쟁반을 내미는 방식이나…… 아니, 미안해. 이건 취소."

이지선다나 삼지선다라면 모를까 십지선다에서 그런 방법이 통할 리 없다. 실제로 도자마도 제일 오른쪽에 있는 술잔을 선택하지 않았다.

"그럼 술잔이 눈에 확 띄었다거나. 도자마가 그 술잔을 고르고 싶어 할 만한 특징이 있었던 거지."

"영상으로 보기로 술잔에 특징은 없었어. 가령 흠집이나 무슨 표시가 있었다고 해도, 가까이에서 자세히 보지 않으면 모를 만큼 작았겠지. 그렇지만 도자마는 쟁반에 얹힌 술잔들을 자세히 보지 않았어. 그러니까 특징에 이끌려서 술잔을 고른 건 아니야."

"우와, 논리적이네. 탐정 같아."

"넌 얼빠진 조수 같다."

언젠가 구스리코가 했던 망언을 흉내 냈더니 바로 반격당했다. 나는 입술을 삐죽 내밀고 길에 눈을 주었다. 고디바 초콜릿 매장 앞에 사람들이 줄을 길게 서 있었다.

"이제 곧 밸런타인데이인가."

불쑥 말하자 도리가 생뚱맞다는 듯한 표정을 지었다.

"갑자기 뭔 소리야."

"아니, 초콜릿을 몇 개나 받을 수 있을까 싶어서."

"작년은 여덟 개였지. 올해는 더 많이 받지 않겠어?"

덧붙여 초콜릿 여덟 개는 전부 구스리코에게 받았다. 다른 사람한테 못 받는 몫까지 자기가 주겠다는 듯이 몇 종류나 만들어주었는데, 되려 허무해지니까 웬만하면 그런 짓은 안 했으면 좋겠다.

"아, 하지만 올해는 우가치도 줄지도 몰라. 우리 제법 활약을 많이 했잖아."

"줄 거면 하다못해 티롤초코♦라도 주면 좋겠다."

대학생 때 오 엔짜리 초콜릿을 받은 기억이 되살아나서 더 허무해졌다. 막과자를 좋아하는 우가치에게는 진수성찬일지도 모르지만…… 이런 이야기는 자꾸 늘어놓지 말자.

나는 안경을 밀어 올리고 본론으로 돌아갔다.

"네 생각에는 미카게가 어떤 트릭을 사용했을 것 같아?"

"글쎄다. 도자마는 완전히 무작위하게 샴페인을 골랐어. 따라서 처음부터 독이 들어 있지는 않았을 것 같아. 도자마가 술잔을 집어 들고 나서 입을 대기 전에 독을 넣었을 것 같은데."

"……그사이에 벌어진 일은 전부 비디오에 찍혀 있어. 하지만 도자마에게 다가간 사람은 아무도 없었잖아."

"그게 이 가설의 문제점이지."

"미덥지 못하기는……."

"뭐, 이제 막 시작했잖아. 일단 정보를 모으자."

우리는 걸음을 멈추고 눈앞의 고층 빌딩을 올려다보았다.

도자마 간조가 독살당한 곳. 유명 인사들이 애용하는 가도

♦ 1962년부터 판매가 시작된 초콜릿 막과자. 가격은 십 엔이다.

마쓰 호텔.

정면 현관에서 보이는 로비의 천장에도 큼지막한 샹들리에가 매달려 있었다. 아아, 이런 곳 딱 질색이야.

"그 커피에는 독이 안 들었으니 안심하십시오."

호텔 제복을 입은 남자는 초췌한 기색이 짙은 얼굴로 반쯤 농담처럼 말했다. 연회부 부팀장 가와기시 씨다. 배우 안토니오 반데라스를 방불케 할 만큼 인상이 강렬한 사람이었다.

우리는 파티가 열린 연회장으로 안내받아 가장자리의 둥근 테이블에 자리를 잡았다. 문제아 도리는 연회장을 슬렁슬렁 돌아다니고 있으므로 얌전하게 앉아 있는 탐정은 나뿐이지만. 맞은편에는 가와기시 씨와 몸집이 작은 여성이 앉았다. 여성은 비디오에 찍혀 있던 연회부 직원으로 이름은 가야마 씨라고 한다.

영상 속에서 연회장은 떠들썩했지만, 지금은 괴괴한 정적과 죽음의 냄새가 감돌았다. 나는 독이 안 들었다고 보증한 커피를 마셨다. 인스턴트 맛이 났다.

"왜 그런 사건이 발생한 건지 지금도 혼란스러울 따름입니다." 가와기시 씨가 입을 열었다. "저희는 평소와 다름없이 업무를 수행했을 뿐인데……."

"두 분이 문제의 샴페인을 준비하셨다면서요?"

나는 경찰에게 들은 사실을 확인했다.

"예. 제가 샴페인의 마개를 뽑고 식기장에서 꺼낸 술잔에다 따랐습니다. 가야마가 술잔을 쟁반에 얹어서 연회장으로 가져 갔고요. 하지만 저희는……."

"독을 넣지 않았다?"

사람을 낮잡아보는 듯한 도리의 목소리가 끼어들었다. 연회장을 한 바퀴 다 돌아본 모양이다.

"그럼 다른 연회부 직원이 혼잡한 틈을 타서 독을 넣었을 가능성은?"

"솔직히 말해 그랬을 가능성이 높다고 봅니다. 파티가 열릴 때 연회부에는 많은 사람이 아주 바쁘게 드나드니까 누군가 수상한 행동을 취해도 눈여겨볼 사람은 없어요. 좀 극단적인 이야기지만 호텔 제복만 손에 넣으면 외부인도 잠입할 수 있었을 겁니다."

"식기장의 술잔에 미리 독을 발라놨다고 볼 수도 있겠군요."

내 말에 가와기시 씨는 고개를 끄덕였다. 투명한 액체를 술잔에 조금 발라놓은들 아무도 눈치채지 못할 것이다.

"제가 연회장을 도는 동안 손님이 독을 넣었을지도……." 가야마 씨도 조심스레 발언했다. "저는 전혀 몰랐지만, 딱히 주의를 기울이고 있던 것도 아니라서……."

종업원이라면 누구나 가능. 그뿐만 아니라 외부인이 잠입하는 것도 가능. 초대받은 손님이 넣었다고 볼 수도 있다.

범인의 범위를 압축하기는 어려울 듯하다. 동기라는 측면에서 밀고 들어가볼까.

"종업원 중에 도자마 간조와 접촉한 사람은 없습니까?"

"경찰한테도 말했지만, 저희가 아는 한은 없습니다. 도자마 님이 저희 호텔을 방문하신 것도 어제 파티가 처음이셨고요."

"하지만 어제 파티는 도자마가 주최했을 텐데." 도리가 말했다. "그런 파티는 사전에 리허설을 해서 절차를 확인하지 않나?"

"물론 당일 오후에 리허설은 했습니다. 하지만 도자마 님 본인은 안 오셨고, 사무실 직원들이 대신 확인하셨어요. 요시자와라는 분과 홋타라는 분, 그리고 비서 우라와라는 분요."

비서 우라와. 본 적이 있다. 파티 영상에서 도자마 뒤에 빈틈없는 태도로 대기하고 있던 남자다.

"진행 시간을 조정하고, 개회사 원고를 확인하는 등 아주 열심히 하시더군요."

"아, 그런 인사에는 역시 원고가 있구나."

나는 혼잣말하듯이 말을 툭 내뱉었다.

"도자와 님이 보시는 원고는 전부 우라와 님이 작성하시는 것 같았습니다. 흘낏 봤을 뿐이지만, 무슨 농담을 하고 언제 제스처를 하느냐까지 세세하게 적혀 있어서 감탄했죠. ……이런 이야기는 사족이겠군요."

가와기시 씨는 쓴웃음을 짓더니 다음 질문을 기다리듯이 말을 끊었다.

그렇지만 도리는 "이제 됐어"라는 한마디로 자리를 정리했다.

"버, 벌써 끝났습니까?"

"대강 알았거든. 가서 볼일 봐. 고생 많았어."

가와기시 씨는 어쩐지 미진하다는 듯한 표정으로, 가야마 씨는 안도한 듯한 표정으로 각자 연회장을 나섰다.

나는 옆에 선 곱슬머리를 쳐다보았다.

"대강 알았다니, 뭘?"

"독을 언제 넣었느냐는 문제의 답. 아까 그 접객 담당은 '제가 연회장을 도는 동안'이라고 말했어. 곧장 도자마에게 간 게 아니라 연회장을 잠시 돌아다녔던 거지. 처음부터 술잔에 독이 들어 있었다면 계획에 차질이 생길 우려가 있어. 다른 사람이 도자마보다 먼저 독이 든 술잔을 집으면 어떻게 해? 따라서 독은 도자마가 샴페인을 선택한 후에 넣은 거야."

호텔에 들어오기 전에 자기가 말한 가설이 옳다 그건가.

"하지만 문제가 있잖아. 도자마가 술잔을 집어 들고 마실 때까지 그에게 다가간 사람은 아무도 없어."

"도자마 본인이 넣었다면?"

나는 커피를 내뿜을 뻔했다.

"자살이라고?"

"아니. 누가 속여서 지시를 내린 거야. 처음에 네가 말했던 유도설과 똑같지."

……잘 모르겠다.

설명을 재촉하자 도리는 사건 당시 도자마의 동선을 눈으로 훑으며 입을 열었다.

"예를 들면 도자마는 술이 약했잖아. '알코올 분해를 도와주는 약입니다. 연설하시기 전에 샴페인에 타서 드십시오'라는 식으로 속여서 사전에 독약을 건네주는 거야. 도자마는 연단으로 향할 때 카메라를 몇 초 등졌어. 분명 그때 스스로 탔을 거야."

"설마. 낫살이나 먹은 정치가를 그런 거짓말로 조종할 수 있는 인간이."

어디 있겠느냐고 말하려다가 나도 깨달았다.

"……딱 한 명 있을지도 모르겠군. 도자마는 사람 이름을 물어보는 것으로 모자라, 개회사를 시작할 시기, 제스처와 농담 내용까지 전부 그 남자의 지시에 따랐어."

"그리고 독살 사건이 발생하면 제일 먼저 의심받을 게 뻔한 그 녀석에게 사람들의 시선으로 가득한 연회장은 살인을 저지르기에 최적의 장소야."

도리는 선 채로 커피를 들이켜고 의자에 걸쳐둔 코트를 집었다.

"도자마의 비서를 만나러 가자."

리더를 잃은 도자마 간조의 사무실은 당연히 활기가 없었다.

분위기도 그렇고 물리적으로도 그렇다. 모두 매스컴에 대응하느라 바쁜지 사무실에는 사람이 얼마 없었다. 우리는 꿔다 놓은 보릿자루처럼 우두커니 서서 한산한 사무실을 둘러보았다.

바로 옆 책상에 집게손가락을 세운 갈색 강아지 캐릭터가 인쇄된 두루주머니가 놓여 있었다. 거리낌이 뭔지 모르는 도리가 휙 집어서 내용물을 꺼냈다. 알약 몇 개와 가루약 몇 봉지. "도자마 님"이라고 적힌 병원의 처방전.

"필요하시면 드리겠습니다." 뒤에서 목소리가 들렸다. "선생님이 늘 차에 놓아두셨던 내복약 세트인데, 이제 쓸모없으니까요."

이어서 앉으시죠, 라고 말한 후 비서 우라와 게이토는 손님용 테이블에 컵을 늘어놓았다. 우리는 자리에 앉아 오늘 두 번째로 대접받는 커피를 바라보았다.

"안심하세요. 커피에……."

"독은 안 들었다고요?" 내가 말을 가로챘다. "호텔에서도 같은 말을 들었습니다."

우라와는 한 방 먹었다는 듯이 쓴웃음을 짓더니 우리 맞은편에 앉았다. 삼십 대 중반, 약간 길쭉한 얼굴에 단정하게 다듬은 머리. 가와기시 씨처럼 배우에 비유한다면 하야카와 셋슈◆쯤 될까.

"탐정님이라고 들었는데 둘 중 어느 분이?"

"접니다." "나야."

우리는 동시에 손을 들었다. 우라와의 쓴웃음이 더 커졌다. 늘 하는 짓이라고는 하나, 오늘은 어쩐지 바보 취급당하는 기분이 들었다. 학력과 키와 수입이 하늘을 찌르는 인간이 발산하는 여유 만만한 기운. 샹들리에만큼이나 거북하다.

그나저나 너무 여유 만만한 거 아니야? 고용주가 눈앞에서 독살당했는데.

너무 수상하게 굴지 않아서 오히려 수상하다. 나는 손을 내리면서 팔꿈치로 도리를 쿡 찔렀다. 도리도 "알아" 하고 대답하듯이 팔꿈치로 나를 쿡 찔렀다.

"어디 보자. 도자마 선생님에 대해 말씀드리면 될까요?"

◆ 1886~1973. 미국과 유럽에서 처음으로 스타덤에 오른 아시아 배우.

"아니. 당신 이야기를 들려줘." 도리가 공격의 이빨을 드러냈다. "도자마 간조가 연회장에서 쓰러진 후에 당신은 뭐 했어?"

"계속 선생님 곁에 붙어 있었습니다. 구급차가 도착한 뒤에는 병원까지도 같이 갔고요. 처음에는 지병인 심장병 때문에 쓰러지신 줄 알았습니다. 호텔 측이 경찰을 불렀고, 살인 사건임이 판명됐다는 연락을 받았을 때는 놀랐죠."

"당신 말고 병원에 같이 간 사람은?"

"없습니다. 저만 따라갔어요."

"그렇군. 그럼 병원에서 둘만 남을 기회도 있었겠네."

"병실에도 들어갔었으니 뭐, 사오 분쯤이라면."

"일 분만 있으면 충분해."

확신을 얻었다는 듯이 도리가 고개를 끄덕이자 웃음을 띤 우라와의 얼굴이 약간 흐려졌다.

로미오톡신은 무색투명한 액체. 연회장에서 도자마 본인이 샴페인에 독을 탔다면 그의 호주머니에 빈 병이 들어 있어야 마땅하다. 하지만 경찰은 빈 병을 발견하지 못했다. 도자마의 옷에서 빈 병을 꺼내 처분할 수 있었던 사람은 도자마 곁에 계속 붙어 있었던 사람뿐이다.

즉 눈앞에 앉은 이 남자.

"무슨 소린지 잘 모르겠습니다만, 저를 의심하시는 겁니까?"

"뭐, 그런 셈이지. 당신이라면 독을 먹도록 도자마를 유도할 수 있었을지도 몰라."

"독을 먹도록 유도한다고요? 누가 어디서 보고 있을지 모르는 그 연회장에서요? 저라면 그런 위험은 감수하지 않을 겁니다."

도리와 우라와는 불꽃 튀는 대화를 나누었다. 나는 그 옆에서 커피를 마시며 생각했다.

분명 비서의 주장에도 일리가 있어.

연회장에서 목표물이 직접 독을 넣도록 유도한다. 그럼 불가능 범죄 느낌은 물씬 풍기겠지만, 도자마의 행동이 카메라와 남의 눈에 비칠 가능성은 꽤 높다.

아니, 그 이전에 거짓말로 독을 먹이다니 미카게가 설계한 트릭치고는 너무 간단하다. 이 가설 정말로 맞는 걸까?

"도자와 씨가 우라와 씨를 아주 신뢰하셨던 모양이던데요." 나는 속을 좀더 떠보았다. "개회사 원고까지 맡겼다고 들었습니다."

"예, 연설과 개회사 같은 건 거의 다 제가 작성했습니다. 사무실의 다른 직원들도 확인은 하지만요. 이번에는 개회사로 이십 분을 때워야 해서 애를 먹었죠."

"도자마 씨와는 늘 행동을 함께하셨습니까?"

"직함이 비서니까 그럴 것 같죠? 실은 아닙니다. 저는 중요한 일이 없으면 사무실에 죽치고 있어요. 선생님과 늘 함께했던 사람은 오히려 저 두 명이죠. 요시자와랑 홋타. 요시자와는 일정 관리를, 홋타는 선생님의 차량 운전을 맡았습니다."

우라와는 책상 쪽을 돌아보고 두 직원을 가리켰다. 요시자와라는 여자는 안경을 끼고 전화를 받는 품이 눈앞에 있는 우라와보다 더 비서답게 느껴졌다. 홋타라는 남자는 우리를 보고 소심하게 인사했다. 둘 다 들어본 적이 있는 이름이다.

"아, 분명 파티 리허설에도."

"잘 아시는군요. 두 사람은 리허설도 거들었고, 그후에도 자기 할 일을 다 했어요. 홋타는 선생님을 집까지 모시러 갔고, 요시자와는 파티 내내 카메라로 촬영했습니다. 저희 사무실에는 그 밖에도 통역 담당이나 SNS 담당 등 다양한 방면을 맡은 직원들이 있습니다."

"그럼 도자마가 맡은 일은 뭐였는데?"

"선생님이 맡으신 일은……." 우라와는 다시 여유를 보이며 대답했다. "사람들과 악수하시는 거였죠."

아아, 슬픈 기색이 없는 이유를 이제야 알았다.

이 남자는 자기 고용주를 눈곱만큼도 좋아하지 않았다.

"어떻게 생각해?"

사무실을 나서자마자 의견을 묻자 도리는 즉시 "확실해" 하고 대답했다.

"범행도 증거 인멸도 가능하고, 아무래도 동기까지 있는 것 같군. 내 곱슬머리 색깔처럼 속이 시커메. 우라와 게이토가 실행범이야."

"하지만 미카게가 설계한 트릭치고는 너무 간단한데."

"녀석도 아이디어가 고갈된 거겠지. 노랫말도 전성기가 아니라 90년대 앨범에서 차용했고."

"아니, 역시 이상해. 한 번 더 냉정하게……."

"트릭 간파는 내 담당이야."

조금 앞에서 걷던 도리가 뒤돌아보고 자기 가슴을 가리켰다. 아픈 곳을 찔린 나는 찜찜한 기분으로 인상을 찡그렸다.

내게는 샹들리에와 학력, 키, 수입이 하늘을 찌르는 거품경제 세대 남자 말고도 거북한 것이 하나 더 있다. 범죄를 수사할 때 범죄를 '어떻게 저질렀을까?' 상상하는 힘이다. 보통 탐정이라면 당연히 갖추어야 할 그 자질이 내게는 전혀 없다. 도자마 간조를 무시할 수 있는 입장이 아니었다. 나 혼자서는 수수께끼를 못 푼다.

하지만 충고 정도는 귀담아들어줘도 되잖아.

"알았어. 그럼 멋대로……."

해, 하고 말하려고 했을 때 스마트폰에서 사카낙션◆의 〈아이덴티티〉가 울려 퍼졌다. 호주머니에서 꺼내자 우가치의 전화였다.

나는 파트너를 향해 어깨를 가볍게 으쓱하고 전화를 받았다.

"여보세요? 웬일이야?"

"정시 보고." 인사조차 없었다. "진척은 있어?"

"……불가능 전문은 비서를 유력한 용의자로 보고 있어. 카메라를 등졌을 때 도자마 본인이 독을 탄 게 아니겠냐던데. 우라와 게이토에게 유도당해서."

"그 녀석, 예나 지금이나 생각이 엉뚱한 건 변함없네." 우가치는 어이없다는 듯이 말을 이었다. "하지만 그렇다면 헛수고를 했어."

나는 두 눈썹을 치켜세웠다. 도리도 불길한 예감을 느낀 듯 전화에 귀를 갖다댔다.

"우리도 도자마가 카메라를 등진 순간에 주목했어. 타이밍으로 보건대 독을 넣는다면 기회는 그때밖에 없으니까. 하지만 파티 참석자들에게 이야기를 들어본 결과, 도자마가 샴페인 잔을 집은 후 입에 댈 때까지 수상한 행동을 하는 것을 봤다는

◆ 2005년에 결성하여 활동중인 일본의 록 밴드.

노킹 온 록트 도어

증언은 하나도 나오지 않았어. 아무도 다가가지 않은 것은 물론이거니와 도자마 본인도 독을 타는 동작은 취하지 않은 거야. 사방팔방에서 무수히 많은 시선이 쏟아졌는데도 아무도 못 봤다니 의심의 여지가 없지."

길을 가는 사람이 우리를 보았다면 분명 신종 판토마임을 공연하고 있다고 생각했을 것이다. 우리는 2월의 추위에 굴복한 것처럼 제자리에 얼어붙어 옴짝달싹도 하지 못했다.

우가치는 몇 초 뜸을 들이다가 다시 입을 열었다.

"즉…… 고텐바는 완전히 헛짚은 거야."

3

"그런데 조금 개인적인 질문을 드려도 될까요?"

"뭔가요?"

"이토기리 씨와 이야기하고 있으면 뭐랄까, 그쪽 업계에 몸을 담은 사람이라는 느낌이 전혀 안 들어서요. 왜 이 일을 하시게 됐습니까?"

"뭐, 자연스럽게 그렇게 됐다고 할까요."

"자연스럽게."

"옛날에는 굳이 말하자면 탐정이 되고 싶었습니다. 대학교에

x

서 범죄와 관련한 토론 수업을 들었거든요. 수업을 같이 듣는 친구 세 명과도 제법 사이좋게, 이거 어디 건가요?"

"예?"

"이 피낭시에. 일본 매장에서 산 거 아니죠?"

"아아, 선물로 받은 건데…… 프랑스 거였나."

"맛있네요."

"……."

"사건이 일어나서요."

"어."

"졸업하기 직전이었나. 친구 한 명이 방에서 여기를 이렇게 베어서 쓰러졌죠. 밀실에 피로 적은 메시지가 더해진, 참으로 불가능하면서도 불가해한 사건이었어요. ……예. 몹시 싸구려 트릭이 사용됐고요."

"아, 그렇군요."

"그 때문입니다. 제가 정반대의 일을 하게 된 건."

"……."

"저희 네 명은 여태껏 그 밀실의 포로예요."

노킹 온 록트 도어

＋＋

　도리는 소파에 드러누워 일어나려 하지 않았다.

　그야 평소에도 늘 그렇지만, 오늘 도리는 심기가 불편하고 언짢은데다 몸 상태도 별로인 것 같았다. 아무 말 없이 입을 꾹 다문 채 이따금 한숨과 함께 몸을 뒤척이며 발만 까딱까딱 흔들었다.

　"어려운 사건인가 보네요."

　구스리코가 베란다에 널어놓은 빨래를 걷으면서 말했다. 나는 옆에서 도와주며 "뭐, 그렇지" 하고 대답했다.

　비서 범인설이 완전히 무너진 후, 이거다 싶은 다른 해답은 찾지 못했다. 하룻밤 내내 고민해도 초조함만 더해질 뿐이라 우리는 안절부절못하는 기분으로 오후를 보내고 있었다. 그후로는 우가치도 더이상 연락을 주지 않았다. 요컨대 그쪽도 비슷한 상황이겠지.

　"기운이 날 만한 음식을 만들까요?"

　"기운이 날 만한 음식? 예를 들어?"

　"파르페라든가."

　"……사양할게."

　집에서 파르페를 만들겠다는 사람은 처음 봤다. 먹어보고 싶은 마음이 아예 없는 건 아니다만.

"구스리코, 고마워." 빨래를 다 걷고 나서 그녀에게 말했다. "오늘은 이만 돌아가도록 해. 개는 건 내가 할 테니까."

구스리코는 조금 아쉬운 듯 잠깐 머뭇거리다가 "그럼 호의를 감사히 받아들일게요" 하고 앞치마를 벗었다. 나는 현관까지 바래다주었다.

살짝 손을 흔드는 아르바이트 여고생을 배웅한 후 빨래를 개러 2층으로 돌아가지 않고 파트너가 토라져서 누워 있는 거실로 향했다.

도리의 머리 바로 옆에 앉아서 그의 얼굴을 내려다보았다.

"고텐바 군, 뭔가 의견 없나?"

"어디의 교수 같은 말투 쓰지 마." 몇 시간 만에야 그가 입을 열었다. "더 울적해져."

나는 작게 웃고 등받이에 몸을 맡겼다. 사 년 전에 산 소파는 여기저기 빛이 바랬고, 더이상 푹신푹신하지도 않다. 하지만 신기하게도 마음이 차분해진다.

"그러고 보니 넌 자주 야단맞았지. 언제 낙제해도 이상할 것 없는 열등생이었어."

"그 영감님 눈에 차는 우등생은 한 명도 없을걸. 전 인류가 열등생이야."

"지금의 우리라면 열등생 딱지를 뗄 수 있을지도 모르지."

"지금이라고 다를 거 있나. 어쩌면 전보다 수준이 더 낮아졌을지도 몰라."

도리가 머리를 돌려서 위를 쳐다보았다.

"우리가 풀지 못할 수수께끼는 썩어 넘치도록 많아."

속삭이는 듯한 목소리로 도리는 말했다.

"……그거, 사 년 전 일을 말하는 거야?"

"어제 일어난 사건 이야기야." 얼버무리는 듯한 말투였다. "독살에 대해 가타나시 군의 의견을 들어볼까."

"트릭 간파는 네 담당이잖아." 나는 비꼬듯이 대꾸하고 말을 이었다. "……나는 힘이 못 돼."

도리에게 살짝 손을 뻗었다.

평소처럼 검정색 터틀넥에 덮여 있는 목을 손가락으로 다정하게 만졌다. 그 밑에 있는 붉은 선을 따라가듯이 쓰다듬었다.

우리 둘의 관계는 진행형 격투 게임과도 같다. 플레이어가 다룰 수 있는 캐릭터는 두 명. 한 캐릭터는 공격력이 높고, 다른 캐릭터는 점프력이 좋다. 도리가 아니면 쓰러뜨릴 수 없는 적도 있고, 내가 아니면 도달하지 못할 발판도 있다. 눈앞의 적과 지형에 맞추어 우리는 바쁘게 교대한다. 그렇게 해서 조금씩 스테이지의 목표 지점으로 향한다. 서로 보완한다. 협력한다. 함께 싸운다.

공모한다.

갑자기 도리에게 파트너가 되지 않겠느냐고 제안했을 때가 떠올랐다. 그때도 그는 이렇게 옆으로 누워 있었고, 나는 그 옆에 앉아 있었다.

우리 사이에 유대감이나 우정이 있냐 하면, 분명 없겠지.

우리 관계는 타산적이다.

하지만.

"하지만 널 믿어."

그의 목을 손가락으로 쓰다듬으며 나는 조용히 말했다.

"그러니까 기다릴게. 다음에 내 차례가 돌아올 때까지."

"……."

도리는 언제까지 만질 거냐는 듯이 천천히 몸을 움직여 내 손을 치우더니 일어나서 내 옆에 앉았다. 내가 왼쪽이고 도리가 오른쪽. 탐정 사무소 노킹 온 록트 도어의 정위치.

"남자가 사람들이 뻔히 쳐다보는 가운데 독살당했어." 도리가 입을 열었다. "녀석이 마신 샴페인에서 독극물이 검출됐지. 하지만 처음부터 술잔에 독이 들어 있었던 건 아니야."

"하지만 남자가 술잔을 집은 후에 독이 들어갔다고 볼 수도 없어."

"정말로 그렇다면 녀석은 죽지 않아. 뭔가 간과했어. 맹점이 있다고. 샴페인에 독을 넣을 방법이 있을 텐데……."

파트너는 곱슬머리를 꽉 움켜쥐었다. 전제를 걷어차서 무너뜨리고 추리를 재구축하는 것이 도리의 방식이다. 나는 전제가 무너져 내리는 소리를 잘 들으려는 것처럼 귀를 기울였다.

초침이 한 바퀴 돌았을 무렵. 도리가 갑자기 고개를 번쩍 들었다.

"기다린다."

아까 내가 한 말을 확인하듯이 말했다.

……이렇게 다시 들으니까 어쩐지 부끄러운데.

"으, 응. 기다릴게. 그래서, 뭔가 알아냈어?"

"암. 알아냈지."

도리는 소파 스프링을 삐걱거리며 천장을 올려다보았다.

"독은 술에 탄 게 아니야. 샴페인이 떨어지기를 계속 기다리고 있었다고."

4

"다시 말해볼래?"

하루 만에 다시 찾은 가도마쓰 호텔, 1층 라운지. 우가치는 명물 가토 쇼콜라가 아니라 지참한 모로코요구르를 먹으며 우리를 노려보았다.

"독이 든 술잔을 고르도록 도자마를 유도하기도, 도자마가 술잔을 고르고 나서 한 모금 마시기 전에 독을 넣기도 불가능해. 그렇다면 답은 하나. 도자마가 마신 샴페인에는 독이 들어 있지 않았어."

따뜻한 레모네이드 잔을 든 도리는 정확하게 반복해서 말했다.

"실제로 독을 먹은 건 연회장에 도착하기 직전이겠지. 예를 들어 독을 탄 물 한 모금을 마셨다면, 위 속에서 샴페인과 뒤섞일 테고 여섯 시간 동안 소화도 될 테니 검출하기 힘들어. 물을 마시게 하는 방법은 간단해. 연회장에서는 손님들과 인사를 나누느라 쉴 새 없이 말을 해야 할 테니 음료를 입에 댈 틈도 없으리라는 것 정도는 도자마도 예상하겠지. 그러니까 연회장에 들어서기 전에 목을 축이라고 물을 권하면 돼."

"덧붙여." 내가 보충했다. "도자마는 8시에 연회장에 나타났고, 8시 29분에 괴로워하기 시작했어. 로미오톡신을 섭취하고 증상이 나타날 때까지 걸리는 시간은 평균 이십 분에서 삼십 분. 연회장에 들어서기 직전에 독을 먹었다면 심장병 운운하지 않아도 계산이 딱 맞아떨어져."

"계산은 맞을지 몰라도 현실과는 부합이 안 돼. 샴페인에서 실제로 독이 검출된 건 어떻게 설명할래?"

"도자마가 연단에 술잔을 떨어뜨린 후에 독이 들어갔어."

도리가 대답하자 우가치 옆에 앉은 고쓰보가 고개를 기웃했다.

"누군가 나중에 독을 넣었다는 말씀이세요? 하지만 연단은 카메라로 계속 촬영중이었고, 거기에 다가간 사람은 아무도……."

"독을 연단 바닥에 미리 발라둔 거야."

도리는 라운지 테이블을 연단에 비유하듯 손끝으로 톡톡 두드렸다.

우가치와 고쓰보는 얼굴을 마주 보았다.

"로미오톡신은 고작 십 밀리그램의 투명한 액체야. 그렇다면 연단 바닥에 발라놓아도 아무도 눈치채지 못하겠지? 도자마가 술잔을 떨어뜨리자 샴페인은 연단 바닥에 퍼졌어. 그때 바닥에 발라둔 로미오톡신이 샴페인과 섞인 거지. 술잔도 산산이 깨져서 샴페인에 푹 젖었잖아. 때문에 '술잔 안쪽에서도 미량의 독이 검출된다'는 상황을 부자연스럽지 않게 연출할 수 있었어."

옆자리의 노부부가 수상쩍다는 시선을 던졌다. 독 이야기를 하니까 의심스러웠던 모양이다. 나는 딱딱한 웃음으로 답했다.

우가치는 곰곰이 생각하다가 모로코요구르트를 나무 숟가락으로 떠서 한입 먹었다.

"정리하면 이렇게 되나? 범인은 연단 바닥에 미리 독을 발라놓고 도자마가 연회장에 들어서기 직전에 '목을 축이는 편이 좋겠다'는 핑계로 독을 탄 물을 한 모금 먹었다. 그리고 파티가 시작된 후에는 전혀 손을 대지 않고 오로지 트릭이 잘 발동되기만을 기다렸다."

"경위 나리답네, 이해가 빨라."

"말도 안 돼." 우가치는 도리의 장난스러운 말에는 반응하지 않고 따졌다. "도자마가 독을 바른 곳에 술잔을 떨어뜨리지 않으면? 애당초 개회사를 하기 전에 샴페인을 마시지 않았다면? 전부 운에 달렸잖아. 살인 계획으로서는 너무나 불확실해."

"백 퍼센트 확실하지는 않지만, 99퍼센트 확실하기는 했어."

도리는 레모네이드 잔을 내려놓고 형사들에게 얼굴을 가까이 가져갔다.

"잘 들어. 도자마가 개회사를 하기 전에 샴페인을 집어서 한 모금 마시고, 술잔을 든 채 연단에 오르는 것까지는 백 퍼센트 확실했어. 왜냐하면 개회사 원고에 그렇게 하라고 적혀 있었으니까."

─저는 술이 별로 세지 않지만, 오늘 밤의 샴페인은 일품이

로군요. 과음하여 주사를 부리지 않도록 조심하겠습니다.

그렇게 말하고 술잔을 쳐들어 연회장에 웃음을 선사했던 도자마.

도자와의 원고에는 무슨 농담을 할지까지 자세하게 적혀 있다.

'오늘 밤의 샴페인은 일품'이라는 한마디를 하기 위해서는 당연히 개회사를 하기 전에 샴페인을 마실 필요가 있다. 제스처도 세세하게 지시했다니까 분명 술잔을 쳐드는 동작도 원고에 적힌 대로 따라 했을 것이다.

"개회사 원고를 보고 도자마가 연단의 어디쯤 설지 알아두면 술잔이 어디에 떨어질지도 거의 확실하게 예측할 수 있지. 아직 더 있어. 아까 히사메도 말했는데 독은 오후 8시 직전에 먹었고, 독을 먹은 후 증상이 나타나기까지는 이십 분에서 삼십 분이 걸려. 도자마는 8시 15분부터 이십 분간 개회사를 할 예정이었지. 그렇다면 개회사를 하는 도중에 발작이 일어날 것도 거의 확실. 로미오통신은 마비독이니까 발작이 일어남과 동시에 술잔을 떨어뜨릴 것도 거의 확실. 가슴 높이로 든 술잔이 단단한 연단에 떨어지면 깨져서 샴페인이 사방으로 튈 것도 거의 확실. 그리고 연단 바닥에 발라둔 독이 샴페인과 섞이는 것도 거의 확실."

그런 연쇄 반응이 일어날 것을 예상하고서 미카게는 '바닥에 독을 발라놓고 샴페인이 떨어지기를 기다린다'는 아주 단순한 트릭을 설계한 것이다. 물론 예상치 못한 돌발 사태가 발생할 수도 있지만 확률을 따지면 실행해볼 만한 가치가 있었다.

그리고 사실 계획은 성공했다.

"하지만 연회장에 들어서기 직전에 독을 먹었다는 근거는……."

우가치는 여전히 회의적이었다.

이번에는 도리가 사건을 담당했지만, 세심한 뒷마무리는 '개성 없는 안경잡이' 즉 가타나시 히사메의 장기다. 나는 파트너를 대신해 주도권을 잡았다.

"어제 도자마의 사무실에 갔을 때 휴대용 내복약 세트를 봤어. 약은 늘 도자마의 차에 보관해두었다고 해. 두루주머니에는 알약과 가루약, 그리고 처방전이 들어 있었지. 그런데 이거, 잘 생각해보면 좀 이상하지 않아?"

"……?"

"약과 처방전만 가지고 차 안에서 약을 먹을 수는 없잖아. 물이 있어야지."

고쓰보가 "앗!" 하고 작게 외쳤다. 순수하게 놀라준 것이 고마워서 나는 손을 들어 인사했다. 뭐, 이건 도리가 간파한 트릭을 역산해서 알아낸 사실이지만.

"알약뿐 아니라 가루약도 있으니 먹을 때는 꼭 물이 필요해.

처방전까지 가지고 다니면서 물은 준비하지 않다니, 상식적이지 못하잖아. 따라서 내복약 세트에는 작은 페트병 같은 걸 항상 구비해놓아야 마땅해. 하지만 우리가 봤을 때는 물만 없었지. 누가 어디다 치운 걸까? 물병에 독을 탄 범인이 흔적을 감추기 위해 버렸다고 추측하면 비약일까?"

"……근거는 못 돼." 우가치는 냉정하게 말하고 나서 덧붙였다. "하지만 파티가 시작되기 전에 연단에 다가간 인물의 목록을 만들어야 할지도 모르겠군."

일에는 가차 없는 우가치이니만큼 이 정도면 양호한 대답이라 할 수 있었다. 하지만 실은 목록을 만들 필요도 없다.

"범인도 찍어놨어." 도리가 말했다. "조건은 전부 갖추어졌지. 우선 개회사 원고의 내용을 자세하게 알고 있었던 녀석. 파티 리허설에 나와서 연단에 다가갈 기회가 있었던 녀석. 일상생활 속에서 독살하면 용의선상에 오를 만큼 평소 도자마 간조와 가깝게 지냈던 녀석. 파티가 열리기 전에 도자마와 접촉할 기회가 있었던 녀석. 차 안에 놓아둔 내복약 세트에 손을 쓸 수 있었던 녀석. 이 모든 조건에 해당하는 자는……."

"사무실에서 도자마의 차량 운전을 담당한 홋타라는 남자."

"남의 말을 가로채지 말라니까 그러네."

도리가 불만 어린 목소리로 소리쳤다. 그래, 그래, 미안하다.

"뒤, 뒷받침할 증거를 찾아보겠습니다!"

고쓰보가 파바바박이라는 의성어가 붙을 듯한 기세로 호텔을 뛰쳐나갔다. 우가치는 그 모습을 보며 모로코요구르트를 다 먹고 나서 소파 한쪽에 팔꿈치를 짚고 턱을 괴었다.

"바닥에 발라놨다고?" 어이없다는 듯한 목소리였다. "그 멍청이가 생각해낼 만한 방법이네."

"알아차리지 못한 우리도 모두 멍청해."

"……그렇군."

우가치는 입꼬리를 희미하게 끌어올렸다.

자학적인 웃음이었지만, 어쩐지 아주 오랜만에 우가치가 웃는 모습을 본 것 같았다.

5

2월 18일, 목요일.

헌책방 신간 코너(이것도 묘한 표현이지만)에는 변함없이 손님도 점원도 없었다. 나는 앞표지가 보이도록 진열한 책을 구경하다가 띠지에 "인기 시리즈 최신작"이라고 적힌 책을 집어서 읽으며 단골손님이 가게에 오기만을 기다렸다.

제1장을 다 읽고 최신작은 그저 그렇겠다는 생각이 들었을

때 새시 문이 열리는 소리가 났다.

그의 모습도 변함이 없었다. 긴 머리. 단추를 끝까지 채운 셔츠에 튀지 않는 색깔의 재킷. 조금 추워 보이지만 그는 원래 더위와 추위를 타는 체질이 아니다.

"도자마 전 의원 사무실에서 일하는 홋타가 체포됐대." 내가 먼저 말을 꺼냈다. "이 년 전 불법 정치자금 의혹이 불거졌을 때 죄를 뒤집어쓸 뻔한 이후로 내내 도자마에게 원한을 품어왔다는군."

"잘될 줄 알았는데."

"우리가 2연승했군. 신용이 팍 떨어지지는 않았어?"

"고정 팬이 어느 정도 있으면 연이어 졸작을 내놔도 평가는 낮아지지 않아."

미카게는 내가 읽던 책에 눈길을 주며 그렇게 말했다.

"그리고……."

"그리고?"

"히사메, 내가 왜 현장에다 노랫말을 남겨놓는지 알아?"

"개성을 드러내기 위해서라고 요전에 그랬잖아."

"아하하, 그것도 그렇지만…… 칩 트릭의 소행이라는 걸 알면, 단순한 사고나 자살로 처리하지 않고 누군가 해결하려 애쓸 것 아니야. 우가치 같은 경찰이나 너희들이. 그런 건 분명 중요해."

그는 책장을 바라보며 혼잣말처럼 "중요해" 하고 되뇌었다.

현장에 노랫말을 남기고 매주 이 헌책방에 다니는 것이 우리와 인연을 유지하기 위한 그 나름의 타협점이라면.

그것은 참으로 삐뚤어졌다고 할까, 미카게답게 독단적인 방식이다.

나는 읽던 책을 덮어서 판매대에 내려놓았다.

"미카게, 이제 그 일 그만두는 게 어때?"

"싫어." 질문을 예상하고 있었다는 듯이 재빠른 대답이었다. "업계의 이직률에 공헌할 마음도 없거니와 나는 성실하니까."

"그런 문제가 아니라."

"그런 문제야. 그게, 나는 이 일과 현재 입장이 제법 마음에 들거든. 원래부터 좋아했고 말이야. 이대로 평생 계속하지 않을까 싶어."

"이해하기 힘들군."

"내 입장에서 말하자면 나는 너랑 도리를 이해하기 힘들어."

"……."

정말이지 이 녀석은 늘 남의 말꼬리를.

"오늘은 안 사야겠다. 어제 룸바◆도 샀으니."

신간을 대충 다 확인한 듯 미카게가 중얼거렸다. 그것보다 룸바를 샀다고?

"넌." 그에게 말을 걸었다. "넌 사 년 전 사건의 수수께끼를 풀었어?"

"뭐, 일단은."

"불가능도 불가해도?"

"그야 원래는 탐정을 지망했으니까." 미카게의 얼굴에 미려한 미소가 번졌다. "못 푼 건 히사메, 너뿐일지도 몰라."

미카게는 유령처럼 발소리 없이 신간 코너를 떠났다. 잠시 후에 새시 문이 여닫히는 소리만이 귀에 와 닿았다.

나는 그가 떠나고 없는 출입구를 바라보다가 다시 책장으로 눈을 돌렸다. 지친 듯이 한숨을 내쉬었다.

수수께끼를 풀지 못한 건, 풀고 싶지 않은 건, 아마 나뿐만이 아닐 것이다. 우가치도 그렇고, 도리도 그렇겠지.

과거의 문은 굳세고 튼튼한 자물쇠로 잠겨 있어서 여는 것은 물론이고 두드리기조차 망설여진다. 우리가 탐정인 이상, 언젠가는 밀실을 억지로 열 날이 오겠지만 그날은 아직 먼 듯하다.

우리는 미숙해서 둘이 합쳐야 한 사람 몫을 할 수 있으니까.

나는 가게 안을 잠시 돌아다니며 책을 책장에서 뽑았다가 꽂

◆ 아이로봇에서 제조하여 판매하는 로봇 청소기.

았다가 했다. 읽고 싶었는데 절판된 책을 두세 권 발견하고 고민했지만, 결국 한 권도 사지 않고 헌책방을 나섰다.

투명하리만치 맑은 겨울 하늘을 올려다보다 역 쪽으로 걸음을 옮겼다.

늦었지만 도리에게 줄 초콜릿을 사서 돌아가자.

옮긴이 **김은모**

경북대학교 행정학과를 졸업했다. 일본어를 공부하던 도중에 일본 미스터리의 깊은 바다에 빠져들어 헤어나지 못하고 있다. 아직 국내에 소개되지 않은 다양한 작가의 작품을 소개하고자 노력하고 있다. 옮긴 작품으로 이마무라 마사히로의 『시인장의 살인』 이치카와 유토의 『젤리피시는 얼어붙지 않는다』 오타 아이의 『범죄자』 누쿠이 도쿠로의 『나를 닮은 사람』 『프리즘』 『미소 짓는 사람』 기타야마 다케쿠니의 『인어공주』 마리 유키코의 『여자 친구』를 비롯하여 우타노 쇼고의 '밀실살인게임' 시리즈, 미쓰다 신조의 '작가' 시리즈 등이 있다.

노킹 온 록트 도어

초판 발행 2021년 1월 15일

지은이 아오사키 유고
옮긴이 김은모
펴낸이 염현숙

책임편집 지혜림 ǀ **편집** 임지호
표지디자인 신선아 ǀ **본문디자인** 이원경 ǀ **저작권** 한문숙 김지영 이영은
마케팅 정민호 정진아 김혜연 김수현 ǀ **홍보** 김희숙 김상만 함유지 김현지 이소정 이미희
제작 강신은 김동욱 임현식 ǀ **제작처** 영신사

펴낸곳 (주)문학동네
출판등록 1993년 10월 22일 제406-2003-000045호
임프린트 엘릭시르

주소 10881 경기도 파주시 회동길 210
문의 031-955-1901(편집) 031-955-8896(마케팅) 031-955-8855(팩스)
전자우편 editor@elmys.co.kr ǀ **홈페이지** www.elmys.co.kr

ISBN 978-89-546-7634-2 03830

엘릭시르는 출판그룹 문학동네의 임프린트입니다.